假如你在地铁里遇见我

李辉 著

IF YOU
MEET ME
IN THE SUBWAY

北京出版集团公司
北京十月文艺出版社

目录

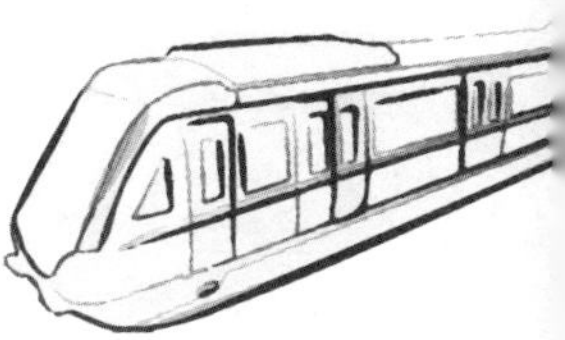

第二章 西单站有多少盏灯

第三章 今早，你用哪种方式挤上的地铁

第五章 地铁口旁，那些被我怠慢了的老朋友

自　序

地铁本身是有故事的；坐地铁的人，不但把自己的故事带进地铁，还在里面一路制造新故事。所以，地铁里的故事，比地铁里的人要多。

坐了许多年地铁之后，某年岁末的一天，我在单位写完年终工作总结，在回家的地铁上，我突然产生了一个想法：是不是也应该对“地铁”做一个“总结”？

用故事的形式。

这个想法，让我一路兴奋。

那时，北京地铁，每天的客流量已经接近1000万人次；全国，有20多个城市开通了地铁（轨道）交通。地铁乘客，是一个数量庞大的群体。

可是，在我有限的阅读经验里，我还没有读到一本由作家或者地铁乘客所写的，专门、详实地记述地铁和地铁乘客的书。我只是在网上零星看到篇幅不算长的单篇地铁故事，偶尔会读到新闻媒体对地铁事件或现象的报道和评述，而这些内容的关键词多为“拥挤”“打架”“骚扰”等——

在我这个资深地铁族看来，这些词汇还远远不能记录和反映地铁这个“小社会”“另一个江湖和世界”。

我兴奋的是：那么，我，可以来完成这个工作么？

从2014年初开始，每天早晚上下班的地铁时光，成为我观察、体验、思考、构思、打腹稿的创作进行时。

兴奋一时，沉心四年。我是我自己的深渊。

这80多篇文字，我真的竟然写了四年多时间。

我是来自乡村的人，在城市的地铁里穿行的时候，我会想到另一片天地。

故事背后，都有故事。只是当最后一篇画上最后一个句号，故事以外的故事，每一个与目标相望相期却与现实相拼相搏的日子，突然变得平淡和寻常，不足言说。

只献出这些文字，期待与你一路相随。

我曾为这本书考虑过另外一个名字:《锥行》。懂得“蜗居”，就懂得“锥行”——在地铁里，以立锥之地前行。不过，有朋友说，“锥行”并不能准确、公正地形容北京地铁，毕竟，我们坐地铁，也有不那么拥挤、坐到座位的时候。

我同意。

这本书内容的实质，算得上是“北京地铁生存实录”。如果还有朋友有不同意见，说:不！不是“生存”，应该是“生活”！——那么，我也同意，就改为“生活”，生活更好些。

北京以外的朋友，没有坐过北京地铁的朋友，可以放心了。

不管是不是生活在北京，不管有没有坐过地铁，欢迎你拿着这本书，到北京，或者到你所在城市的地铁里，把自己的所见所闻所感所思与书中所述一一对照。

我相信，我们的感觉纵使不完全相同，也大致相近——我似乎能看见你会心的一笑。

而把书本内容与现实现场相对照，本身也是一种令人兴奋、有趣而奇妙的体验。

那些更多的、在生活中远离着地铁的朋友，可以通过这本书，细致、生动地了解到真实的地铁世界:哦,北京,北京地铁,地铁,原来是这样的!

不管你在哪里，我们都期待遇见。

我要感谢在这 80 多篇故事的写作过程中，一直关注和鼓励着我的朋友、师长。他们陪着我走过了很长很长的地铁，直到通过幽暗的隧道，迎来亮光。

我要特别感谢这本书的伯乐，北京十月文艺出版社副总编辑、《北京文学》杂志社原社长章德宁老师。我是那个刚刚从隧道的幽暗里走出来的人，而章德宁老师对我说：来吧，光亮在这边！

我是幸运的，也是幸福的。

指给别人光亮的人，自己也带着光亮。

我还要感谢每一位读到这本书的朋友。你在读我，也可能在读自己，因为，说不定，我已经把你写进了书里。

地铁内外，书里书外，感谢每一场遇见。

上站 Upper station

建国门

JIANGUOMEN

第一章

地铁里的土去哪儿了

下站 Down station

北京站

Beijing Railway Station

我们在土的家里走来走去

人有家，土也有家。

每天早晨，人离开自己的家没多久，就钻进了土的家。

土不在家，早就被人赶跑了，而且再也不会回来。

土的家被“人”按照自己的需要进行了改建装修。背井离乡的土根本就想象不到自己的家会有这么宽敞，这么热闹，这么多人，这么多事，这么多千奇百怪。

北京城里，地面下纵横交错的地铁，让原本属于土的家面目全非。

每天，我和很多很多人一起，昂首挺胸地走进地铁，侵入土的家，并且在土的家里走来走去。

我以前曾经跟老家村里邻居李老三说北京城里地底下可以跑小火车，人们都在地下坐小火车出门上下班办事。可李老三不信，说我看你才是满嘴跑火车。那得挖多大多长的洞，再说，地上又不是没有路，为啥还要跑到地下瞎折腾，折腾土。

我不屑跟李老三争论，毕竟年龄的大小未必能完全决定一个人见识的多少。我心里有数，就算李老三吃过的盐比我吃过的饭多，可是我走过的隧道比他走过的路长。

我这么说是有根据的。我仔细计算过，李老三 50 岁出头，我知道他这辈子去过的最远的地方是我们老家的“市里”，不过他也就是最近这十几年，因为到市里卖苹果，所以去的次数稍多些，他的前半辈子基本就没走出过我们村；他去过次数最多的地方就是村东叫“东梁”的山坡上他家的那六七亩地。这样算来的话，就算他 50 年里每天平均走 5 公里路，一年也就是 1800 公里，他这辈子到现在也不过走了 90000 公里。可我在北京，一天在地铁里来回至少坐 25 公里，一年就是 7000 公里，我坐地铁已经十多年了，并且还将继续坐下去。

李老三对我说的“我走过的隧道比他走过的路长”很不服气，有一次我回老家时，他竟然找到我说要当着我的面算算这笔账。

结果，算完之后，李老三瞪着眼睛张着嘴巴不说话了。

不过，有时候，我穿行在北京的地铁里，似乎又有点儿理解李老三。

地铁是我在城里必须要走的一段路，这一点我很明白也必须明白，可李老三就不一定明白了。

东梁山坡上的那六七亩田，是他家粮食的来源地，离他家大概有三四里路远。他每天扛着锄头或者拿把镰刀，有时再推上一个小推车，再慢再磨蹭半个小时也能走到了。

地铁，是城里人的身体，
通过泥土，
抵达和获得粮食的一种方式和渠道。

这是他几十年来走的最多最重要的一段路。

人这辈子走的最多最重要的一段路，不就是从身体到粮食的距离吗？

李老三知道，要想吃到粮食就要年复一年不停地走这三四里地，可他咋就没想到我要在城里活着，也必须要走一段路呢？

村里人通过地面的土地收获粮食，城里人不在地面上种粮食，城里人通过地下的泥土抵达粮食。

地铁，是城里人的身体，通过泥土，抵达和获得粮食的一种方式和渠道。

那天，我苦口婆心地跟李老三解释这件事，可他理解起来比我解释起来还痛苦。他不明白城里人为啥跟地下的泥土过不去。

也难怪。在我们村里，大路没有了，可以走小路；石子路没有了，可以走土路；正路没有了，可以走斜路。万一遇到一堵墙，旁边肯定有个门；万一没有门，干脆就在墙根儿坐下来，哪儿也不走，反正也不耽误什么事。天黑了，原路返回家。那堵墙，根本也没挡住去路。

李老三这辈子就是这么走过来的。他觉得村子里所有的路都是他的，哪一条都可以随便走，哪一条最后都能拐弯抹角地到达他想到达的地方，而且，这么一走，他认为自己走遍了天下的路。

我跟他说，城里跟咱村里不一样。

“城里人多路少。城里人，还有从村里到城里的人，都想走出一条属于自己的路，所以城里的路上总是挤满了人。地面上的路不够人走了，

我不想在村子里待着，
更不想像李老三一样一辈子在村子里种地。
我宁愿在城市的地铁里走来走去。

人就开始打地下的主意。”

“所以就挖了地铁？”

“所以就挖了地铁。”

“那就别去城里，在村里种地呗。”

“……”

我不想在村子里待着，更不想像李老三一样一辈子在村子里种地。

我宁愿在城市的地铁里走来走去。

地铁里的土去哪儿了

“你说，修地铁的时候，原来的那些土都到哪儿去了？”

从天安门西站刚坐上地铁还没到西单，刚刚还一脸兴奋的李老三突然满面愁容地问我。

真够操心的。刚刚从老家来到北京打工，就开始关心首都人民一亩三分地里的事了。

“运走了呗。还能咋？”我懒得回答。

李老三瞥了我一眼，显然是对我的答案不满意。毕竟，虽然我在北京每天要有近两个小时因为坐地铁上下班而不见天日，但在李老三眼里，这并不妨碍我仍然是我们村里最见过世面的人。

“这么多土，咋运？我看，肯定是在地铁下面重新挖了坑，把土埋里边了。”

把土挖坑埋起来？亏他想得出……我真不知道是要晕倒还是要跪倒。

“那新挖出的土怎么办？再在旁边挖个坑埋起来？”

“哦，也是啊……”

唉，没见过世面真可怕。

其实，我特别能理解李老三为啥能问出这样的问题，毕竟，我们是在一个村子里长大的。

祖祖辈辈，村里的人从来没挖过这么多这么深的土。

我们老家的村子叫陈家沟村。但奇怪的是，从小，我就知道我们村里根本没有姓陈的人家。

“在土里埋着呢，听说有两百多年了。”我家邻居李小三指着村西头一片山坡告诉我，“要不要我带你去看看？”他坏笑着故意吓唬我。

那时我还不到10岁，那时李老三刚刚20岁出头，大家都还叫他李小三。

土真是个奇怪的东西。土帮助很久以前第一个来到这个小山沟的陈姓先民建起了他的房子，长出粮食蔬菜养活了他和他的家人，然后又埋葬了他，留下他的名字在村子里流传。

“我看从天安门西站到西单站，都赶上咱们村从东头到西头那么远了。”

“2里半地呢，比咱们村子两头距离还远不少。”

“地铁修得这么深这么宽敞，原来的那么多土，你说都跑哪儿去了呢？”车都过复兴门站了，李老三对这个问题还是念念不忘。

一个人，比如我们村里的人，比如李老三，就算和土打了一辈子交道，在面对城市地铁这样浩大的建筑工程的时候，也确实难免会产生这样的疑问——这疑问里其实包含着赞叹。

这么一比，我们村里那些跟土打交道的事根本就不叫事。

虽然这些事，都关乎人的生死。

我们村里的人，大部分人，就拿李老三来说吧，这一辈子大概要和土打三次交道。

李老三小时候——还是叫他李小三吧——经常和王大乐、郭老二、刘强、于三他们几个挖土坑和尿泥这事就不算了，偷摘张老大家的苹果怕被发现于是返回树下用土覆盖脚印结果被张老大他妈逮个正着这事也不提了。李小三作为一个成年人，第一次和土正式打交道，是他 19 岁那年他家翻建房子。

他家翻建房子，不如说是他爸妈为他建“新房”——以备将来娶媳妇用。

他爸排行老大，村里人都叫他李老大。

李小三得知他爸妈的意图后，干起活儿来特别卖力。那几天，他天不亮就推着小推车，到一里地以外的旱河边挖土往家里运。他知道，往家里多运一车土，他家的房子就能盖得快一些好看一些结实一些，他娶到媳妇的机会就多一些时间就能早一些。

李小三有多勤奋和兴奋，后来村里的人都能想象得出来。为啥呢？就在他连续往家里运了三天土之后，第四天的早晨，他爸李老大发现他运回两趟后，迟迟不见运回第三趟。李老大不放心，到河边去找。远远地看见小推车停在那，人不见了。李老大喊了几嗓子，结果听见从地下传来李小三的呼喊声。到了小推车跟前一看，李小三在一个比他身体还高的深坑里跳着高试图往外爬呢。

原来，这几天李小三一直在这个坑里挖土，坑越挖越深，到昨天收工的时候已经和他的人一般高了。这天早晨，李小三越挖越起劲，挖了两车后，到了这第三车，一锨锨的土是从坑里扬到地面了，可是最后发现坑太深人却出不来了。李老大一边气得大骂“这么笨怎么娶媳妇”，一边从旁边搬来几块大石头狠狠地往坑里扔——李小三总算蹬着石头爬了出来。

李小三家的房子终于建起来了，他进坑挖土差点儿出不来的事也在村里流传开了。大家谈论起这件事比谈论新房子的建成更开心。

“从来没想到城里能把地下挖这么宽敞，还能走车。这么多土，能盖多少间房子啊！”车到军事博物馆站的时候，李老三跟我感叹。

“拜托你就别提你以前那件丢人的事了。”李老三知道我指的是什么，默不作声了。

人不管生活在农村还是城市，对房子的需求都是第一位的，那是用来安身的；第二位的需求是立命。

年轻的李小三开始第二次和土打交道就是立命了。村里人都是靠土地过活，没能走出村子的李小三也不例外。

在李小三家翻盖新房前三四年，他就已经辍学了。不过那几年他仗着年纪还小，上头又有两个姐姐，有时撒娇有时撒野，死活不愿跟着他爸妈到地里干活儿。新房建好后，李小三觉得自己是快要娶媳妇的人了，又因为经历过一次生死险情，到底成熟了许多，两个姐姐也已经嫁人，他开始意识到下地干活儿是自己的责任了。

可是这一回李小三跟土打交道又出了大事。他第一次干农活儿是他爸李老大安排他去地里给玉米上化肥。本来他妈是说要让他爷儿俩一起去的，可是李老大说“我不相信这小子这回还犯傻”，于是打发他自己去。李小三学着他爸平时下地的样子，带上锄头和一个塑料舀子，用小推车推着半袋化肥独自去玉米地了。

中午回来的时候，李老大看到半袋化肥已经全都用完了，很高兴，夸奖李小三到底是他儿子。

可是李小三不高兴了，埋怨他爸：“给玉米上化肥，还非要带个锄头干啥？怪沉的，又用不上，白拿个来回。”

“啥？锄头用不上？那你咋给玉米上化肥？”他爸又纳闷又着急。

“不就是舀半勺化肥放到玉米苗根上嘛！”

“啥？混小子，气死我了。你想把苗都烧死啊？回来收拾你……”他爸话没说完，扛起锄头就往外跑。他妈听了，气得红着脸对着李小三摇了几下头，也拿起一把锄头追了出去。

很多年后，李老三跟我说：“上化肥应该用锄头在玉米苗根上挖个小坑，把化肥放进去，再用土培上。可我直接就把化肥撒到苗根上了，真烧坏了不少。”

李小三这次跟土打交道仍然没有打好。后来村里人都笑他“该挖坑的时候不挖，不该挖坑的时候深挖”。

跟土打了两次交道，盖起了三间房子，烧坏了一片玉米苗，李小三的命终于在老家的土地上立住了。

“年轻的时候，谁能不犯几回错误呢。”车到公主坟站的时候，已经不年轻的李老三这样跟我辩解。

“不过，你说，地铁里的土到底去哪儿了呢？”

看来，不跟他说清楚这个问题，我这一路都不得安生。

土能帮人安身，也能助人立命，当然，土最终收纳一切，一切最终变成土。

轮到李小三这辈子第三次跟土打交道了。这时李小三已经成了李老三。

李老三 40 岁那年，他爸李老大去世了。

他家的祖坟在村西的“头道坡”上。按照我们老家的习俗，“打坟坑”这个活计逝者家人不能亲自参与，但是李老三也跟着去了，他站在坟地边上，看村里乡亲为他的父亲李老大打造长眠之地。

这回没有人再拿李老三犯过的两次错误说笑，一是因为李老三一直在旁边偷偷擦眼泪，另外更主要的，大家怕这样的说笑会留在坟地里，里边的李老大以后想起来了会觉得没面子，会为外面的儿子生气、担心。

两天后，李老三他爸李老大下葬了。

“是不是快要到八宝山站了？八宝山我知道，从电视里听说的。北京的八宝山就相当于咱们村的头道坡吧？”

李老三这么对比倒也对。

他肯定想到了他爸李老大。

李老大下葬的时候，李老三亲手向他父亲的棺木上撒下了第一锨土。

按照我们村里传统的说法，坟堆得越高越大越圆越好。

一锨一锨的回填的土，一车一车从几十米外的树下运来的土，最后，李老三和乡亲们一起，把李老大的坟堆得像一座丰满的小山。

这是一个人人生中最悲痛的时刻，也是作为土最不愿意见到的事情。可是也许只有在这个时候，人才能感觉到平时视若无物的土其实是有情感的，有温度的，无私的，神圣的；并且，有了土对逝去亲人的庇护，生者的悲伤会得到些许安慰。

土，在帮助一个人安身立命之后，以更加永恒的方式，接纳并关照他的身后事。

“我还以为八宝山站就是终点站呢，原来不是。”李老三说。

“不是。我们还没到站呢。”

“这地铁线路可真长，得挖出多少土……”

我真想捂上耳朵，我真不想听到李老三再唠叨“地铁里的土去哪儿了”。

地铁里的土还能去哪儿呢?

有些土，被李老三用铁锨挖了出来，运到另一个地方，盖屋建房。

有些土，被李老三的爸妈用锄头刨起来，然后，再填回原地；但是，这些土，发挥了新的功用。

有些土，被李老三和乡亲们以某种虔诚的规则和仪式，筑成标识，奉为神灵，庇护曾经生活在它上面的一个人，安慰仍然生活在它上面的一群人。

地铁里的土，也是这样。

“该下车了。”我喊李老三。

“你说，修地铁的时候，原来的那些土都到哪儿去了呢……”

我们都是有目的的人

每个坐地铁出门的人，都有自己明确的目的和目的地，是主动的，也是被动的。

或者说，地铁里的绝大部分人，都是没有资格不出门的人。

在北京，有资格不出门的人，大多是老年人。年轻人不行，比如我（虽然我已经不太年轻）；而且这些老人大多是北京老人，外地来京的老人也不行，比如李老三（虽然他还不算太老）。

北京老人喜欢戴上红袖标坐在小区门口或者路边，观察那些进出地铁的人，这样，他们不出远门就能干很重要很有意义的事。具体多重要多有意义，只有他们自己知道，被观察的人不知道，甚至不知道自己被观察。

除了节假日，我每天都要进地铁出地铁，早晚都要在红袖标前走一遭，这样，我每天实现了我在北京的目的（或者说完成了每天的任务），也配合红袖标老人完成了他们的工作。

其实，我在地铁里，也经常观察别人，猜测他们为啥坐地铁，坐地铁要干啥去。

没有目的的人，不会出门；出了门的人，都有目的。

如果一个人在西单站下车，我会根据他（她）的衣着打扮相貌气质，大致猜测出他（她）是去附近的写字楼，还是去西单商场，是去西单图书大厦，还是换乘地铁 4 号线去北京南站赶火车。

如果一个人在天安门西站或者天安门东站下车，十有八九是外地来京的游客。因为据我所知，很多北京人许多年都不去天安门，他们觉得天安门广场就像是自家的院子，既然是自家的，那就什么时候去都可以，不去也不会成为别人家的。

在王府井站下车的人，不是去大大小小的店铺商场里卖东西，就是去这些店铺商场里买东西，根据这个人走路的速度就能区别开。

在东单站下车的人，除了去逛街的，还有去某家著名医院的——意气风发、谈笑风生的是号贩子，步履蹒跚、愁云惨淡的是病人和家属。

在永安里站、国贸站下车的人，别看他们在地铁里挤歪了眼镜挤皱了衣服踩脏了鞋子，可是人家一出地铁一进写字楼，立马变成衣着光鲜外语流利收入体面的“Jenny”和“Tom”。

这些人和事是我大概能看出来猜测出来的，还有更多的人和事是我所不知道的——地铁里的每个人都有自己的目的，以及秘密。

有没有人去坐地铁却没有目的和目的地呢？

也有。但是很多年我才遇见一个。

那天下午我在 1 号线建国门站买票进站，排在我前面的是一位中年男人，我没法看清他的脸，但是他和售票员小姐的对话我听得很清楚——

我买一张地铁票。

您到哪儿？

随便买一张就行。

您到哪一站？您得说个站名。

哪一站？我也没想好呢。

那您要去哪儿？不说站名没法买。

那……您这一张票多少钱？

最低 3 块钱一张。根据里程累加计价。

那，您给我买 3 块钱的吧。

买 3 块钱的？到底是哪一站呢？

3 块钱最远能坐到哪儿？

建国门站是换乘站，有 1 号线和 2 号线两条线路，东西南北四个方向。你要去哪个方向？

哪儿都行。就买 3 块钱的就行，也别太多了。

那您到底要去哪儿？

我就是随便逛逛。就买 3 块钱的吧。

随便逛逛？没有具体目的？也没有目的地？

嗯，没有，随便逛逛。

我卖票好几年，头一次遇到您这样的……那就给您买张到东单的吧。一站地。

东单有什么好逛的地方吗？

有。那个地方全国都有名。

行，那就买到东单的吧。给您3块钱。

拿好票。1号线，东单站，北口出，向北走，路西。医院，精神科。

那个人拿着票，"精神科在哪儿""精神科在哪儿"，狐疑着嘟囔着进站去了。

轮到我买票了，我赶紧跟售票员小姐利落地大声地报出我要去哪一站："八宝山！"

售票员小姐像是对我说又像是自言自语："看看，这多痛快！八宝山，多痛快！"

痛快是痛快了，可我一边进站，一边感觉哪里有点儿不对劲儿。

地铁里，我一直在想：在城里生活工作的人真是可怜，想漫无目的地走一走竟然都很难——没有目的和目的地的人，会被别人当成傻子、疯子。

可是在我们老家村子里，这种事很平常。一个人出门，也许有目的，也许根本就是毫无目的；也许在家里还想着出去要干啥，可是刚走出院门，拐了个弯，就忘记自己为啥要出门了。

李老三就经常这样。

一天，吃完早饭后，李老三出门本来要去村东边的李有财家里理发，刚走过了五六家，听见村民张斌家院子里传出哭喊打骂声，原来是张斌和他媳妇二娟在吵架，李老三于是拐进院里去劝架。李老三仗着自己比张斌和二娟大，一会儿劝一会儿骂，大棒加胡萝卜，快折腾到中午，总算让俩人停战和好了。

张斌于是把李老三留下来吃午饭。其实村里所说的吃饭就是喝酒。张斌很感谢李老三，说三哥你也知道，要不是你来劝架，就凭二娟那脾气，没准这场架打到该吃晚饭的时候都不会停。两人喝得有点儿多，下午李老三就在张斌家西屋平时没人睡的炕上睡了一觉，傍晚才回家。

头发当然没理成，不过李老三觉得头发在脑袋上多待一天少待一天根本无关紧要，就像他对待自家玉米地里的草。只要张斌和二娟哪天心情好不吵架，他总有一天会顺利地走过张斌家门口到达李有财家，头发总是会理掉的。

但是有一回张斌和二娟又吵架时，李老三劝架没成功，不但没成功，还被气急败坏的二娟骂了出来，说她自己家耗子虽多但并不缺狗，你该干啥干啥去。李老三恼羞没怒，说我今天本来是有事的，很多事，是出于好心才来劝架，你以为是稀罕你家那两盅酒？耽误的工也都没跟你们说呢。一边不屑着一边出了张家大门，可是出门后竟然想不起自己今天出来是要干啥。在张家门口又低头转了两圈，抓耳挠腮还是没想起来，二娟骂得又狠，只好悻悻回家了。

第二天二娟正常了，来李老三家赔不是。问起李老三昨天出门要干啥，是不是耽误了办正事，李老三琢磨了一下，好像想起来了，说："我本来是想去李有财家理发的，这不又赶上你俩吵架了。"二娟听了又笑又气，拿过镜子让李老三照。李老三一照，脑袋锃光瓦亮一根头发都没有，原来是 3 天前刚刚让李有财剃了光头。李老三挠了挠秃脑壳："你看我这记性，那就是没事。真没事，能有啥事呢，能有啥事呢……"

自打从老家来到北京，每天早晨早起后匆忙奔向地铁站的时候，我就经常想起并羡慕在老家村子里生活的李老三。我有时也想享受没有任何目的的一天，或者即使没完成目的也不影响安心入睡的一天。

可是如果我不出门，红袖标老太太没看见我进地铁上班，会不会认为我这个在北京的外地人不务正业去干啥坏事了呢？

如果我出门坐地铁却没有目的和目的地，会不会被售票员指引着去某家医院精神科呢？

我想我还是每天早晨起来后，握紧拳头对着镜子里的自己说声"加油！"，然后迎着朝阳奔向地铁站比较好。

这样，别人对我放心，我对自己也放心、安心。

踩着狗屎进地铁

那天早晨发生了一件很狗屎的事情——我踩了狗屎。

我上班出门，下楼，走出小区，走 200 米到公交车站，坐上公交车，七八分钟后下车，走进地铁站。

坐了三站地后，上来一个小男孩和他的妈妈。小男孩看到我，突然捂着鼻子对他妈妈说："妈，狗屎！"

他妈妈脸一红，一边训斥孩子"怎么这样说妈妈"，一边抬起巴掌准备教训孩子不会说话，突然扭头看见我的脚，巴掌在空中停了下来，轻轻落下后摸着孩子的头说："嗯，儿子，是狗屎，咱们快躲躲。"

孩子一边争辩着"妈,我不是狗屎",一边被妈妈带到了另一个车门旁。这时我低头才看到：我的左脚踩了很夸张的狗屎。脚底下有，鞋的两边也有。

回忆这一路，我确定是在从小区门口到公交站的 200 米路上踩到的。可是，很多人早就看到了，咋就没人提醒我一声呢？ 200 米路上没有人提醒我，公交车上没有人提醒我，就连进了地铁站，地铁安检人员看到了也没提醒我（哦，安全的狗屎），许许多多乘客看到了也都没提醒我。

可是，我怪不得任何人，要怪也只能怪那条狗。

因为大家都是陌生人。

在城市里，陌生人之间是不会说话的，哪怕是看到别人踩了狗屎。

屎不关己，高高挂起。

我悲哀又庆幸。

没有人提醒我踩了狗屎，说明没有人在意我踩了狗屎；没有人在意我踩了狗屎，那我还有什么尴尬、自责、懊恼的呢？

要是在我们村，我如果踩了狗屎，就算根本臭不着脏不着别人，也一定会有人提醒我。

不用说脚踩了狗屎，就算是嘴角粘了个米粒，人家为了笑话我，也会给我指出来。

有一天早晨我吃完早饭后出门，正好碰到李老三，他跟我打招呼："吃了？""嗯，吃了。""吃啥好吃的？""跟昨天一样呗，大米饭。""瞎说，你嘴角粘着的是小米粒。"

"大米饭，小米粥。"说完，我自己都不信。

丢死人了，都怪李老三，你要是想笑话我嘴角还粘着个小米粒你就直说呗，绕了这么一圈，把我绕进去了。看来，以后出门前，一定要照照镜子不可。

来到城里生活工作以后，我反而很少照镜子了。因为我发现，在城里，我认识的人和认识我的人实在有限，就算认识了也几年难得遇见一次，我的嘴角不管是粘了大米粒还是小米粒甚至玉米干粮渣，都没有人关注，更不会有人提醒，像李老三那样还要笑话我两句的人，就更没有了。

想到这些，虽然我的脚下还踩着狗屎，我的心情却完全释然、干净了。

在到达目的地下车之前，我不急于也确实没有办法去除掉这些污物。反正，大家都是陌生人嘛，大家对狗屎也都并不在意嘛，我又何必担心脏着人家臭着人家呢？

真是一趟狗屎之旅。

陌生人世界

刚来北京时，我实在不能习惯这样的事实：每天等地铁坐地铁，看到的都是陌生人；昨天今天和明天，看到的都是不同的陌生人；陌生人和陌生人之间，永远不会说话。

这跟我们老家的情形可就大不一样了。

从我们老家村里出发去往市里的公交车，每一站，等车的坐车的往往是固定那么几个人，我闭着眼睛都能想出是谁，闭着眼睛也能听出是谁。

万一看到一个不认识的人在路边等车，肯定是村里某家人外乡的亲戚来了，正准备走。这时村里如果有人恰好也在等车，肯定主动凑过来，打量打量外乡人，自来熟地递上话："这是谁家的亲戚啊？坐车要走呗？"那位亲戚自然憨笑一声："同村的大兄弟吧！嗬，挑这两筐苹果是要去市里卖吧？这苹果真不错，现在价也不低呢……我这不今早来我二兄弟家办点事嘛。就是刘老二家，嗯，他是我儿媳妇她大舅妈的二兄弟。听说他有辆三驴蹦子正想卖，我就来看看。我正想买一辆呢，亲戚里道的，

刚来北京时，我实在不能习惯这样的事实：
每天等地铁坐地铁，看到的都是陌生人；
昨天今天和明天，看到的都是不同的陌生人；
陌生人和陌生人之间，永远不会说话。

卖给谁不是卖呢。大哥你说是这个理不？”

“敢情是老二家的大哥啊，我是村西头的李老三，亲戚，都是亲戚。咋不待两天再走呢，都是实在亲戚，住两天呗……”

一番实在热情的对话之后，这位刘老二家好几竿子才能打着的亲戚一下子也仿佛真成了李老三的亲戚，于是新兄弟赶紧掏出两个苹果真热情假热情地塞给这位新大哥。两人一边客气地争执着谦让着一边上了公交车，一路继续着关于三驴蹦子和苹果的友好欢快的话题……

我在北京的公交车和地铁里，不管真真假假，从来遇不到这样的大哥大兄弟，也从来没听人谈起过三驴蹦子和苹果。

其实，如今，在异乡的城市，我连个像样的邻居都没有，更别说遇到邻居的亲戚。

只要出了自家小区，甚至，只要出了自家家门，外面就是陌生人的世界。

我在北京倒是有邻居，但是我说的这个“邻居”不是刘老二或者李老三这样某一个人，而是“邻居”的那套房子。因为，我对那套房子比对住在里面的人还熟悉，在我的内心里，房子才是我真正的邻居。

不和我挨着住上 3 年以上的人，我没法把他认定为我的邻居。

房子的主人，也就是对这套房子拥有所有权的人，从来不在这住；而居住在里面的租客，还没等我和他（她）遇见足够多的次数让我看清记住对方的脸，人已经又换了。

我盼望房子的主人能早点搬过来，或者就干脆卖给有“刚需”的人，我好踏踏实实有个邻居。

可是我住在这好几年了，我的“邻居”一直踏实不下来。

但是我很踏实。在地铁站排队进站和等车时,我甚至连头都可以不抬。我知道，我在地铁里遇见熟人的概率几乎为零，不会出现见到熟人连招呼都不打的失礼情况。

我曾经掐指算过，在北京，见面时我能叫出对方名字对方也能叫出我的名字的人大概有 100 个。当然，我曾经能叫出名字的人不止 100 人，只不过多年来，以前的一些熟人都渐渐变成了陌生人。那么全都加上，就算 200 人吧。

北京有 2000 多万人，所以从理论上来讲，我每天出门在人群中遇到一位熟人的概率是十万分之一。

我还有什么不踏实的呢?

作为一个大老爷们儿，我出门时甚至不太在意脸上身上衣服上的一些瑕疵。对于一个谋生手段与颜值无关的人来说，瑕疵只可能让人在熟人跟前感到些许尴尬，陌生人的反应并不会对我产生什么实质的影响。事实上，周围的人也根本不会关注到我这个同样陌生的人——哪怕我上一次踩了狗屎。

有一次进地铁站时，我看到前面一个小伙子，左右脚穿着两只颜色不一样的袜子，一脚黑，一脚蓝。人很多，走得很慢，他左一脚，右一脚，我也跟着左一脚，右一脚。一直到通过安检下到站台后分散等车，我也没想起抬头看看他长什么样。

我又不想通过他的左右袜子不一的脚去笑话他的脸，何必非要看看他长什么样呢？

在地铁车厢里，我就更不可能去关注周围那么多一个个的陌生人了。通常，我如果不是看书或者看手机，我甚至连眼睛都懒得睁。我要是多看人家一眼多说一句话，没准人家还不高兴呢。

我可不会像我们村的王老太那样，对陌生人那么感兴趣。

那是多年以前的事了。

有一年，春播之后的农闲时，村里来了一个骑着三轮车“卖好衣服啦”的人。很快，那个面相淳厚的商贩的三轮车旁围了不少人。村里出了名“会过”的王老太，拿起一件衣服问问价，嫌贵；再拿起一件问问价，还嫌贵。最后有点恼羞成怒，以地主自居，审查犯人一般讯问人家——

“你到我们村卖衣服，你是打哪儿来的？”

“从你们村过了山梁就是。”

“你叫啥？我大侄女就嫁那边了，我咋没听说你们村有卖衣服的？”

“吴富贵。”

“你这衣服从哪儿进的货？”

“县城百货大楼的，我儿子在那上班，拿货抵工资。”

“这么贵，都是啥料子？”

“的确良的，尼龙的……都有。”

“你媳妇也穿你这衣服？”

“穿着呢，好看着呢。”

“就你这还叫‘卖好衣服啦’。你快走吧，我们村没人买。”

…………

最后，王老太不但没买一件衣服，还硬是把人家赶走了。

王老太得意地跟大家说：“就那衣服，还想蒙我？三两句就知道你的底。”

王老太也算替全体村民弄清楚了这个陌生人的底。

经常，我在北京的地铁里，看到周围一个个陌生的面孔，就会想到王老太。如果王老太坐地铁，她一定忍受不了周围全都是陌生人而且人人都不说话，她一定会想方设法跟周围的人拉起家常，她有足够的耐心和谈话技巧让陌生的人和事变得不那么陌生。

可是王老太已经去世多年了。

其实，有些时候，我还是很想也确实应该跟陌生人说句话的。比如，我想告诉座位上那个困得迷迷糊糊的女孩你的漂亮挎包都快掉在地上了；我想跟一位正在用手机“斗地主”的哥们儿说你刚才打的那手牌真臭；我想提示一位刚上车的老太太不要站在车门口而要往车厢里走这样才有更多机会坐到座位；我想提醒要在这一站下车的一位大叔该往车门口挤了……

可是我都没说。

我曾经因为跟陌生人说话而受过伤。

那还是我多年前刚来北京不久。有一回，我在地铁里和一位漂亮姑娘挨着坐着，一直坐了半小时，很巧一起下车。下车时，我想，按照我们老家的礼数，谁和谁要是能一路同行这么久，就该成为好朋友了，分别时，可能还会互赠随身携带的东西作为小礼物；谈得更欢的，还会邀请到家里喝酒。我觉得没有什么可留给那位姑娘的，于是就在踏出地铁车门后，回头对她说："姑娘，你真漂亮！"

我没有想到，是的，我没有想到，那姑娘也留给我一句："你说谁呢？臭流氓，有病！"

我一下子蒙了，半天才反应过来。我错了，我错不该把城市当成农村老家。

当时，我很委屈也很困惑：流氓，我应该算不上；可是，我是不是真的有病呢？

可能是吧，我不该把陌生人当朋友。

人家都不把陌生人当朋友，而我非要这么做——和大多数人不一样的人，不就是有病吗？

我本来发誓从那以后再也不和陌生人说话的，可是有一次——

那天早晨，在1号线地铁里，人很多，我亲眼看到一个男人的手偷偷伸向挨着我的一个红上衣的挎兜。我情急之下扭头对着红上衣说了三个字:哎，哎，哎……这三个字，只有那个三只手的男人明白是什么意思，他的手恨恨地缩了回去；其他人都不明白，就连红上衣也不明白，还奇怪地看了看我，然后嘀咕说："什么声音？有毛病吧……"

我怎么又有毛病了呢?

自从这次有毛病以后，我就再没犯过同样的毛病了。

绝大部分人从来没犯过毛病。于是，地铁里，人们的身体一路紧紧陪伴，可是人人之间都是零距离的陌生人。

有时我在地铁里,会想起"一回生二回熟"这句老话。每个人的一生中，除了自己的亲人，除了从小相识相处的同乡近邻等先天熟人，绝大部分的熟人都是从陌生人慢慢转变而来的。

但是这个转变当然是有条件的,那就是历经时间的交流、往来与相处。

这时，我悲观地想到，在这个时刻变化着的城市中，在时刻处于运行和流动中的地铁里，这句话是不适用的。

因为我们互不关注。

因为我们彼此沉默。

因为我们从不开始。

我们都是陌生人，在这一点上，我们是朋友。

我绿色出行了

冬天的早晨，下雪了，雪下得很大，很白。

白的路，白的人，白的车，白的树，白的天空。

这单调的白的世界，我要为它增添一丝色彩。于是，我出门了，去坐地铁。

我一出门，这世界就绿了。

我绿色出行了。

我坐地铁很多年，可我以前一直不知道我的出行是有颜色的。直到有一天，报纸电视网络突然都在提倡“绿色出行”，说“坐地铁是一种绿色出行方式”，我这才意识到，这么多年我每次走出家门到地铁站坐着地铁在这个城市里穿行，原来一路上我都如同捧了几棵花草，贴了几片树叶，全身散发着绿油油的光芒。

我高兴地把这个新名词告诉了李老三，可是他的一番话实在是煞风景：

“绿色出行？地铁一进隧道，两边都是黑乎乎的墙，看着就发堵，哪有啥绿色？要是这样都叫绿色出行了，那我在老家，房前屋后是绿树，门口路边也是树，地里都是庄稼，我要是出一趟门，该叫啥出行？”

我的脸有点绿了。

“‘绿色出行’只是一种比喻嘛，一种号召。就是让人们少开车，多骑自行车，多坐公共交通工具，比如地铁和公交车。这样可以减少拥堵和环境污染。”

“你这话说的。让我少开车，可是我得先有车吧。没有车，我只能坐地铁。所以我坐地铁跟绿色不绿色没什么关系。我不绿也得绿。再说了，大家都坐地铁，地面上可能人少车少了，可是地铁里人多了。地面上是绿了，地铁里人挤得脸都白了屁股都红了。”

我的脸有些绿了。

“对了，等哪天我不在北京打工了，我就回老家组织一个乡村游，让城里人看看啥叫真正的‘绿色出行’。”

我的脸彻底绿了。

每次跟李老三说话，他总是跑题跑得特别偏特别远。

我觉得还是我们单位同事小芳姑娘思维更清晰理性一些。

“我今天来上班，可是‘绿色出行’啊。”我跟小芳说。

“大哥，你就别自恋了，不就是挤地铁嘛。”小芳向我扬了扬刚刚从地铁里免费领的一份报纸，“人家说坐地铁是绿色出行，你还真以为你就绿色出行了？看看这篇报道吧，就知道绿色出行到底是啥意思了。”

我拿过报纸一看，头版有一条新闻，标题是“与粉丝零距离亲密接触　众明星地铁绿色出行一路欢笑”。

“人家那些平时从不坐地铁的人，比如某某大明星小鲜肉小仙女啊，偶尔坐上一回，这样的出行才配得上叫‘绿色出行’。像咱这样天天坐地铁上下班并且也只能坐地铁上下班的人，如果也叫绿色出行，那也太矫情了，还不被人笑掉大牙！”小芳说。

我仔细看了那条新闻，确实，文章里，从来不坐地铁的明星们被称为“绿色出行形象大使”，而“形象大使”周围天天坐地铁的乘客们，“纷纷表示，以后要向形象大使学习，做绿色出行的坚定践行者”。

我跟小芳说：“我怎么觉得这篇新闻报道把事情写反了。”

小芳说：“反着看就行了。”

“报纸调过来反着看？”

小芳白白的脸变绿了。

地铁迷路人

在地铁里，我经常会遇到迷路的人。

在地铁里迷路，大概的情况就是不知道该坐哪条线路的车，或者知道哪条线却不知道哪个方向，或者知道哪个方向却不知道在哪一站换乘，或者知道在哪一站换乘却找不到换乘通道，或者找到换乘通道坐上了车却不知道该在哪一站下车，或者知道在哪一站下车却不知道该从哪个站口出，再或者——根本就不该坐地铁。

那天我在 9 号线北京西站等车，一个刚下火车的姑娘问我怎么坐地铁到“沙河高教园”。我仔细看了看她的长相，挺漂亮的，我知道通常女孩的路痴程度与漂亮程度成正比，于是我跟她说：“那你用笔纸或手机打字记一下吧。”她疑惑地说：“不用吧？！您这样直接告诉我就行，我听着呢！”

人家这么自信，我都为自己刚才的想法惭愧了。

“那你听好啊。你先在北京西站坐 9 号线到国家图书馆站，然后换 4

号线天宫苑方向到西直门站，然后再换 13 号线到西二旗站，然后再换昌平线就可以到沙河高教园了。”

然后，我问她 :“知道怎么走了吗？”

她点点头，然后又摇摇头 :“知道，目的地是沙河高教园。其他，其他还是不知道。”

我就猜到是这个结果。

哎，只好，直接上图。我从包里掏出笔和纸，龙飞凤舞给她画了个路线草图，标明在哪一站坐车哪一站下车再换乘哪个方向的哪条线。

姑娘以崇拜的眼神看着我，羞愧而激动地接过路线图，像寻宝人得到了藏宝图 :“没想到这么复杂，大哥，太谢谢你了！”领纸涕零地走了。

真后悔，没跟她要手机号……

如果说这位姑娘迷路是因为原本就不知道路，那么还有一种迷路，是路并不迷，可人先迷糊了。

有一天我在 1 号线复兴门站下车准备去换 2 号线，这时一对抱着小孩的外地夫妻问我去儿童医院怎么走。我告诉他们从西北口出，一直向北走，能走到。

然后我就沿着换乘通道去 2 号线。

走到 2 号线站台时，因为排队的人太多，我站在一个队伍的队尾等前面的人慢慢上车。过了几分钟，我似乎听到旁边有小孩在喊叔叔。扭头一看，我看到了三张熟悉却并不太期待看到的脸——刚才向我问路的那对夫妻的愁眉苦脸，惊喜于重逢的孩子的开心笑脸。

我赶忙问："你们不是要出站吗？怎么从 1 号线走到 2 号线了？"还没等那位丈夫说话，妻子瞪了他一眼后都快哭了："都怪他，一个大男人找不到地铁出口，想出了个幺蛾子，说出站的人肯定多，只要随大流走，就能走出站。我们就跟着人群走，谁知道怎么又进到站里啦？人家没走错，是我们走错了。大哥，出口在哪儿啊？急死人了……"

我不能责怪那位兄弟，其实他在自己找不到出口的情况下，想通过"随大流"走出去，思路也不算错。可惜他不知道复兴门站是换乘站，通常，换乘的人要比出站的人多，他这一"随大流"，等于被大家"带到了沟里"，糊里糊涂地从 1 号线站台又走到了 2 号线站台——绕了一圈还在站里。

帮人帮到底，看着孩子可怜又可爱的笑脸，我耽误了自己宝贵的 10 分钟时间，把这一家三口带出了站。

"拜托咱们还是别再碰到了。"我对夫妻俩说。

他俩笑了，孩子哭了。

作为半个"北京地铁通"（最近几年北京每年都有新地铁线路开通，谁敢说自己是"全通"呢），我曾经帮助过很多问路人。其实，我能走到今天，大部分的路是自己走过来的，当然也有很多路，是问过来的。

问来的路，有的对，有的不对。不对的，就需要自己修正。

我刚来北京时还远没有现在这么多条地铁线，不过这并不妨碍我"找不着北”。

那是我来北京后第一次回老家，我在复兴门站准备坐地铁到北京火车站。进站时我问一个刚刚出站的看起来很老实可信的人该怎么坐车，那人果然热心地告诉我坐 2 号线就能直接到北京火车站，不用换乘——我信了。然后老实可信的人又好心地补充说 2 号线是方形的环形线路，两个方向的车都能到北京火车站——我也信了。

只是那时我还很单纯，做事认准了方向却没考虑距离。于是，我坐上了先开来的一列车，反正哪个方向的车都能到北京站嘛。几站之后，我发现车到西直门了，感觉有点不对劲儿，站起来仔细核对车厢里的线路图，发现西直门和北京站几乎是整个四方形环线对角线的两个点，西直门在左上角，北京站在右下角；而刚才的复兴门站靠近左下角——我坐反方向了。

这时我领悟到，对，多么痛的领悟：世界上最遥远的距离，其实不是从左上角到右下角的对角线的距离，而是从左下角到左上角再到右上角再到右下角的距离。

那个老实可信的人，我不知道是该感谢他还是该埋怨他。

从那以后，我下定决心，自己要走的路，一定要由自己来事先识别清楚。

不知道那位姑娘和那对夫妻是不是明白：我指给他们的正确的路，其实也隐藏着我迷过的路。

不是每个人都有资格迷路

其实，在地铁里，哪怕是第一次坐地铁的乘客，完全可以不必迷路。因为，地铁里的指示牌、指示箭头、线路图等，已经把线路信息标注得足够清晰。

这些引导标志从地铁站口就开始出现了。进站、安检、购票、检票、上下电梯或楼梯、站台、乘车、线路运行方向、前后站站名、换乘线和换乘站名、换乘通道、卫生间、紧急出口等各处，各类指示牌、指示箭头抬头可见。车厢里，车门上方有电子动态运行指示，车门口旁边一般都张贴有地铁运行线路全图。每个站的出入口，除了以英文字母（ABCDEFG，甚至有 A1、A2，B1、B2……）区分，还会标注西北、东北、东南、西南等各个方位，每个出口附近的政府机关、知名企业、医院、学校、银行、商场、写字楼、公园等等，也会根据情况重点标出。

可以这么说，一个乘客，只要上过小学，并且精神和视力都正常，只需稍稍多花点儿时间去研究一下这些引导标志，按照指引前行，总会走上并走到正确的路。

大部分人的所谓迷路，都是因为没有好好去研究这些引导标志。他们在匆忙和焦急中首先想到寻求帮助，却没有耐心或者信心，去依靠自己的分辨和判断，走对自己的路。

有些人，比如老人、孩子，或者像李老三这样极少出门（到大城市）的人，迷路是可以理解的。

可是，不是每个人都有资格迷路。

我如果坐地铁去一个以前没去过的地方，在出发之前，一定会先查询好乘车和换乘线路、从哪个出口出，并估算好进站、乘车、换乘所需的大概时间。对于地铁里可能出现的迷路的情况，就靠自己去识别引导标识来解决。

有一回，我和一位同事要到"新国展"采访一位参加展会的知名企业老总。我和同事约好，早晨 9 点钟在地铁"国展站"见面。

我以前知道但是没去过这个地方。我上网查询乘车和换乘路线，我需要坐 1 号线在大望路站换乘 14 号线，然后坐 9 站到望京站换乘 15 号线，再坐 5 站到国展站。

我依据以往坐地铁的经验，估算出路上所需时间。

约定的时间是 9 点钟，其实我和同事都明白，早到一会儿晚到一会儿都是正常的——尤其是在北京。

我一向是个守时的人。但是那天早晨，我真的没想到，我守时守得简直有点"炫技"了：到国展地铁站跨出地铁车厢后，我看到站台上的电子屏幕显示的时间一分不早一分不晚，精精确确是 9：00。

那一瞬间，我自己都很欣赏我自己。

10 多秒后，我看到了站台上已经在等我的同事。我让他抬头看电子屏幕上的时间，他看了，然后佩服到无奈地摇了摇头。摇完头再看时，9：00 变成了 9：01。

最终的准时源于一路上对每一段路程时间的把控。我这次行程要坐 3 段地铁，换乘两次。这 5 段路程里，我只有第 1 段也就是坐 1 号线到大望路这一段比较熟，其他路线我还从来没有坐过。我完全按照指示牌找准换乘线路、乘车方向、出站口，清清楚楚，简简单单，顺顺利利，不迷茫，不纠结，不徘徊，没耽误路程，没耽误时间。

因为我没有更多的时间可供耽误，没有一段路可供反复。

有一些人，面对生活，面对道路，面对人生，注定是没有资格迷路的人。

在北京生活的我是这样，在老家村子里生活的李老三也是一样。

李老三在北京的地铁里可能迷路，但是在老家村子里，在属于自己生存生活范围的一亩三分地里，他和全体村民一样，个个都生活得明明白白。

他闭着眼睛也能走到自己家的玉米地。他家的地挨着刘强家的地，但是在两家地的交界处，他能精准地只锄掉自家地里的一棵草，而绝不会碰到属于刘强家的一棵。

有一天下午他从山上放羊回来，发现羊少了一只，29 只变成了 28 只。

他知道少的是一只四五个月大的小羊，也猜测到这只小羊是从哪一个岔路口走错了路。他重新返上山，在那个岔路口附近张望了张望，然后朝山下右下方三四十米远的几棵松树扔了两块石头，一只小羊果然咩咩叫着从树丛里跑了出来。李老三一路喊着追着，把小羊赶回了家。

羊可以迷路，但是李老三必须活得明白。

前些年，李老三有时会和其他村民到市里卖苹果。那时通往我们村子里的乡村公交线路还没有开通，每次都要赶到5里地外的火车站坐半小时火车到市里。车站太小（我们叫"乘降所"），不卖票，上车后列车员会巡回补票。为了省下两块车票钱，李老三和大家在车上会尽量逃避补票。

在车上逃票成功了，可是下车出站时还要检票，怎么办呢？

李老三和我的老乡们，经过多次勘察，终于发现，到站后顺着车头方向一直往前走，大约走三四百米，有一条平时虚掩着铁门的小胡同可以拐出去——这条路只有车站工作人员和家属知道。

于是，这以后，李老三和我的老乡们，每次都可以省下两块钱。

不管是在北京还是在老家的村子，迷路都只是一小部分人的权利，他们往往不需独自面对道路，或者有他人可依赖，或者不必承担迷路的风险和损失。而大部分人，迷路意味着失责失职和带来损失。为了负起责任和避免损失，人们必须学会如何不迷路。

不过有时候，我倒真的想在地铁里迷一次路。

在地铁站里的座椅上坐一会儿也好，在通道角落里看人群川流不息也好，在车厢里坐着看书或者打盹儿而不管时间几点车到了哪一站也好……

可是地铁站的里里外外，那些指引标志太明显、太清晰，我不想走它们好像也在催着我走，催着我往下一段路上走。我来不及停留，来不及欣赏，甚至来不及走错路，让我看看另一段路与我要走的那一段有什么不同。

我其实很羡慕曾经在王府井地铁口遇到的两位姑娘。

一个姑娘说："哎呀，我们要去北边的王府井步行街，今天怎么走错了，从南边的出口出来了。"另一位姑娘说："太好了，我从来都是从北口出去直接去王府井，今天终于有机会看看南边是啥样了。"

那一次，我是要去位于王府井地铁站西南出口附近的一家杂志社办事。

我怎么就没走错路，顺便去逛逛王府井呢！

对了，我是没有资格迷路的人。

地铁很年轻

“北京的地铁真年轻。”一天早晨在地铁里，李老三突然这么跟我说。

“其实已经不年轻了，北京第一条地铁线建成都快 50 年了，都要赶上你那么老了。”

“我不是那个意思，我是说，坐地铁的好像都是年轻人。”

这句话李老三说得倒没错，此刻，如果想在地铁乘客里找到几位他的同龄人，还真是有点困难。

前几年有一条新闻说，南方有一座省会城市曾经做过一个关于地铁乘客年龄的调查，调查结果是，这个城市地铁乘客的平均年龄为 34.4 岁。

我觉得，北京，只会比那座城市更年轻。

每天早晨的上班高峰时段，这种感觉最明显。在任何一个地铁站，不用抬头看人，只要听到进站口、楼梯、站台、换乘通道里杂乱但铿锵的脚步声，就能知道，这是一个属于年轻人的世界。

这时的地铁车厢里，放眼望去（这需要你的身高足够高），20 岁到

35 岁之间的年轻人，可能会占到全部乘客总数 90%；40 岁，算得上是地铁里的高龄人群了；而 60 岁以上的老年人，恐怕也就是百里挑一挑二了。

“我终于明白为啥咱们村里都只剩下上岁数的人了。”李老三说，“这些年眼看着村里的年轻人一个个都离了家，也没多想他们都去哪儿了。现在可算感觉到了，年轻人都跑城里来了。”

我想对他说，连你李“老”三现在都跑北京来了，更何况村里的年轻人呢。

这些年来，我们村里除了我，还有立金、小锋、辰辰、二勇、大童、秀莲、艳杰等三四十人，陆续离家离村来到了城市，都经常坐地铁。除了到北京的，还有到天津的，石家庄的，郑州的，青岛的，上海的，武汉的，杭州的，广州的，深圳的……

其实，很早之前我就发现一个现象：北京的地铁里，几乎都是 40 岁以下的人；而我们老家村子里，差不多只剩下 40 岁以上的人。地铁人群年龄的上限，正是仍然生活在村子里的人群的年龄下限。

我们离家时，都是不到 20 岁的年纪。

老家的村庄，能不因为我们的离开而变老吗？

城市，能不因为我们的到来而变年轻吗？

老家村里的年轻人，都顺着村路走了出来，从此，那村路，成为一条越走越老的路。

李老三在老家的村路上已经来来回回走过了 50 多年，如果不是他这次临时来北京打工，他在老家每天走村路的日子不会中断。不过像李老三这个年龄的人，已经不会再在北京“谋发展”了，他注定只是这个城市的一个过客，过不了多久，他还得回到老家，继续在村子里的路上走下去。

老家的路虽然越修越好，却挡不住走在那路上的人越来越老。

从我们这一代人起，我们在村里的路上走了十多年以后，开始从这条路走出村子，走到另一些地方，远远近近的城市，学习、工作、成家、定居。从此，我们都说不准要多久才能回老家一次，多久才能再走一次我们的先辈世世代代都不曾走出的路。

没有了年轻人，没有了年轻人的孩子，走在村路上的人，相逢便是中年，更多的人，已经 50 岁，60 岁，70 岁……

任何一条人们走出来的路，和周围原始的自然环境相比，都是年轻的；可是，一旦走在路上的人老了，这条路也就老了。

村里的路老了，而城市里的地铁正年轻着，并将一直年轻。

我说北京的地铁年轻，首先是因为，不管是新线路还是老线路，地铁给人的感觉总能“与时俱进”。

我在北京多年间，作为一名普通乘客，亲眼看见亲身感受到了地铁列车车型车体的更新换代、车厢内乘车舒适度的提升、发车间隔的一再缩短、售票与检票方式的电子化升级、地铁隧道内网络信号的从无到有、地铁电视的开通、车站内装修装饰的美观美化、地铁广告形式与内容的精彩呈现和变换、保证乘客人身安全与列车运行安全的屏蔽门的安装……当然还有我作为非地铁员工、非地铁专业人士所不知道的其他方面——这些与时俱进的正向变化，让我这个“老”乘客真心觉得地铁并没有和我一起变老。

地铁的年轻，归根结底还是因为人的年轻。

一个乘客，如果坐地铁年头久了，已经不再年轻，他就很可能不必再坐地铁出行了。在北京打拼了那么多年，他应该有经济能力买一辆属于自己的车了，或者，他已经成为工作和职业上的“自由人”。

于是，某一天，在地铁的某一站，他下了车，走出站，回回头，挥挥手，跟地铁、跟那一段人生旅程道别。

上了岁数的人，这辈子都已经走过了很长的路，而且，不管是生活在城市还是乡村，他们大都认为自己走过的路已经够精彩，够骄傲，够值得回忆。地铁，或者村路，再新建，再延伸，都不会跨越他们这几十年的人生历程所抵达的眼界和筑起的心界。

可是，年轻人，他们的路才刚刚开始。

一个不再年轻的人刚刚告别的地铁出口，是另一个年轻人人生新旅途的入口。

城里的年轻人，需要离家出门去学习、上班、购物、约会、聚会、娱乐、旅行；从乡村来到城里的年轻人，先要为自己找到栖身之所，然后，开始像城里的年轻人那样生活。

地铁，可以方便地带着这些年轻人到达他们想要去的地方，做他们应该做和喜欢做的事。

地铁，是身处城市的年轻人开启人生之旅、感知现实世界、融入未来生活的重要方式。

地铁，是年轻人的海洋，也是年轻人的江湖。

地铁，
是年轻人的海洋，
也是年轻人的江湖。

老人与地铁

每天上下班时的地铁里，极少看到老年人，一节车厢里能有一两位已经很难得了。

老人们是明智的。

曾经有一次，我跟已满 50 岁的李老三说："再过 10 年，你就不适合坐地铁了。"李老三无奈地点了点头。

我这么说没有一点不尊重老年的李老三和李老三的老年的意思。

每次下班回家，我要从 1 号线建国门站西南口进站。刷卡后右拐，我通常会犯晕:眼前，脚下，是深深长长的下楼台阶，没有电梯。那高度，足以让没有恐高症的人患上恐高症，让有恐高症的人望而却步。

有一次，我特意数了一下，这段楼梯一共有 6 小段，每段 16 级台阶，总计就是 96 级。

老年人走下这 96 级台阶，可想而知该有多么费劲儿。

要是登上这么高的台阶呢？还不知道中途要歇息几次。

进站出站只是老年人艰难地铁旅程中的一段，如果需要换乘，上楼下楼，下楼上楼，有时有电梯，有时没电梯，还要走过长长的换乘通道……连年轻人都觉得又累又烦，更别说体力不济行动缓慢的老年人。

坐地铁的年轻人，大多有过这样的经历：站了半天挤了半天，早已疲惫不堪、心烦意乱，这时，眼前座位上艳羡了半天的人终于下车，于是心中窃喜，幸运地赶紧坐过去，把挎包卸下来放在腿上，抖抖肩膀，拽拽衣角，长长地出一口气，准备闭上眼睛享受一会儿。

气还没出完，眼睛刚闭到半路，眼前突然出现一位刚刚挤上车的老人，眼光正往你的座位这边看，明显是在搜寻座位。

其实老人明明知道不会有现成的空座位。

一切心照不宣。

作为一个有文化讲道德的年轻人，你不好意思坐下去了，虽然内心并不情愿，也只能重新背起挎包，潇洒地站起身，礼貌地对老人说："您坐这吧。"

你在老人的一声"谢谢"中，继续回复到刚才的状态。只是，老人根本不知道你其实已经站了一路，刚坐下不到10秒钟。

其实，年轻人不必觉得委屈，老人也不必有压力。

绝大部分老年人十分理解年轻人的辛苦，他们对年轻人的小小善意是心存感激的；而年轻人固然辛苦，但是面对老人，这点奉献和牺牲精神必然是要有的。

在地铁里，换乘对于老年人来说是一件很麻烦的事。且不说换乘路线通常很远，翻山越岭，七上八下，十分累人，一个可能给老年人带来心理压力的事实就是:老年人走路速度慢，无法与年轻人保持同步，因而，会受到年轻人的“不耐烦”。

这几乎是出行的老年人和年轻人都无法避免的事情。年轻人只能跟在老人身后放慢脚步，找准时机，侧身，紧走几步超越过去，同时心里暗暗埋怨“怎么不靠右走”，或者“这么大岁数了，打个车多安全”。

其实，作为年轻乘客，应该很清楚：乘坐地铁出行的老年人，在所有乘客中所占的比例其实已经很小了。

老人们如果没有特殊的事，不会轻易坐地铁。

一对老夫妻从八角游乐园站上车，去往复兴门站。原来，两位老人以前几十年一直住在西南二环附近，后来因为拆迁，搬到了西五环。今天，两位老人说要回原来的地界儿看看，那里变成啥样了。

一位大爷，坐地铁去东单的一家医院。原来，他一早听说一位老朋友生病住院了，着急要去看，可是孩子们都不在家，没法开车送他。老人正好住得离地铁站不远，狠了狠心去坐地铁，看着拥挤的人群，还是奋不顾身地跟着大家挤了进来。

一位 60 多岁的大叔，精神状态不错，年轻人给他让座他也不坐。原来，这位大叔几个月前刚刚办理了退休手续，现在单位返聘他回去“继续发挥余热”，他现在每个星期到单位去两次，“我每次坐地铁来回上下班，就当锻炼身体了。”

有一对老夫妻带了三个包，鼓鼓囊囊的，说是去通州看孙子。“城里房子太贵，买不起，只好帮助儿子在通州买了一套。这下倒好，去一趟，从大西头到紧东头。”

还有一对北京老夫妻，坐在地铁里一直兴致高昂地说着话。我渐渐听明白了，原来，两位老人听说北京有新的地铁线路开通，便决定去体验一把。这个习惯两人已经坚持了好几年。

一天早晨，我看到一位70多岁的老太太，拉着一个带轱辘的拉杆帆布包，一步一挪地下台阶进地铁站。我有点担心，人这么多，一个老人，还带着包，一会儿可怎么挤车坐车。

我上前想帮老人拎她的拉杆包，不料老人挥挥手拒绝了：没事，里边没东西，我到马路对面市场买点菜，习惯了。

原来，老人不是要坐地铁，只是要从地铁通道过马路。

老人们很少坐地铁，是因为他们这一辈子已经走过了很多路，该歇一歇了。

坐地铁的老人，背后大多会有一个不为年轻人所知的故事。

年轻人应该尊重每位老人的每一个故事，毕竟，在将来，年轻人也会成为故事的主角。

上站 Upper station

天安门西

TIAN' ANMEN West

第二章

西单站有多少盏灯

下站 Down station

西单

XIDAN

地铁，是一种生活方式

一天早晨 7 点多，我快要走到八角游乐园站的时候，远远看到的情形吓了我一跳：进站口附近无序地聚集了黑压压的无数人，人群却并不向前移动。走近了才知道，原来是 1 号线地铁出现故障，进站口临时封闭了。

人们只好在站口外焦急等待；同时，更多的准备坐地铁的人正源源不断地往进站口会集。不到两分钟，刚刚还站在人群外围的我已深陷人群中间。我努力踮起脚环顾四周，那场面，那阵势，让人不由产生压抑和紧张恐惧感。

简直无法想象，如果没有地铁，这么多人的出行该怎么解决，北京的交通又会是什么样子？！

在北京，出行靠地铁，已经成为无数人的一种生活方式。

北京的第一条地铁线路，开始修建于 1965 年，据说当时是出于特殊环境下的战备考虑，“战备为主，兼顾交通”。因此，1970 年 10 月 1 日正式通车后，很长时间内并没有对公众开放。当时的老百姓想乘坐或参观地铁，都需要拿着单位介绍信或统一发放的参观券才行。一直到 11 年后的 1981 年 9 月，北京地铁在试运营 10 年之后，才正式对外开放。

近十多年，我亲身见证和体验了北京地铁轨道交通简直让人惊叹的发展变化，我觉得，出现这样的发展变化，一是因为北京人太多，二是因为北京地儿太大。

人太多，地面上的路就不够用，就会堵车，公交车里的人就会挤。

记得初来北京的前几年，有一段时间，我上班时，要在公主坟地铁站出来后换公交车沿着西三环向北坐。那时，等车的人多，每开来一辆公交车，车里的人也多。车进站，女售票员先从前门下来，走到后门，等乘客们上得实在上不去了，女售票员开始履行另一项工作职责——从背后往车里推半截身子露在门外的乘客——不这样的话车门关不上。把最后一个乘客推进去之后，她自己还要再努力挤上去，嘴歪眼斜地扭头向着司机方向喊一声“关门——”

有一回，在最后一位乘客上来之后，车厢里一位女乘客，不知道是确实没看到车下还有一位售票员没上来，还是很久不发车等得实在不耐烦，也冲着司机喊了一嗓子“关门！”嘈杂声中司机哪里分得清是不是售票员喊的，关上车门，开车了。好在有乘客发现不对劲，赶忙提醒司机停车。再往车后看，只见售票员一手抓着装车票和钱的包，一手拼命挥舞着，一边骂着司机，狂奔着追赶了上来……

那几年，我在地面上——坐公交车时，没少看到这样的情景。

在北京，
出行靠地铁，
已经成为无数人的一种生活方式。

所以，近些年，地铁线路越修越多了。

地面上的人太多太挤，只好打地下的主意。

确实，现在，我再坐公交车时，极少会看到售票员往车厢里推乘客的情景了——这种事都从地面转移到地铁里去了。

坐地铁的一个好处就是：人虽多，但不堵车。

在北京堵车跟在我们老家堵车是不一样的。

有一年秋天，李老三推着小推车从地里往家运玉米秸秆，冬天当柴烧。

玉米秸秆一般有两米多高，割倒捆起来就是两米多长。这东西并不沉，李老三装了满满一车，从村东头的东梁下来推着往村西头的家里走。

走到村子正中间，遇到了郭老二。郭老二也推着满满一车玉米秸秆，从村西头往村东头的家里走。

村路太窄，玉米秸秆太长，堵车了。

“你往后退，我都快到家了。”李老三说。

“凭啥我退呢？我也快到家了。你往后退。”郭老二说。

谁也不退。

李老三停好小推车，坐到路边的石头上，掏出一根烟点着。

“我急啥？我又不着急回家做晚饭。”

李老三是故意气郭老二，因为他早上看到郭老二的媳妇赶火车回娘家了。

郭老二也停好小推车，坐到路边的石头上，掏出一根烟点着。

“人晚吃一会儿饭怕啥？又不会像羊饿了就叫。”

郭老二当然知道李老三家里养着羊。

一根烟抽完了，两人谁也不起身，互相瞥了一眼，手伸进衣兜，准备掏第二根。

这时，张斌从李老三身后拎着一个筐过来了。他也是从地里刚回来。

“你俩还能干点好事不？堵着道别人还走不走了？”

“他不退，我有啥办法？”俩人同时说。

事实证明张斌的媳妇二娟经常跟他打架骂他笨确实是冤枉了他，张斌的脑瓜还是很好使的：“你俩把自己的小推车都掉个头，老三你推着老二的车回家，老二你推着老三的车回家。反正就是一车破秸秆，多一捆少一捆也不吃啥亏。”

“馊主意。”李老三说。

“幺蛾子。”郭老二说。

“那就这么办。”

两个人一边说着一边站了起来。

“我这一车肯定比你那一车多两捆。多两捆就多两捆，不跟你计较，明天你把我的小推车送我家来，把你的推走。”

“行吧。啧啧，这还叫不计较……”

村里堵车的问题就这么解决了。耗时七八分钟，没有损失，没有伤害，不用经官。第二天，谁去谁家送小推车，没准又被留下来，炒俩菜，喝两盅酒。

堵车的事要是发生在北京呢?

人多车就多，据说，全国堵车最严重的城市就是北京。首都即首堵。

堵车堵路也堵心。脾气好的，习以为常，在沉默中沉默；脾气差的，在沉默中爆发,“路怒”一下，骂几句粗口，气是顺了些，车还是继续堵。

堵车让人心里最不踏实的，其实是时间上的不确定性。

在北京，两点之间的距离，用长度来衡量往往是没有意义的。有时，你明明看到目的地就在前方不远处，可是你不能确定要多久才能到达；有时,你不能保证,你去 1000 米外的地方花的时间比去 10000 米以外更短。

距离不是距离，时间才是距离。

因为堵车。

坐地铁，可以基本避免这个问题，至少，能让人对时间有一个八九不离十的把握。

两点之间，不是直线最短，是地铁最短。

我喜欢坐地铁，还有一个原因。这个原因说起来，我发现跟我喜欢的一位著名作家心有戚戚。

一个周末，我到国家图书馆去听这位作家的文学讲座。讲座的内容和内容之精彩就不说了，让我讶异的是，讲座结束之后，我去往国家图书馆地铁站准备坐 9 号线回家的时候，竟然遇到这位作家也往地铁站走，他也要坐地铁回家。

这位功成名就的大作家，竟然没有开车来。

“老师，您怎么没开车？坐地铁是不是在体验生活呢？”我半开玩笑地问。

“开车太费神，脑子没法放空。坐地铁可以随便观察，仔细思考。这也算是对时间的一种充分利用。”作家说。

这么著名的作家，竟然跟我想得一样啊！

北京地铁发展迅速，我觉得另一个重要的原因是北京太大。

我们村，从最东头的刘家到最西头的王家不会超过 1000 米。

有一回李老三和他媳妇大花去地里干活儿。李老三要走着去，大花不知道为啥撒起娇，非要让李老三骑自行车驮着她去。李老三很生气：“走到东梁也用不了 20 分钟。再说，我骑自行车驮着你也只能驮到村东头山梁底下，两三分钟就到。你这是要闹腾啥？”大花不干，李老三只好推出自行车，驮着大花出了门。却不料大花笑盈盈美滋滋地刚刚跟四个村民打过招呼，正在向第五个摆手，不知道是因为她太胖，还是因为她手里的锄头太沉，后车轮突然爆胎了。大花尴尬地跳下车，差点没摔倒。李老三本来心里不痛快，这回更是恼火，气得把车塞给大花：“闹！还闹不？你快回家吧。早知道这样还不如我自己下地。”大花红着脸推着自行车一个人回家了。

村子太小，还没等大花回到家，她把自行车压爆胎的事已经在村子里传开了。

如果在我们村的村东村西各设一个地铁站，列车启动运行平稳后恐怕就得马上刹车，要不然非得撞上山梁根。

可是，北京，那可就太大了。

我要是骑着自行车上班而不是坐地铁上班，肯定会把我——还有自行车——累坏不可。

李老三在老家骑自行车驮着大花从村西往村东去的时候，我正骑着自行车在北京长安街上由西向东飞奔。

2003年，就是闹“非典”那一年，我在王府井步行街北口灯市口附近的一家新闻单位上班。平时我都是从八角游乐园站坐整整半个小时1号线地铁在王府井站下车，然后沿步行街走到单位。因为“非典”，闻者色变，吓得人们都不敢坐地铁了。一天早晨，我狠了狠心，决定骑自行车上班。

不坐地铁，骑自行车，我才深切地感受到长安街有多长，北京有多大。

平时坐地铁，从八角游乐园到王府井一共是13站。我骑着自行车，以地铁站为参照，或者叫目标，一站站自西向东行进。

那个早晨，我一共骑了一个半小时，数过13个地铁站，再向北绕过步行街，终于赶到了单位。

全程将近20公里，40里地。

晚上下班，我没有力气再骑那么远了。我把自行车送给了收发室大叔，断了以后再骑车上班的念想，然后，坐地铁回家。

“你上个班比我去一趟市里还远？！而且是天天来回跑，一天80里地？”李老三将信将疑。

北京太大，
所以修建了这么多地铁；
修建了这么多地铁，让北京变得更大。

“没错，天安门做证。”

在北京，这有什么好奇怪的呢？单程 20 公里，只需要坐半小时地铁，而且不用换乘，这在每天几百万的地铁上班族里已经算是很幸福的了。

北京太大，所以修建了这么多地铁；修建了这么多地铁，让北京变得更大。

“有机会我也带着大花去体验一下北京地铁，顺便看望一下首都人民。”李老三说，“他们比咱村里人可辛苦多了。”

辛苦不辛苦自己的内心说了算。不过，后来，李老三倒真的来北京了。

坐地铁的三个秘密

每次我和李老三一起等车时，我都告诉他尽量从列车的中间车门上车。

一般每节地铁列车单侧有 4 个门，按照顺序叫 1、2、3、4 门吧，1、4 门在车厢两端，2、3 门在中间。

坐车次数多了，李老三就体会到了我的一番苦心和英明之处。因为如果从中间车门上车，乘客可以往两个方向分散。比如从 2 门上车可以往 1 门和 3 门分散，从 3 门上车可以往 2 门和 4 门分散。

而如果从边上的车门上车，比如 1 门上车，绝大部分乘客只能全部往 2 门方向挤，从 4 门上车只能往 3 门方向挤。

你说从哪个门上车更挤呢?

我把这个秘密说出来的时候，李老三忧心忡忡地说："别人知道了，都从中间车门上车，咱俩可就亏了。"

转瞬，他又明白过来了："嘿，别人都从中间上车，那两边的车门，不就是咱俩的了？！"

李老三左脚的两个趾头被踩了，不，应该说，是被一位美女的高跟鞋的鞋跟，结结实实地“钉”了。

他不好意思冲美女撒气，也不好意思冲我撒气。

因为我早就提醒过他。

我跟他说过，如果车厢里人多，或者你旁边正好站着人，在列车启动、减速或者晃动的时候，你最好把鞋尖稍稍翘起一点，这样，如果旁边有人因突然失去重心站不稳而来个趔趄，那突然移动的脚就不至于直接“跺”在你的脚尖脚背上。要知道，此时对方这只脚支撑着身体一半多的重量，特别是当一只高跟鞋的后跟“钉”在你的脚面上时，就更惨了。

那位踩了李老三的姑娘连声说对不起。

下车后，李老三一瘸一拐地对我说：“幸亏那姑娘比较瘦，这要是个胖妞……”

我坐地铁去北京火车站时，通常是从八宝山站坐 1 号线到建国门站，然后换 2 号线。

北京站地铁站，有东、西两个进出口。但是这两个进出口，不像其他地铁站那样，每个口既可以出又可以进，而是：东边的站口只能出站，西边的站口只能进站。

当地铁列车从建国门方向过来，到站停车时，车头在西，车尾在东。乘客如果正好在车尾位置下车，靠近出口，就可以便捷地直接出站；而如果在车头下车，就需要从西到东走过整个站台（将近整个列车的长度），到东边车尾方向的出口再出站。

坐火车的人通常都拎着大包小包，这样一段路，并不轻松。

怎样才能少走这一段路呢?

在建国门站从 1 号线换 2 号线去北京火车站时，有南、北两条距离相同的换乘线路，北边的换乘线路首先到达车尾，南边的换乘线路首先到达车头。

所以，很简单，我每次换乘时，都是走北边这条换乘线，这样，我可以在车尾上车。到站后，直接在车尾方向出站。

如果换乘时走的是南边那条换乘线，也就是在车头上车。到站后……你就走吧。

这个秘密，一开始我只告诉了李老三。后来李老三跟我说，有一次他去赶火车，如果再迟到两分钟，就来不及了。幸亏按照我说的线路走，节省了两分钟时间，幸运赶上了车。

为了“挽救”更多的人，我决定还是把这个秘密公之于众吧。

坐首班车的人

有一年夏天，6 月份，一个外地游客向我打听：“如果我从 1 号线古城站坐首班车去天安门广场看升旗，来得及吗？”

我告诉他：“来不及了。”

他失望地说：“都说北京地铁方便快捷，没想到首班车这么晚，连看个升旗都赶不上。”

这年冬天，12 月份，又有一个游客向我打听同样的问题。

我告诉他：“坐首班车去也太早了，到天安门你还得等两个小时，没必要。”

他十分高兴：“北京地铁真是方便快捷，那么早就开始运行了。我先在天安门前和广场逛逛，再看升旗，一点都不耽误。”

其实，天安门广场的升旗时间并不是固定的，简单说，每一天，国旗都与太阳同时升起。这样，夏天的时候，最早的升旗时间大概在 4：45

左右；到了冬天，最迟的升旗时间在 7：35 左右。

而地铁的首发车时间一年四季 365 天都是不变的，比如 1 号线苹果园站起点的首发时间每天都是 5：10。

在北京这么多年，每年我都要坐四五次首班地铁。

平时，我都是 6 点多起床。赶首班地铁的时候，我不得不把闹钟定在 4 点半。

我不喜欢冬天的凌晨 4 点半。这个时刻，人困，天寒，夜黑，就连路灯也显得昏暗，仿佛冷风把本来照向地面的光亮都吹向了幽暗深邃的天空。偶尔有汽车在空阔的马路上疾驶而过，黑暗中快速的突如其来，总让人觉得不安和不安全。

但如果是在夏天，这个时候走在北京的街上是很惬意的事：天刚刚亮，空气清新，温度适宜，街道寂静，白天拥堵的马路此刻因少有车辆经过而显得颇为开阔，人的视野与心境于是也一起开阔起来——这是一天 24 小时当中，北京城里能看得见感受得到的最静谧悠然的时刻。

两个小时之后，这份静谧和悠然渐渐被嘈杂、匆忙和拥挤驱赶、冲散、淹没。

坐地铁去天安门广场看升旗，算是一件愉快的事了。绝大部分赶首班地铁出门的人，或者有特别的事要办，或者有更远的路要赶。

比如我，每年几次坐首班地铁都是为了赶火车，回到几百里地之外的老家。

我住在北京西边的石景山，要去北京火车站，赶早晨6点多的一趟火车。我要从家步行到1号线八宝山站上车，一直坐到建国门站，再换2号线坐到北京站。全程大概需要70分钟。

那个冬天的早晨，在八宝山站和我一起上车的，还有一位20岁出头的姑娘。她一上车就开始打手机。后来，我渐渐听明白了，她是和在外地老家的家人商量去复兴门附近的某家医院挂号的事。

让我没有想到的是，姑娘打完电话，竟然突然抬头转向我跟我说话——她也只能跟我说话，因为整节车厢里只有我们两个人：

“大哥，你说，我这么早去医院，能不能挂上号？”

我很能理解一个年轻姑娘遇到这种事情时的焦虑和无助，她甚至想得到一个陌生人的鼓励和安慰，可是我自己知道，无论我怎样回答，都不具备现实的意义——别人的事，以后的事，谁都无法预知；并且，这件事，需要她自己去面对。

就像她根本不知道，我花70分钟走完这段旅程之后，还要坐4个小时的火车，再坐40分钟的汽车，才能回到我的村子。

我们都是不得不早起去赶首班地铁的人，因为，地铁里经历的路程、时间，甚至心情，都只是我们这趟全部旅途的一小部分。

或许，甚至，也可以这么说，那些不需要在5点钟6点钟赶地铁首班车的人，当他们在7点钟或者8点钟踏入地铁，那地铁里或长或短的旅程，又何尝不是他们这次出行、这一天的人生旅程当中的一小部分呢？！

我们都是不得不早起去赶首班地铁的人，
因为，地铁里经历的路程、时间，甚至心情，
都只是我们这趟全部旅途的一小部分。

车到复兴门，姑娘下了车，我继续我的旅程。其实，在刚刚过去的 9 站路程、20 分钟时间里，车厢里已经多了许多人。有人因早起而显得困倦，有人因即将开始的远行而显得兴奋；有人面无表情默想着自己的心事，有人低头看手机偶尔抬头看看到了哪一站。

但此刻大家相同的，也是与整个白天地铁里的情形不同的是：首班车里的人们，每个人都有座。

这是对早起者的奖励，是对即将开始一天辛苦旅程的人的短暂安慰。

早出的人与晚归的人

我观察过早晨出门进地铁的人和晚上出地铁回家的人，在这两个不同的时间段，即使是同一个人，也能看出早晚的不同。

早晨在八角游乐园站等地铁时，经常能看到一个胖小伙。他前面挺着胖鼓鼓的肚子，后面背着瘪瘪的书包。他领子不白，但是胸前挂着的一家著名网络公司的员工证证明着他是个白领。

有一次晚上下班在地铁里我也遇见了他，不过同早晨相比，胖小伙的肚子明显地瘪了。

他肚子那么瘪，不是饿的，就是工作一天累瘦了。

早晨吃饱肚子鼓鼓地出门，不就是在为这一天准备力气吗？不就是准备这一天瘦的吗？

难怪有时候感觉晚上下班的地铁比早晨上班的地铁更快些——晚上下班回家的人比早晨出门的人瘦了、轻了，地铁自然开得快了。

不过胖小伙一点也没有不开心的样子，他胸前的那张员工证随着地铁开开停停欢快地晃动着。我知道他为啥没有不开心，因为我发现，他虽然前面的肚子瘪了，可是他背后的书包比早晨悄悄地稍稍地鼓了。

嗯，那是因为里边装着钱包。工作忙碌了一天，瘦了好几斤，最终对付出和失去的补偿，都会在钱包里体现出来，钱包能不变厚吗？背包能不因此鼓一鼓吗？

生活是公平的。

但是有一天晚上，我遇到的一个男人，不但肚子要比早晨鼓一些，挎包也仿佛更丰厚了，于是我猜测他是个公司老板。其实他白天工作时可能也很忙，也会累瘦，不过到了晚上下班盘点时，员工的付出都变成了他的收获，于是他美美地吃完了一顿丰盛的晚餐再回家——此刻，他的腰鼓了，他的腰包也鼓了。

这两个人早晚间的不同是很明显的，但是有更多人的不同是很隐蔽的，需要仔细观察才能发现。

一天早晨，我在地铁站入口仔细观察每一个人，一直从 7 点钟早高峰开始到 9 点钟早高峰结束。

晚上 5 点开始，我就在地铁口，把每个出站的人和早上进站的人一一对比。

有一个小伙子，早晨进地铁时嘴角粘着早点摊煎饼果子里面的香菜叶，晚上回来时香菜叶已经不见了，嘴里呼出的似乎是大葱味，他中午吃的可能是大葱馅饺子。

有一个早晨穿西服戴领带的家伙，回来时领带扣已经松到第二个纽扣了，不知道是路上被挤成这样的，还是白天谈业务没谈拢气急败坏自己拽成这样的。

有一个早晨看起来脸比脖子白很多的姑娘，回来时脖子比脸要白。

还有一个女孩，我明明记得她早晨拿在手里的那本书叫《如何与同事相处》，可是晚上回来时变成了《职场厚黑学》。

早晨，有一对年轻恋人，姑娘亲昵地挎着小伙子的胳膊走进了地铁；可是晚上下班回来时，是小伙子使劲儿拉着姑娘的胳膊把她拽出了地铁，姑娘一边哭一边说："分手……分手……"

不管是丢盔卸甲还是满载而归，不管是朝三暮四还是沧海桑田，好在这些早晨出门的人，晚上都回来了。

有些人，晚上就不一定回来了。

那天早晨，我看见一个很漂亮的姑娘进了站，我就暗暗记住了她——她应该不是北京人，她在用方言打电话时，我看到她有两颗可爱的虎牙。可是晚上我在观察出地铁的人的时候，却没发现她回来——很多姑娘漂亮是漂亮，却没有虎牙。那天晚上我一直等到末班车开过也没见到她。

她可能搬到别处住了，我猜。这不奇怪，哪个外地人在北京买房之前，没搬过几次家呢。

她也可能回老家了。北京不一定适合每一个外地人。

这一早一晚的见与不见，不知道会不会关联到了她的一生。

一天足够漫长，北京的人足够多，足以让各种各样的事情发生。

每个人，在一天天变化，积少成多，从量变到质变。

明天的一早一晚，我还会看到不同人的不同变化。

远离双肩包

每次在地铁站里排队等候上车的时候，如果我发现我前面的人背着双肩包，我宁愿换个车门，或者等下一趟车，也不愿跟双肩包挤在一起。

上了车你就知道，特别是人多的时候，如果你的前胸或者后背紧紧贴着一个棱角分明鼓鼓囊囊的背包，该是多么别扭和痛苦的事。

我对能主动把背包移到胸前来的人从来都心怀好感。

通常情况下，如果你和另一个人背对背站着，两个后背之间能有两厘米的空隙已经不错了。经常是车一变速或者稍有晃动，两个人的后背就得来一次零距离接触。

不过好在，现在大家生活条件好了，真想遇到一个瘦骨嶙峋的人也不是那么容易，所以倒不必担心被对方硌一下；另外，关键是，万一两个人零距离了，双方都能感觉得到，本能地会前倾身体，以避开这种和一个陌生人亲密接触的尴尬——算是一种智能自动调节吧。

可是如果你的背贴着一个包那就不一样了。首先，车厢里只要人稍微多一点，你就别想着还能跟那背包保持哪怕一厘米的距离，背包占了本该是一个人站立的空间，紧紧地贴着你挤着你，随着车厢晃动，那硬邦邦的棱棱角角还不时地剐蹭你一下，你只能厌恶地回头看看那人那包，身体却根本无处可躲。

最让人恼火的是，你本来已经在忍受了，忍受了很久，可是那个背包的主人，根本不知道（其实大多数情况是明明知道却装作不知道）此刻他的背包已经让你陷入了水深火热。你终于忍不住，回头对他抗议："你能不能往前点，你的包……"他转过头，很不屑很不耐烦地回击："我的包怎么了？我有什么办法？怕挤去打车啊。"

这样说好像根本就是你错了一样。这时你恼羞成怒，不想再忍了，于是用力地往后挤，可是你突然"哎哟"一声，原来是你的后背挤到了人家背包的塑料扣或者拉链——本来还是零距离，这回背包上的物件深入你的肌肤成了负距离，对方依然稳如泰山。

你放弃了反抗，只好自己把身子探向前再向前，双手紧紧抓着扶手，不至于让自己前倾到跌倒。你就这样佝偻着，挣扎着，坚持着，一直到你下车或者身后的背包下车。

你的柔软的肉身，抗争不过一颗坚硬的心做后盾的坚硬的背包。

这样的事情见到和经历得多了，就会觉得，在如何背包乘地铁这件事上，可以检验一个人的公德意识和文明程度。

背包客里有几种人，比如游客、学生、出差办事的人，带的东西确实多，拎着大包小包，背后再背着一个包。碰到这样的人你只好自认遇人不“舒”——不舒服的舒，你只能去理解和宽容，最多在心里暗暗埋怨，毕竟人家也是没有办法，毕竟人家带着这些东西也很累。

还有一种背包客就很气人了，就是那种在中关村五道口西直门东直门国贸的某个写字楼里上班的20岁出头的小白领——尤其是男生，本来东西并不多，除了手机钱包钥匙链，最重（但其实体积并不大）的物件就是一个笔记本电脑了，可就是这些明明用一个斜挎包就能装下的东西，非要用一个大大的双肩包背着，在13号线、10号线、1号线这些本来就人潮拥挤的线路里晃来晃去——损人还未必利己。

其实，肯为他人着想的人终究还是有的，比如心地善良行为高尚的李老三。

那还是李老三第一天来北京。那天我去北京火车站接他，我们俩坐上2号线地铁后，李老三把一直在身体右后侧斜挎着的大帆布包移到了身前来，然后说：“可别在背后剐着挤着别人，我又看不见。”

瞬间我觉得李老三那好几天没洗的黑衣领比很多白领的白衣领还要白。

“我吃过这样的亏，后来我就特别小心，尽量别让别人撞到我，我也别撞到别人。”

“啊？咋回事？”

“还不是王大乐，挨千刀的。那回王大乐、于三我们几个去市里卖苹果。

晚上回来的时候，王大乐挑着空苹果筐在前面走，我在他后边。这家伙跟于三说话，说话就说话呗，你转身子干啥？他脑袋和肩膀往左边一拧，后边的苹果筐就往右一转，正好撞在我肋巴上。疼得我，真想踹他两脚……不知道他记住没记住这事，我这个挨撞的人倒是记住了。这会儿我这个包要是在后边背着，肯定碍别人事，咱可别让自己讨人嫌。”

李老三说这些的时候，我看到周围的人向他投来了同情又赞许的目光。

好心人总会有好报。刚坐两站地到前门站，我们对面座位上的两个人下车了，我和李老三都有了座位。

自知和自律的人不是没有，可不自知和不自律的人似乎更多。

曾经在网上看到一则新闻，说在北京地铁 5 号线的某站，一个小伙子背着双肩背包进站，包上布满了一颗颗大铁钉一样的红色倒刺，虽是硬质塑料制成而不是真的铁钉，但也“惊悚吓人，站在他后面的人根本不敢靠近”。有网友讨伐这个“刺猬小伙”，说他太自私，只想扩大自己的空间而不顾他人安危；还有人不知道出于什么心理，说“终于找到了一种‘挤地铁神器’”。

可是这些说法根本就没说到重点。在早晚客流高峰时段挤过地铁的人都知道，这时谁想扩大自我空间，可以说是不可能的事，换句话说，就算你真的遇到了铁钉，你面对的不是你想不想躲的问题，而是能不能躲、能否躲得开的问题——你根本就无处可躲；挤地铁也从来没有什么“神器”，除非那趟车是你一个人的专列。

这么说来,那位背着长满红色倒刺背包的小伙子,不是在“正当防卫”,简直涉嫌“故意伤害”了。

别让我，别让李老三，别让我们这些有正义感的乘客遇见他。

右侧站立，左侧急行

我在地铁里确实很久没有遇到背着长着倒刺的双肩包的人，但是有一种经常出现的情况，让我的心情很不爽，让我的旅途很不舒畅。

进出地铁站乘坐电梯时（包括其他公共场合的电梯），本来有个规矩叫“右侧站立，左侧急行”，就是踏上电梯时要站在踏板右侧，把左侧让出一条通道，方便有急事赶时间的人快速通过。这跟高速公路上专门设计一条左侧超车道是一个道理。

可是偏偏就有人不懂这个规矩。

有一回我急急忙忙出地铁，走在一个年轻人身后和他前后脚踏上了电梯左侧。那年轻人前面并没有人，可他站在电梯上不往上走了。我轻轻地碰了一下他的胳膊，然后说借光过一下。他回头看了看我，往右靠了靠给我让了路。可是我走上去之后，不知道他是不是又觉得我打扰了他，不甘心就这么给我让了路，我听到他低声骂了一句“傻 ×，嫌慢走楼梯去”。

我在他上面几级台阶，隐隐约约听见了这句话，可我没法再走下去和他理论。本来我以为他原本不知道这个规矩，不知者也就不怪了，可是他这样辱骂别人，让我不仅对他的见识更对他的人品产生了怀疑。我体会到这个人就是许多网络文章里告诫的“一定要远离”的那种人。他不懂得规矩，也不会想到自己会因为犯了规矩而妨碍到了别人；别人指出他的错误，他不但不觉得愧疚，反而认为你矫情多事，以自以为是实则让人又气又笑又鄙视又无奈的强词夺理，遮蔽自己的无知与错误。

这是前面只有一个人堵着，所以跟人家说一下还能过去的情况。很多时候，当你准备踏上电梯时，仰头一看，电梯左侧通道早已经被上下一排若干人堵死，这时你不可能冲破重重阻挡，让每级电梯上的每一个人一一为你让路，你恨不得走楼梯追上去教育一下那第一个堵着路不走的人。可你也只是想想而已，你终究只能摇摇头，无奈地跟着人群踏上电梯，在被前一个人挡住的同时，也成为阻挡下一个人的人。

根据我的观察，电梯的左侧急行通道被占，有这么几种情况。

一是单独一个人上下电梯，却带了大包小箱，于是人和行李并排，一左一右，人在行李在。

另一种就是大人带着小孩，或者年轻人搀扶着老人一起上下电梯，左手牵右手,你只能停下想飞的脚步,默默站在人家身后,体会“扶老携幼”的人间温情。

还有就是其他亲属间，或者恋人、闺密等关系密切之人，乘坐电梯时，就算不手牵手，也一定要肩并肩。特别是看到一对卿卿我我的小情侣十指相扣，小鸟依大树，谁会忍心“棒打鸳鸯”呢?

这几种情况让人无奈，但从情理情感上也只能接受，于是一路无声地做人家“背后的那个人”。

还有一种情况最常见，就是很多人确实不知道乘坐电梯还有这个规矩。

当年，我初来北京时不知道;现在，刚刚从老家来北京不久的李老三，也不知道。

在老家走路时，不管是去地里干农活儿，还是去镇上赶集，不管是扛着锄头推着小推车步行，还是骑自行车三马子摩托，李老三确实没有什么理由需要给旁边让出一条通路来。

不管是走路，还是生活，村里的人们，都是同一个速度。

比别人快上几步，是根本没必要的。

李老三心里很清楚，刘强家的玉米不会比自己家的玉米早熟早收；刘强也很清楚，于三家的苹果不会比自家的苹果先下树；于三知道，张斌家的鸡蛋，就算比自己家的鸡蛋早半小时拿到集市上，价格也不会高出一毛；张斌很明白，自己就算从集市上早回来半小时，也得等李老三他们回来后，一桌麻将才能如往常一样开始……

没有谁比谁需要更快，没有谁比谁需要更早；如果比别人慢了晚了，人家还会停下来等等你。

所以，没有谁需要为谁让路。

所以，当李老三悠然地站在电梯上随之缓缓上升，他全然不知身后一大串人正急得翘首踮脚、跃跃欲前。

但是以我对李老三的了解，如果身后有人提醒他让一下路，善良淳朴的李老三肯定会毫不犹豫毫不介意地为别人行方便。

“可是为什么城里人都那么着急呢？城里人真是有福不会享。”李老三说，“电梯不就是替人走路的嘛。人站在电梯上，电梯走，人不用走，人多省劲，何必还像爬楼梯一样爬电梯？就算快了那二三十秒，又有什么用呢？城里人真的就差那二三十秒钟时间吗？”

这个问题倒是把我问住了。

确实，我，无数人，从左侧通道“急行”走过无数次，每次最多能比同时上电梯而站立不动的人快那么半分钟，可是，这半分钟体现出的实际意义在哪里呢？

我想了半天，也没能找出能够安慰自己和说服李老三的答案。

隧道壁后面是什么

这个问题也只有小孩才问得出来。

我从北京西站坐 9 号线去国家图书馆，对面的座位上是一对母子，小男孩也就四五岁。

那孩子一点也不老实，一会儿向我这边的车窗瞅瞅，一会儿在座位上回过身，脸贴着玻璃向车窗外——其实就是黑乎乎的隧道壁探望。母亲一只手拿着手机在看视频节目，另一只手不时把上蹿下跳的孩子往座位上按一按。

向外看了半天，小男孩回头问：“妈妈，你说地铁的上面是什么？”

母亲的视线没离开手机：“地铁上面？就是地面上的马路、汽车、楼房啊。乖，别闹，好好坐着，一会儿咱们就下车了。”

“哦。可是在地铁里什么也看不见。”小男孩嘟囔着。

母亲只顾看手机，没理孩子。

小男孩又指着我这边的车窗，开始摇晃妈妈的胳膊：“妈妈，那你说，地铁外面墙壁的后边是什么？”

母亲这回瞥了孩子一眼，抬头看了看车门上方的电子行车显示牌，视线又回到手机上：“墙壁后面？石头泥土呗，还能有啥？就瞎琢磨，好好坐着，一会咱们到颐和园再好好玩，那里边可漂亮了。”

原来母子二人是去颐和园游玩。

小男孩对母亲的回答并不满意，失望地垂着头嘟着嘴自言自语：“地铁里真不好玩，什么也看不见。”

母亲安慰孩子：“还有两站咱们就换乘了，然后再坐一会儿就到颐和园了。到了颐和园可以坐船、爬山，好玩着呢。”

“地铁里真是没劲……”小男孩继续上蹿下跳，左顾右盼。

确实，对于一个孩子来说，抵达一个地方，路上却不经历风景，该是多么无趣。

可是在大人眼里，在地铁隧道中前行的这段空间和时间——过程——本身是没有意义的，通过地铁隧道最终到达的目的地才有意义，才是意义。所以我们在地铁里，最多只关心此刻到了哪一站，还有多少站多长时间才会下车。我们常常把在地铁里的时间，用来关注地铁以外的事情，憧憬地铁以外目的地的风景。

所以我们告诉孩子，地铁的前方才值得关注，而地铁的上下左右与我们无关。就像隧道壁后面只会是石头泥土，别的，不必想，想也是瞎想。

当一个孩子极力想探索隧道壁后面隐藏着怎样的神秘未知的世界，

大人们早已经失去了对与自己的目的和目的地不相干的一切事物的关注和兴趣。

可怜的孩子，“没劲”的不是地铁，是妈妈。

是大人。

飘来又飘去的烤鸭味

初到北京的一段时间里，每次坐地铁，我其实也很想知道此时对应的地面上都有什么。

有一次坐 1 号线经过西单站，我突然闻到了一股书墨的香味。后来，我知道西单地铁站上面果然有一座图书大厦。

有一段时间，我坐 1 号线经过五棵松站时，发现上车下车的人当中，有很多人神情凝重，甚至愁眉不展……后来，我知道距离地铁站不到 300 米，有一家著名的医院。

一天傍晚，我坐 2 号线经过前门站，可能是真的饿了，我闻到从车门外飘来阵阵烤鸭的香味。后来，我到前门去玩，发现著名的全聚德烤鸭店总店就坐落在前门大街上。

还有几次，地铁列车经过木樨地站的时候，我仿佛听到了哗哗的流水声。后来我才知道，有一条护城河与地铁线在这里交会而过……

我在地铁里感受到这些的时候，发现周围的其他乘客根本就没有什么特别的反应。

几年以后，我终于对北京的地下地上都很熟悉了。如今，地铁在经过某一站某一段路时，我大致能说出相应地段地面上有什么知名的建筑和机构，有哪些公园和大商场。

然而让我郁闷的是，就在这几年中的某一天，我突然发现，在地铁里，我再也闻不到书香烤鸭香了，再也听不到地铁本身以外的声音了，对周围乘客的喜怒哀乐也熟视无睹了。

有些东西，在渐渐熟悉与懂得中，渐渐失去。

带着陌生小姑娘坐了一圈 2 号线

有一次，我坐火车从老家返回北京。在北京站地铁里等 2 号线的时候，一位高中生模样的姑娘问我到复兴门站换 1 号线怎么走，“我妈怕我走错，告诉我就在复兴门站换 1 号线。”我说我正好也到复兴门站下车，也正好要换 1 号线，你就跟我一起走吧。姑娘十分感谢地跟我一起上了车，挨着我坐了下来。

上车后，可能因为早起坐了好几个小时的火车，我有些困了。崇文门，前门，和平门……也不知道从哪一站开始，我睡着了。

不知过了多久，迷迷糊糊中，我好像听见有人喊“大哥，大哥……”

肯定不是喊我，我在北京没有妹妹。

又不知过了多久，迷迷糊糊中，好像听见有人在我耳边说：“骗人，骗人……”

骗人？

我一下子惊醒了。

我身边竟然坐着一位可爱姑娘。哦，我想起来了，这位向我问路的姑娘，我要带她到复兴门去。

“你骗人！好像坐过站了。朝阳门，不对，马上到建国门站了，下一站就是北京站了。怎么又回到北京站了,我是想去复兴门站……呜呜……”

姑娘你别哭，我真不是骗子，我也不是故意要再回到北京站。

“真是对不起，是我睡着坐过站了。不过等一会儿，我们就又到复兴门站了。都怪我睡着了。”

“刚才就在北京站上的车，坐这么长时间，怎么又回到北京站了？你要带我去哪儿？你骗人！”

“我是睡着了所以才坐过站了，一会儿就到复兴门了。”

“我不信。我要去复兴门站，可我怎么又回到了北京站？我要下车。”

“对不起，我只是睡着了，真不是骗你。”

北京站到了，姑娘瞪了我一眼，抹着眼泪下车了。

我想拦也没法拦。

我发誓我没有设圈套,只不过北京地铁2号线的运行线路是个圈而已。

我很对不起那位姑娘，我在睡觉，而她白白陪我坐了40分钟——地铁2号线运行一圈的时间。

我决定在复兴门站下车后等她，见到她后向她道歉。反正她在北京站问清楚后，还得坐2号线赶到复兴门。

只是我猜测，如果我再提出让她跟我一起去换1号线，她肯定要吓跑了。

分手未遂

一对年轻情侣，在 2 号线宣武门站分手了，对，不是暂时的分别，是要永远分开。

他对她说再见，她对他说祝你幸福。

分手就分手吧，可两个方向的车都各来了 8 趟了，还不分。

第 9 趟车来了，终于分了，他坐上开往长椿街方向的车，她坐上开往和平门方向的车。

连手都不摆一摆。

男左女右，各奔西东。

列车西行，过了长椿街转向北，过了西直门转向东，到了安定门站，他下车。

列车东行，过了北京站转向北，过了东直门转向西，到了安定门站，她下车。

“你怎么会在这？”

“我想去地坛公园。”

“我也是。”

地坛公园是两年前他们第一次见面的地方。

以后每次约会，他们都是坐 2 号线地铁，从东西两个方向赶到安定门站会面，再一起走到地坛公园。

我想起一件事。

我曾经问李老三:“你说，如果两个人，在一条路上的某一个地点分开，背对背向相反的两个方向走，他们还能相遇吗？”

李老三诡异地向我一笑 :“你以为我会说遇不到？谁不知道地球是圆的？只要这条路能一直走下去，而且不跑偏，在地球上绕一圈，两个人总能相遇。”

好吧，你赢了。

我其实不关心地球，我只知道，北京地铁 2 号线是一条封闭的环形线——闭上眼，在心里，那条线，确实是圆的。

好在他知道，她也知道。

不想真分手，那就在环线地铁里分手。

说再见，还会再见。

我祝他俩分手未遂。

憋得慌

有一回我跟李老三一起坐地铁，刚坐了没几站他说他憋得慌。我说那下一站咱们下车我帮你找卫生间。他说不是你说的那种憋得慌，是眼睛憋得慌。

我问他啥叫眼睛憋得慌，他说："人该撒尿时找不到厕所就会憋得慌；同样，眼睛明明睁着却看不到远处，眼睛就会憋得慌。"

我说："你在地铁里还想看多远？难道你在家里躺着的时候还想把房顶看穿？再说，人要是想撒尿了，实在找不到厕所的时候还可以忍一忍，难道你眼睛憋得慌就不能忍一忍？"

可李老三说他快受不了啦："从来没见过这么多的人，从来没和这么多人挤在一起，从来没和这么多不认识的人靠得这么近这么紧。"

其实我很理解刚刚从老家来到北京的李老三的感受，他说的应该都是实情。

在老家，按说和李老三最近的人是他老婆了吧，可是据说多年前村里人就经常能听见他老婆大花吼他：离我远点！喝了点酒，说要抽根烟压压嘴里的酒味；抽了根烟，又说要喝点酒去去烟味。鬼话连篇！啥时候不戒烟忌酒，别想沾我边！

我知道李老三这么多年没戒烟也没忌酒，按照他老婆大花的誓言，李老三应该是没沾上她边。不过，或许，在遵循“事不过三”老理儿的前提下，誓言也会网开一面——李老三家的老三都要初中毕业了。

根据我对李老三的为人和挣钱能力的了解和判断，以及他一直没学会上网聊天的事实，其“她”人就没有谁会和李老三那么近过了。

李老三和我们村里大部分人一样，见过人最多最密最挤的时候就是去镇上赶大集了。不过集市是露天的，人虽多，却总不至于憋得慌；况且大集上也并不全是人，还有鸡鸭鱼虾等其他活物，不像这个时候的地铁里，让人感觉人是这个世界上唯一的生物，而且，全世界的人都跑到这一趟地铁列车里来了。

我琢磨着赶紧给李老三找个让眼睛撒尿的地方。我说：“你闭上眼睛遐想就能看得远就不憋得慌了。”

他将信将疑地闭上眼睛，可没到10秒钟就睁开了，说：“你骗人，我闭上眼睛啥也看不见，瞎想也还是看不见，不但眼睛憋得慌，心里也觉得憋得慌了。”

唉，怎么跟他解释呢，遐想跟瞎想不一样；另外，他肯定不会相信，遐想和瞎想是必须习惯的与地铁愉快相处的重要方式。很多人，很多时候，在地铁里，都是这么过来的。

“只要心里不憋得慌，眼睛就不会憋得慌。”我赶紧捧出一碗心灵鸡汤开导他，就像我曾经无数次这样开导自己一样。

“拉倒吧你！你到城里来咋变得这么会说话了呢，那不是自个儿糊弄自个儿嘛。我得下车透透气，等一会儿人少了再走。”

还没见过这么坐地铁的。

列车到了一站，我只好和李老三一起下车了，就像我俩真的憋得慌一样。

没错，如我的亲老乡李老三一般简单淳朴实际的人，从来只爱吃鸡蛋爱吃鸡肉，不习惯喝鸡汤。

西单站有多少盏灯

如果身边有一件事，大家都熟视无睹，而唯独你一个人知晓其中的秘密并据此有些特别的发现，你会不会有一种优越感和自豪感呢?

每次走过路过西单地铁站，看着身边几百上千川流不息的乘客，我的这种感觉就会油然而生，走起路来都会比别人趾高气扬一些。

因为我知道一个关于西单地铁站的秘密。我敢打赌，这个秘密，你去问走过路过西单站的乘客，一万个人里面恐怕也不会有一个人知道。

这么说吧:我知道整个西单地铁站，包括A、B、C、D、E、F1、F2、H、J1、J2共10个进出口通道以及进出口之间的联络通道，一层进站大厅、1号线站厅、4号线站厅，1号线换4号线的换乘通道、4号线换1号线的换乘通道——分别、总计有多少盏灯。

北京的地铁站里，除了人多，就是灯多。而人们一般只注意被灯照亮的脚下的路，不会去关注灯本身。

来北京之前，我从没见过这么多这么密集的灯，每个地铁站，都能赶上我们老家村子好几个白天那么亮。

我们村一共将近100户人家，就算平均一家有8盏灯吧，全村一共有800盏。村子的白天和黑夜，全村300多口人每年每天的生活作息，就在这800盏灯此起彼伏的明明灭灭里隐隐闪闪。

西单站里的灯比我们村子里灯的总数多得多。

反正李老三听到这个数字时，吓了一跳。

更不用说王老大夫妇了。

我在西单站里数灯的那几天，北京正好有全国性的重大会议召开，安检十分严格，地铁站口、安检区、通道、站厅内随处可见安保执勤人员。我不希望他们注意到我。如果他们询问我不坐车不出站在站里来来回回上上下下干什么，我该怎么回答呢？我说我想数数西单地铁站里一共有多少盏灯？可是谁会相信我的话呢，他们要么会认为我在撒谎，要么认为我的脑袋有问题。

其实我真的只是单纯地想知道：西单站里的灯，相当于我们老家村子电灯总数的多少倍；西单站一天的用电量，能供我们村里最节约最省电的王老大夫妇用多少天。

要想数清楚西单地铁站里一共有多少盏灯，实在不是一件容易的事。

我在5天时间里连续去了5次，总共花了六七个小时数灯，才算基本数清楚。

第一天，我开始数 1 号线站厅里的灯。站厅顶部每一排有 9 组灯，每组有 3 个。我从站厅西侧往东侧数，仰着脖子，走着 S 形，“1 排 9 组，两排 18 组，3 排 27 组，再加上两组两个的……”

正数着，突然，一个温柔的南方普通话的女声在我耳旁响起：“大哥，请问一下，去大望路站是坐哪边的车？”

下意识地，我仰着的头不得不低下，身旁是一位打扮入时的姑娘。她可能看我不像其他乘客那么匆忙，所以拦住我问路。

我的目光赶紧找到她的眼睛：“嗯，右边，对，右边的车开往大望路、四惠方向。”

“大哥，那到大望路还有多少站啊？”

这妹子，你问得倒轻松，我一时哪里说得出，我不也得数嘛。

“有没有 10 站地？”

“从西单到东单是 4 站，从东单到国贸是 3 站，国贸下一站就是大望路。对，一共是 8 站。”我掰着指头。

“哦，谢谢。那是不是需要 20 分钟，我有急事。”

你有急事，我的事就不急吗？

“嗯，没问题，20 分钟能到。”

“谢谢啊大哥，谢谢。”

再谢也没用，10，4，3，8，20……数数时最怕被不相干的数字打扰，刚才数到多少排我已经记不清了。

第二天再数灯时，我长经验了：任谁跟我说话，我都装作没看见没听见，再漂亮的姑娘也不行。

1 号线站厅南北两侧两个站台边缘的顶部，沿着整个站台各有一排灯。我开始数南侧站台的一排，从东到西，我依旧斜仰着脖子，一个一个地数，小心翼翼地不让视线离开。因为一个个灯一字排过去，中间并没有隔断也没有任何参照物，视线一旦离开，再回去数时，很难判断刚才数到了哪一个，再从哪一个接上。

还好，我数到第 30 个时，一直没有人向我问路。

数到第 35 个时，没错，是 35 个，我突然想打个喷嚏，特别想。

总是仰着头，就会想打喷嚏。

可我不能因为一个喷嚏而前功尽弃。我仰着头，张着嘴，使劲睁眼盯着第 35 个灯……我盯着灯，周围的乘客盯着我。

可是，每一个打过喷嚏的人（谁会没打过喷嚏呢）都知道，打喷嚏时没法不闭上眼睛。

最终，我只打了一个喷嚏，而不是像大多数时候一打打两个。

就那么一瞬间，我的眼睛闭上了。

我清楚地记得我数到了第 35 个。

只是当我再睁开眼睛时，我看到那一排灯都长得一模一样，我根本无从判断哪一盏是第 35 个。

我只好退回到站台最东边，痛痛快快地又打了两个喷嚏后，重新开始数。

这一次，我数到第 30 个的时候，停下来，以自己双脚站立的位置作为定位参照，对应好第 30 盏灯，然后低下头，转一转脖子，缓一缓眼睛，继续数。

这样又停了两回,我总算数到了站台最西边。这一侧站台的这一排灯，一共有 122 盏。

北侧站台的灯跟南侧应该是对应的，也是 122 盏。为了保险起见，我用同样的方法到北侧站台也数了一遍，没错，是 122 盏。

南北两侧站台一共就是 244 盏。

244 盏灯，这要是让王老大夫妇知道了……

不过，这还只是整个 1 号线站厅里灯数的一小部分。

第三天，晚上 8 点多，我避开下班高峰期，开始数 1 号线换 4 号线、4 号线换 1 号线的两条换乘通道里的灯。

在站厅里数灯，方便之处是场地相对宽阔，可以随时停下来，只要避开上下车乘客的必经路线，基本不会影响到别人。可是在通道里数灯就不同了，通道宽度有限，而且人群始终处于移动状态，不用说停留，哪怕脚步稍稍慢一慢，都会打破身后乘客原本保持的默契速度。开车时有路怒族，步行时也会有，脾气好的睥睨鄙视你一眼，脾气差的暗地里诅咒你一下。

为了防止影响到别人，我进入换乘通道后，马上紧靠右侧墙壁前行，同时尽量与同行者保持同步。

我像行进队列中的士兵始终注目标兵一样，脑袋最大限度地忠诚地扭向左上方。我在前进，可我的队列只有我一个人，我的标兵是头顶一排排的灯。

直行，圆柱形灯管 11 排，每排 2 个；

拐弯，圆形灯 3 排，4 列；

直行，圆柱形灯管 33 排，每排 2 个；

上电梯，圆柱形灯管左右共 10 排，每排 2 个；

拐弯后直行，圆柱形灯管 28 个，圆形灯 33 个；

下电梯……

终于数到了 4 号线站厅。

然后，我从 4 号线站厅，再进入换乘 1 号线的通道，一直数到 1 号线站厅。

为了防止数错，我把这两条线路，又重新走、重复数了一遍。

还好，因为目光和心思都集中在头顶的灯上，我没听见也没看见别人异样的言语和脸色。

第四天，第五天，我又分两次，数清了所有进出口通道和通道之间联络线的灯数。

我跟李老三说，整个西单地铁站，除了站内各处广告灯箱、各个指示牌里被围挡起来的灯，除了地铁工作人员的办公室、休息室里的灯，当然也不包括女卫生间里的灯，我能够看得见、数得清的灯，总共有3510盏。

“有四个半咱们村子那么亮。”李老三说，“3510盏灯，这要是让王老大和他媳妇知道了……”

王老大和他媳妇是不会知道了，他俩已经去世很多年了。

王老大家是我们村里最贫困所以最节省的一家，家里一共安了两盏灯，可是经常连一盏都舍不得用。

夜里，行动不便的王老大上厕所，没有开屋里的灯，摸摸索索走到院子里。那一夜，院子里不用说月亮，连星星也没有，王老大绊倒了，铁锨、耙子、锄头，一堆农具，他一头栽了进去。

直到早晨天亮，不用开灯就能看清院子里的一片血红时，他媳妇才发现那片血红。

已经来不及了。

不到一年，王老大媳妇追随着他去了。

“我看地铁里根本用不着这么多灯，去掉一大半都够亮的。”李老三说，“从早晨5点亮到夜里12点，一天的电量，够王老大家用一辈子。”

“你也不能那么说。你想想，这地铁站一天要进进出出经过多少万人，3510盏灯，照亮了多少人出门和回家的路。”

“嗯，好像也是。”

“王老大和他媳妇就是没赶上好时候。”我说。

我不准备再把这个秘密分享给别人。因为别人即使知道了西单地铁站有多少盏灯，也不会知道王老大和他媳妇的故事。

可我身旁的李老三，倒是趾高气扬起来。

地铁里的灯与村子里的灯

我始终觉得，相比于地铁里的灯，我们村子里的灯，过的才是作为一盏灯应该过的正常日子。

暂且把村子里的灯叫老黑，地铁站里的灯叫小白。

村子里的人们，不管春夏秋冬，天亮了才（就）会起来，不会太早，也不会太晚。起得太早了没光亮，啥活儿都没法干，这个时候谁要是往田里果园里菜园里去，人家会怀疑你今天是不是长了三只手。起得太晚了，别人会说这家人懒。屁股被太阳照会很舒服，脸面被人家指指点点会很疼。

所以，作为村民家里的灯，老黑是不需要早起的。

村民们从傍晚开始收工，老黑从傍晚开始上岗。冬天天黑得早，人们睡得也早；夏天天黑得晚，人们睡得也晚。从晚上 5 点到 10 点，或者从 6 点半到 11 点，老黑一天大概就工作这四五个小时，人依天时，灯依人时，这是作为一盏灯的天职。

偶尔，老黑在夜里需要加个班，几分钟，醒来照顾起夜的人。这对一个人来说是正常的，对一盏灯来说也是正常的。

如果一盏灯生活在王老大那样的家庭，那才不正常呢。王老大家晚上只在做饭、吃饭的时候开灯，吃完饭，不管睡不睡觉，灯就关了。这是晚饭后喜欢串门的村民发现的。于是许多年里，村里没有人在晚饭后去王老大家串门。

夜里，王老大要去厕所，老黑倒也不是不想照顾他，可是王老大不愿意麻烦老黑，老黑自己也没办法，否则不会闭着眼睛像没看见一样任由王老大绊倒在锄镰镐杖堆里。

不幸又幸运的是，像王老大这样的人家在我们村只有他家一家。

大体上，在我们老家的村子里，自然的时序和秩序都还没有被改变、破坏，老黑的日子也就一直正常。

可是作为城市地铁站里的一盏灯，小白的生活跟老黑“一个天一个地”。

城里人只挣钱而不种粮食，不种粮食就不分四季，只挣钱就不分早晚。

所以，北京的地铁站，不论春夏秋冬，不管冷暖阴晴，一年365天，每天早晨5点左右就开门迎客，晚上将近12点才关门歇息。北京人口千千万万，有人日出而作，日落而息，更有人日未出而作，日已落而不息。

这就苦了地铁站里的灯。

每天早晨不到5点，小白就被“人”强行叫醒。眼睛一睁开，这一天就不能眨一下。

夜里 11 点多，接到最后一个坐车回来的人，送走最后一个坐车离去的人。

即便这时,小白还是不能休息。收车后的地铁站里还有许多事情要做，比如打扫卫生、核对票款、设备检查检修，以及为几个小时后新一天的开始做各种准备。这些事情普通乘客看不见，只有地铁工作人员和小白知道。

所有这些工作都做完，已经是凌晨两三点钟了。小白必须赶紧休息，因为再过两三个小时，新的一个轮回又到来了。

在这个过去的“工作日”里（其实小白并没有与之对应的“休息日”），小白曾看到一个早晨 7 点半进地铁的人，下午 5 点半就回来了；一个早晨 5 点多就进地铁的人，夜里 11 点还不见踪影；还有一个人，总是在晚上 9 点的时候进地铁，第二天早晨 7 点才回来。

他们都有自己的故事，或者秘密。

城里人的生活工作不是没有秩序和规则，只是不像村里人那样自然、整齐。城里人只遵循自己的秩序和规则。

每个人都有自己的个性，个性叠加的结果，就是个体简单之上的整体复杂。

小白必须接受这种叠加和复杂，或者说，小白天生就是为了因应这种叠加和复杂而存在。

于是，同样是一盏灯，老黑的一天从傍晚 5 点开始，小白的一天从凌晨 5 点开始。

小白有时候会怀疑，自己究竟是不是一盏灯？是的话，为什么每天要跟太阳一起露面而不是月亮。

从老黑到小白，12 小时的差距，隔着千百年时空的变迁。

小白在城市里，见识过的人比在村子里的老黑多多了。

每一天，从凌晨 5 点到深夜，小白最大的感触就是:地铁里的人太多了；而且，每天都是不同的人，每天都有新的陌生人。

小白与每一个人见面的时间一般不会超过 10 分钟，最短的只有几十秒——一个人进站等车，客流高峰时段两趟车最短间隔不到两分钟，其他时段最长间隔不到 10 分钟；一个人下车出站，在电梯上也不停步，几十秒可以走很远。

如果看到一个人在地铁站里停留超过 10 分钟，通常是有特别的事发生了，不是车有事，就是人有事。

小白在一天时间里，可能见到几万人。

有的人，天天见；有的人，偶尔见；有的人，一面之后，再也不见。

我们村里的老黑，一天见到的人，一般不会超过十几个；一辈子认识的人，不会超过 1000 个。

我们村人口最多的时候将近 500 人，现在常在村里住的不到 300 人。

除了这 500 口人，每当逢年过节，或者谁家有生死嫁娶之类的大事，就会有外乡的亲戚来到村里。这么多年来，这些远远近近男男女女老老少少的亲戚就算有 1500 人吧。

老黑这一辈子，满打满算，认识的人大概也就是这 2000 人。

虽然老黑见识过的人比小白少，但老黑并不缺少“见识”，因为老黑陪伴过一个人甚至一家人的吃喝拉撒、生老病死，人生百态、人间万事，都看在眼里；倒是小白，“见多”，却“识不广”。

为什么这么说呢？

城市地铁站里的小白，每天见到的人再多，其实都只是“正在赶路”的人；地铁里的这段路再长，也只是一个人一天全部行程和经历的一部分。

小白负责为人们照亮道路，但不负责选择道路；只照亮人们的一小段道路，不负责照亮全部旅途和人生。

少有人会放慢脚步，更少有人会为这一段路停留、回顾，人们永远在奔向下一个目标。

地铁其实是封闭和孤独的，地铁里的人其实是沉默和隐忍的。在心里翻江倒海，在头脑中千谋万划，却丝毫不会流露自己的情绪。一切都在地铁之外发声和释放。

小白见识不到地铁站外其他状态下的人，见识不到一个人除了地铁这段路之外的其他事情和作为，不知道一个人进入地铁之前发生了什么，出了地铁之后会发生什么。

让老黑感觉不安的是，最近这一二十年，村子里的人口明显越来越少——上岁数的人渐渐老去，年轻人纷纷离家，极少有新小孩在村子里出生成长。老黑发现自己能发挥作用的空间和时间越来越缩小缩短了，甚至感觉自己也变老了。

老黑的一辈子，就要这么过去了，平常、琐碎，却分明、清晰，连未来的日子都可以预见。

而小白的每一天都是新的：一睁眼，就会遇见新面孔，而且是年轻的新面孔。

如果有一天，老黑和小白见面了，他们是会彼此羡慕，还是会相互感慨呢？

车厢里的停电时刻

地铁里的灯再多，也有出故障停电的时候。

那天早晨，我在地铁里正聚精会神地看书，车厢里的灯突然全都灭了。

这要是在前几年，车厢会立马全黑下来，同时响起哇声嘘声一片，还可能突然传来某位女乘客一声羞愤的“哪个臭流氓……”不过现在，这些情况几乎不会发生：车厢里并没有那么黑（当然也就没有了给人下黑手的机会），哇声嘘声也小多了。

因为十个人中至少有九个人自带光源：大家都在看手机呢。

不需自备发电机，手机自动自然成为应急照明设备。

有人只是抬头扫一眼车厢顶的电灯，“咦”一声后继续盯着手机屏幕；大部分人根本连头都不抬，像是什么也没发生，继续跟手机发生着各种各样的关联。

于是在这短暂的停电时刻，我看到了各种因为手机屏幕亮光的集中映照而显得清晰真实的脸。

有人正一脸昂扬振奋，很可能是微信公众号中某篇爆款文章如鸡汤鸡血一样发挥了功效；有人咬牙切齿摇头叹息，可能是看到某个隐藏在革命队伍中的腐败分子终于落马的消息；有人拇指在手机屏幕上快速跳动，脸上洋溢着幸福的笑容，肯定是和男朋友女朋友好基友小伙伴聊得正欢；有人对着屏幕傻笑合不拢嘴，可能正在看糗事一箩筐或幽默短剧；有的女孩女人黯然伤神或掩鼻而泣，可能正沉浸在编剧和导演设计的煽情又狗血的剧情之中；有人眉头紧皱几秒钟后终于解锁，可能是在纠结网上购物是否下单最后一狠心终于点了“付款”；还有美女本来手托香腮小嘴嘟嘟却突然笑容凝固，肯定是正对着手机镜头自恋自拍……

地铁里停电，往往最多也就是几十秒钟，可是在这么短的时间里，很多细节，反而比灯火通明时看得更明显更真切。

停电不影响看手机，可是看书就不行了。我只好默默地合上书。

别人都在手机里看世界，我在黑暗中看他们。

不到半分钟，灯重新亮起来。

我再次打开书，从别人的世界，回到自己的世界。

有些地铁，在地面之上

“你说啥叫地铁？”有一回李老三突然问我。

我一下子被问蒙了，不知道他是什么意思。

“地铁不就是‘地下铁路’吗？可是 13 号线，还有八通线，都是在地上走，为啥也叫‘地铁’？”

确实，北京有很多“地铁”，都运行在地面之上。

“你有没有发现，”我跟李老三说，“北京主城区的地铁几乎都是地下线，通往郊区的线路基本都是地上线。城市里地面空间不够嘛，只能打地下的主意。出城到郊区就不存在这个问题了。这就像我们从老家来北京，先是坐火车，一路光明，心情舒畅，到了北京站之后就要进入地下坐 2 号线地铁了。”

“然后心里就有压力了。”李老三说。

真不会接话茬儿。

其实，我知道，李老三这么说，是有他自己的体会的。

在老家，李老三和其他村民一样，会经常挑着自家产的苹果去市里卖。一早，大家用小推车推着各自的两筐苹果，步行 20 多分钟，赶到离我们村 5 里地远的火车站，把小推车寄存起来，然后坐半小时的火车，来到市里。

这半小时火车上的时间，是李老三比较放松的时候。火车上一般都有座，李老三跟大家有说有笑，有时还会打一会儿扑克。近些年，苹果涨价了，车票没涨，还是两块钱，李老三和大家不再躲来躲去逃票了。

下了火车之后，李老三就很辛苦了。有时，他会挑着两筐苹果挤公交车，坐 10 分钟后来到一个露天市场。公交车上太挤，李老三照顾着两个筐十分费力，还经常会遭到别人的白眼。有时，李老三干脆不坐公交车，挑着两筐苹果，一路沿街叫卖，但是这样的话，要时时注意有没有城管的出现。

这一路上，是李老三心情最紧张的时候。

到了市场之后，李老三的销售行为是合法的了，但是他要开始跟顾客讨价还价，琢磨着怎么跟顾客多卖出一点，估摸着到了傍晚该去火车站坐车回家的时候苹果能不能卖完。

直到坐上回家的火车，不管收获如何，这一天的辛苦总算要结束了。早晨同来的老乡可能分散在各个车厢，李老三可以闭上眼睛休息一会儿，心里想着，一会儿下车路过小卖店，顺便买两瓶啤酒……

家中的苹果卖得差不多了，李老三不去市里了，他来到火车站，坐上反方向的火车，来北京临时打工。

“依我看，在北京打工还没有我在老家卖苹果轻松自由呢。”李老三经常这么说。

我平时上班都是坐 1 号线，在八宝山站或者八角游乐园站上车，建国门站下车，全部是地下线。我几乎没有仔细体验过坐地上线从通州昌平房山大兴赶往主城区的经历和感受。可是，不论是坐地下线上班，还是坐地上线上班，跟李老三去市里卖苹果或者来北京打工，本质上有什么不同呢？

那天，我专门坐了一次 13 号线，从西直门一直坐到东直门，就是为了体验一下坐地上线的感觉。

我坐 2 号线在西直门站下车，上楼梯，坐上行电梯，跨上步行斜梯，再上电梯，一路登高，来到了高高在上的 13 号线站台。

以前，每次坐地铁都要“深入地下”，这次的感觉真的是快要上天了。

抛开要普遍忍受的拥挤不谈，坐地上线，视野和心境都不会像坐地下线那么压抑。

我的目光竟然能够斜着向上透过车窗望见天空和云朵，而不是像在地下线时只能看到车窗上方的广告；我能平视着看到远处林立的高楼，马路上的车流和行人，距离铁轨十几米外疾闪而过的成排树木——而不是像在地下线时只能看到车窗上自己的影子，或者干脆黑乎乎的隧道壁。

对面方向的列车飞速驶来，瞬间遮蔽了整个车窗，仅仅过了几秒钟时间，眼前豁然复原。这时我突然意识到，一两米之外，自己刚刚与几百上千人擦肩而过。

在某一站，列车恰好与对面方向的车同时进站，同时停下。我看到相隔不到两米的对面车窗里有一双眼睛也正看着我，是一位姑娘的眼睛，眼神明亮。而在地下线里，这种现象是不可能出现的：你不可能隔着站台看清对面方向车厢里的人；而当你这样看同车厢里一位姑娘，人家会狠狠瞪你一眼。

列车到了下一站，我临时下了车，在站台上走一走，隔着站台的落地玻璃窗，拍下远远近近的景物。我第一次感受到，坐地上线，竟然可以像一次旅游。

我坐上下一趟车继续前进。这段路的所见，很有些"郊区"的感觉：略显破旧的平房，小树林里晒着的被子，田野里奔跑的狗，立交桥下的垃圾站，落满尘土的报废汽车……一个与往日所见不同但真实的世界。

列车南行，我坐着的一侧朝东，竟然，竟然有一缕阳光，照在我的肩头。

越向南行越繁华，有一种渐渐穿越的感觉。

过了柳芳站，我知道列车就要从地面进入地下到终点站东直门站了，我一直望向窗外，明显感觉到列车在向隧道行进。终于，最后一抹阳光从我的眼前瞬间消逝，车厢完全被车灯的光亮填满……

很熟悉，却需要时间来适应。

这一趟 13 号线之旅，我花了 40 多分钟的时间。

我终于在地铁里看到了地铁之外的人和风景。

每天坐 13 号线、八通线、房山线等地上线上班出行的人，住处距离主城区比较远，除了当地人，大多是因为承受不起北京的高房价而不得不在五环六环外买房甚至租房的外地年轻人。他们每天坐地上线进城上班，虽然不会像李老三那样感觉到身份的不同，但是他们承受的压力远大于卖苹果或临时打工的李老三。李老三只是临时来到这个城市，他在老家就可以、就已经拥有自己全部的人生，他可以随时返乡；可是，在城市里坐地铁的人，包括我，大多数人面对高房价的压力，生活和工作节奏的紧张，无路可退，即使返乡，也已经无法真正“返回”家乡。

但是，单就坐地铁来说，坐地上线比坐地下线多少还是惬意一些的。天长日久，甚至会有些潜移默化的影响。

坐地上线的人，路途通常比坐地下线的人远一些，但是视野不一样，可以一路欣赏窗外远远近近的风景，可以享受洒在车厢里的阳光，而不是只能面对手机，或者漆黑的隧道壁。特别是当车厢里十分拥挤的时候，远望会分散和减轻烦躁，所见会带来所思。每个早晨，坐地上线的人，当看到外面的阳光、车流、人群，看到充满生机与变化的城市，会感受到世界的精彩、生活的美好、人生的希望、未来的各种可能……而这些，是坐地下线的人在视野和思维都受限的环境下难以体会到的，地下线的乘客，眼睛里意识里只有与自己同样坐地铁的人。

我曾在刚才的 13 号线车厢里，看到一个一直望着车窗外的姑娘突然抿嘴笑起来，她一定是看到外面的马路上发生了什么好笑的事。

我还注意到一个小伙子，站在车窗前，一会儿抬头看看外面，又不时低头皱眉像是在思考什么。过了一会儿，他的面容豁然开朗了，同时右手抬起使劲地握了握拳头。他一定是下定了什么决心，或者找到了解决某个难题的办法。我心里暗暗祝福他。

印象最深的，是这样一幅画面：一位姑娘，一直在捧着一本书看；阳光照进车厢，从身后侧面洒在她的肩头、发梢、脸颊、翻开的书页上。此刻，眼前的世界，明亮，恬静，美好。

我要从东直门站换乘 2 号线了，2 号线是地下线。

我以后还要继续天天坐地下线。

像我一样，大多数人，生活的旅途中总是避免不了要坐地下线。阳光不能一直照亮我们的路，我们尽量让自己的心中常驻阳光吧。

第三章

上站 Upper station

八角游乐园

BAJIAO Amusement Park

今早，你用哪种方式挤上的地铁

下站 Down station

八宝山

BABAOSHAN

危险的锤子

早晨，我背着笔记本电脑去上班。

进地铁过了安检之后，在安检机旁边的角落里，一位明显是建筑工人身份的大哥，正蹲在脚下的一个帆布工具袋前，仰头跟两位安检员争执着什么。

“这就是一个锤子，真的是一个锤子。”工人手里拿着一把锤子说。

“对不起，按照地铁的有关规定，您带的东西属于危险物品，不允许进入地铁。”

“这个锤子我每天做工时要用，我现在要带到工地去。再说，这个锤子不是铁锤，是个橡皮锤。”

“对不起，按照规定，锤子确实是危险物品。为了您和其他乘客的安全，您不能把锤子带入地铁。”

“我这个锤子是铺地面时用来夯实地砖的，又不是拿来砸人的，咋就危险了呢？”

“对不起，这是地铁公司的规定。您要是非要带这个锤子，可以选择其他交通工具。”

“小姑娘，我猜你也是外地来北京打工的。你也知道，在农村，谁家没有个锤子？你家没准就有，你爸没准也经常用。这么一个锤子到了地铁站怎么就成了危险品了呢？再说，这是个橡皮锤。”

“锤子在家里可能不算危险物品。可是按照地铁的规定……”

“规定？到了地铁里这锤子就成了凶器了吗？我就是来城里打工挣钱的，我又不是拿锤子害人的。”

“您可以选择其他交通工具。”

“其他交通工具？拉倒吧！大不了不要了。”

工人说着，站起身，气愤地把锤子踢向了墙脚，然后收起地上的帆布袋说：“这回不危险了吧？这回我可以进站了吧？”

工人的脸红了，两位安检员姑娘的脸也红了。

每个人都觉得自己没错，可那为啥还闹个大红脸呢？

那就只好是锤子错了。

我早已经不是第一次看到这种情形了。还好这次是一把不值钱的锤子，扔了倒也损失不大。可就在一个多星期之前，我看到一位民工带着一把电钻进站而被拦下（那电钻是装在配套塑料壳工具箱里的），在跟安检员争执了半天依照规定终究无法进站后，民工因为舍不得扔掉电钻，只好去改坐公交车了。

还好是公交车，如果坐出租车，北京那么大，打车费也没准够买一把电钻了。

我也弄不明白，为啥同一把电钻在同一个人手里，拿到地铁里是危险物品（如果真是的话），可拿到公交车上或者坐上出租车就不算危险物品了呢。

一把电钻，一把锤子，到底是不是危险物品呢？

在我老家的村子里，任何劳动工具，锤子凿子，铁锨镐头，锯条电钻，只要不是拿在村里有精神病的“二疯子”手里，没有人觉得这些工具是有危险的。相反，谁要是很久不碰这些家伙什，谁在村民眼里才危险——“都好几天没看到李老三出门干活儿了，肯定又在家里琢磨发财的歪门邪道呢。”

其实大家不知道李老三不出门是因为前几天跟媳妇大花打架，额头被大花挠了一条血印。大花听到了大家的风言风语，赶紧回家晃起还躺在炕上的李老三：“都好几天了，你还装啥？赶紧起来，把谷子地里的草锄锄去。”

李老三也确实躺得腻了，戴上一顶草帽，遮太阳又遮伤痕，扛上锄头出门。门口转一圈，跟大家哼哼哈哈打个招呼，突然又觉得气还没全消，伤疤好像也还疼，于是扛着锄头又返回了家。

回家后李老三两口子吵不吵架已经不重要，重要的是村民们终于长长地出了一口气：这李老三，锄头还没锈，还想着耪地呢……

李老三，每个村民，就算跟媳妇打架赌气，也不会跟一把锄头打架赌气。谁要是不爱惜自己手中的劳动工具，谁要是拿这些锄镰镐杖撒气，保证他比挨媳妇挠出一条血印更让村里人笑话。

夫妻俩都扛着锄头下地干活儿，傍晚收工时，也许男人把女人忘到地里了，也许女人把男人忘到地里了，可是谁也不会忘记把自己的那把锄头扛回家。

所以，此刻，看到那张气红了的脸，我知道，让这位从农村走进城里的建筑工人舍弃自己的一把锤子，而且是他在城里赖以谋生的劳动工具，对他来说该是多么残忍可悲的事。

对于一位在建筑工地上工作的人来说，他们的锤子、电钻等劳动工具，不就相当于我这个所谓白领书包里的笔记本电脑吗？

其实，仅仅就在不到一个月之前，这个地铁站进行进站路面改造，我亲眼见到，一位位和那个大哥一样的进城工人，用铲子铁锹锤子等工具，把一块块新地砖摆正、铺好、夯实。那时，锤子就是一把锤子，工人就是一位工人，锤子都很安全，工人都很善良，地铁站工作人员都很和蔼，大家都是一家人。

地面修好了，工人们转向下一个工地，乘客们开始在上面走，地铁站的工作人员也在上面走。可是走了几天，大家开始忘记这段路面曾经改造过，忘记那些曾经叮叮当当响过的锤子，忘记那些曾经把锤子挥舞得叮叮当当响的人。

再见面时，锤子已经变得很危险；至于人嘛——说不定啊，可没有原来想象的那么善良呢！

不止一次，每当我看到地铁里上演“拒绝危险的锤子”，每当我看到被拦住的民工无奈失落的表情，我都有一种想偷偷帮助他们蒙混过关的冲动。

然而我没有。

我想回头看看那把锤子，正好有两位地铁工作人员走过来，其中一人弯腰捡起锤子，在手里掂了两掂，然后冲着同伴笑了笑。

仿佛在说：多危险啊，幸亏查出来了。这要是带进地铁，指不定……

真后怕，原来，很多次，我差点成了那想象中的人身伤害案件的同案犯。

人人安检，人人安全

北京地铁的安检制度最初开始实行时，我心里确实是颇不舒服的，恐怕乘客中的大多数也和我有同样的感觉。

不愿意接受安检，大概因为每个人心里都这么想过：

“我又不是坏人，干吗要进行安检？难道我像坏人吗？”

“我包里根本就没什么危险物品，何必非要检查一下呢？”

“我天天在这个站坐地铁，你们这几个安检员我都认识了，还每次都要查我，烦不烦……”

李老三到现在还经常以这些理由跟安检员辩解。安检员不说话，我也只能呵呵。

我同情那位民工和他的那把锤子，却并不认可李老三的这种心理，因为二者存在本质上的不同：民工是乖乖接受了安检，并且，他的那把橡皮锤子，明显是谋生的工具而不是害人的工具；而李老三，是从心里不想接受安检。

安检的目的是震慑和规避、过滤和排除潜在的安全隐患，也就是安检制度首先会假定所有人都存在潜在危险，于是每个人必须要通过安检来证明自己的安全、无害。

和安检员争论、抗拒安检，是没有必要的，也是无用的，甚至是自找麻烦。

几年前曾经从报纸上看到一则新闻，说这一年里，北京市一共有六十二人因拒绝接受地铁安检（注意这里是“拒绝接受”）而被公安机关处理。其中，刑事拘留一人，行政拘留四十人，另外还有三个人被行政警告了，六个人被批评教育了，一个人被罚款了……

新闻里列举了拒绝安检的几个具体案例。

5 号线宋家庄站，有乘客试图将带有易燃易爆标志的两个压缩罐带入地铁，被火眼金睛的安检员拦截。这个乘客“不听劝阻，还殴打安检员，并拉扯、推搡赶到现场的民警，造成乘客围观”，最后被行政拘留 10 天。

10 号线海淀黄庄站，一位 61 岁的“大爷”死活拒绝安检，被拦截后，用随身携带的手提包打向安检员面部（真是把自己当成“大爷”了），“致使安检员倒地不起”。本该接受安检的手提包成了抗拒安检的武器。经派出所调解，“大爷”赔偿安检员医疗费 100 块。

2 号线东直门站，乘客小王自称因赶时间到学校上课，“拒绝接受安检并与安检员发生拉扯”，惊动了驻站民警。结果，这位小王同学在上文化课之前先加了一堂道德课——“民警对王某进行批评教育后放行”。

…………

安检的目的是震慑和规避、过滤和排除潜在的安全隐患，
也就是安检制度首先会假定所有人都存在潜在危险，
于是每个人必须要通过安检来证明自己的安全、无害。

99.99% 的守法者构成了“乘客金字塔”的塔基——我说的守法者包括自觉接受安检的，以及虽然不情愿接受安检但是没有明显抗拒最多跟安检员翻个白眼的，还可以包括那位要带着锤子进站却最终舍弃了锤子的民工。

可是，总有那么 0.01% 的人，愿意成为“金字塔”塔腰或塔尖上的一个，甚至把自己长成了一朵“奇葩”。

他们其实比危险的锤子更让人头疼，更让人厌烦，其实也更让人不解。

这些人拒绝安检的理由无非是我忙我烦我讨厌安检。其实，在安检现场听到看到的宣传语，比如“为了您和其他乘客的安全，请您自觉接受安检”“一分安检，十分安全”……已经多多少少能让心浮气躁的乘客理解与心平气和一些。而如果有人并不领情，“我是 ×× 我怕谁”，那么可以说，在涉及公共安全的重大问题面前，个人的任何理由不是显得霸道而可气，就是显得幼稚而可笑。更可气可笑者，明明自己错了，不但不知错不认错不改错，还恼羞成怒，恶语相向，甚至强行闯关，暴力对抗——错上加错，无人无药可救。

有些人长着长着就把自己长成了一朵奇葩，可惜因久陷淤泥而染，习以为常，不以为怪，所以根本意识不到自己是一朵奇葩。

至于安检到底在多大程度上保障了地铁乘客的安全，这确实是一个永远无法统计和推测的概念。因为除了安检现场检测出来的违禁物品，谁也不知道，究竟有多少原本可能被带入地铁的潜在风险源，因为安检制度的执行，而被提前规避——好人如我，坏人如 ×× 分子，安检的震慑作用人人感觉得到。

有一年春节放假前，我作为一个好人，想买两瓶地道北京二锅头带回老家孝敬老爸。当我在收款台前随着人流排队准备付款时，我突然觉得眼前所见有些似曾相识——几米外的收款台和收款员，不就是地铁里的安检机和安检员吗？收款员手里的扫码器，不就是安检员手中不停挥舞的一闪一闪的安检仪吗？两瓶二锅头，不就是安检员嘴里不停提示禁止携带的“易燃物品”吗？

近了，近了，两瓶二锅头被拦下了……如果是一瓶可乐雪碧矿泉水，我大不了试喝一口或者干脆扔掉，可这二锅头，这么两瓶品牌正宗包装精美的二锅头，喝一口我会醉倒，扔下我会气倒，再背回家里去我会累倒……

省省吧，干脆还是别买了！

众目睽睽之下，我拎着两瓶二锅头挤出人群，走回货架——哦，善良的人们，此刻，你是否感动于世界上最悲壮的“逆行”！

老爸，别怪儿子不孝。

好人，就是这么自觉地为社会稳定和他人的安全着想、牺牲自己。

其实，我也经常听到另一种声音，就是讥讽和诟病地铁安检有时其实并不严格，认为安检“煞有介事”“流于形式”“蒙混过关都大有可能”，而这种认识也成为了一些人鄙视漠视和抗拒安检的理由。不过，抛开确实有极个别安检员责任心不强这个事实，安检的直接和间接过滤、排除、规避不安全因素的作用，是任何人无法否认的。

我想买两瓶酒带回去，可是万一有人想带酒精呢？

我很同意网上看到的一句话：作为非专业人士的我们，若是只凭自己的意识来行事，将会忽略掉多少安全的隐患。

还好，坐地铁这么多年，遇到的一些不和谐的人和事，最多只是“人民内部矛盾”，传说中的“坏人”和“大事”，我从来没有遭遇，希望以后也永远不会遇到。

“形迹可疑”的好人

李老三有一次跟我诉苦，说他坐地铁时，有好几回都被莫名其妙地拦下了——不是被安检员拦下的，而是被站里巡视的警察。

我相信他说的话。

在一些人流量比较大的地铁站，站内经常会有警察随机对乘客进行身份盘查。有一回我跟李老三在东单站从 1 号线换乘 5 号线，在下 5 号线站台之前，一位警察叫住了我身边的李老三：请到旁边来，出示一下您的身份证。

李老三看看警察，又看看我，很吃惊的样子。我赶忙说：“你快把身份证拿给警察同志看看。”

李老三掏了左上衣兜，又掏了右屁股兜，没拿出身份证，倒掏出了一只打火机：“警察同志，我确实带了打火机，就一只，我烟瘾大……我以为检查不出来呢……就交给您吧，以后我坐地铁再也不带打火机了，再也不带了。”

警察可能没想到竟然有这样的意外收获，皱了皱眉，想笑，又收起笑：

“我没说要你的打火机。请把身份证出示一下。”

李老三终于从钱包里掏出身份证递给警察，警察低头看看身份证，又抬头看看李老三，又拿身份证在手中的一个电子仪器上比画了一下，几秒钟后，把身份证还给了李老三，“谢谢配合。”

李老三收起身份证，装好打火机，一边走一边问我：“真倒霉，也真奇怪，在地铁里我都被警察拦好几次了。他咋不拦别人呢，咋不拦你呢……”

怎么跟他解释呢，我真怕伤了我的善良的老乡李老三的自尊心。他一定知道“人不可貌相”这句话，可是，他恐怕想不到地铁里还适用另一句话——以貌查人。根据我在地铁里的多年所见，警察随机盘查的，当然首选那些“形迹可疑”的人。

李老三的形迹谈不上“可疑”，但也并不太“可以”。

我这么跟他说：“老哥，我说话你别骂我那啥啊。咱俩都是一个村里长大的，为啥警察就没查我而查你呢，还不是因为你的头发好几天没洗，胡子3天才刮一次，衣服套了里三层外三层，背包太大太鼓……人家可不一眼就看见你了。你把自己捯饬干净利落一点，起码像我这样，对，咱们都是一个村的，你像我这样就行，也不用太光鲜，警察肯定不会专门盯着你看了。”

李老三红了脸，一边挠头一边说：“嗯，也是，还真是这么回事。”

安检仪不识人，可是人与人面对面的时候，这是一个看脸的时代。

虽然我知道，不管是在老家还是在北京，李老三总要频繁地接触到各种危险物品——镰刀、斧子、铁锨、镐头、锤子、电锯，以及高度酒、打火机……可我也知道，李老三其实很安全，比某些人更安全。

这是作为老乡和兄弟的我，对他放心的地方。

也是我为他隐隐伤心的地方。

被安检员小姑娘安检的男人

夏天，傍晚，我和李老三一起往 7 号线广渠门外站走，李老三一边走一边看手机。

“上边一个龙字，下边一个衣服的衣字念啥？”

“袭，袭击的袭。”

“上边一个宫殿的殿，下边一个月亮的月呢？”

“臀，你的屁股也叫臀。”

“哦。”李老三一边盯着手机，一边头也不抬地嘿嘿笑。

“笑什么嘛？”

“这个新闻太逗了。那个男人真不像个男人。”

“到底咋回事？”

“我看完给你讲。”

坐电梯进站时，李老三还在看手机，害得我两三次提醒他在电梯上站好扶好。

我俩一前一后来到安检机前。

“那个男人真不像个男人。”李老三把挎包放到安检机上，一手拿着手机，还在感叹。

过了安检机，一位拿着安检仪的安检员小姑娘拦住了我：“稍等，请接受人身安检。”

我伸开两臂，安检员小姑娘面对面用安检仪在我的身体两侧各晃了两晃。

“到底是啥新闻？”我同时扭着头问身后的李老三。

“一男子称遭女安检员袭……袭胸……”李老三盯着手机说。

我一阵眩晕。

我感觉已经放到我前胸的安检仪突然停住了。

安检员小姑娘的脸一下子尴尬了，她从我左侧探出头，无辜又疑惑地看着我身后的李老三：“大哥……不，大叔，我没，没袭啊……”

我的脸也快红了，趁机赶忙转过身，准备接受安检员对我背后的检查。

“袭胸摸……摸臀……”李老三倒是不失时机。

已经从我肩背部滑到腰部的安检仪再次停住了。

我要晕倒了。

“大叔，你这是说啥呢？我也没摸……没摸那啥啊……”听那声音，小姑娘快哭了。

我不知该哭还是该笑，赶忙转回身安慰小姑娘：“对不起啊，他没说你。”

我通过安检线走到了小姑娘身后，轮到李老三接受小姑娘的安检。

可李老三继续盯着手机念："……要求道歉赔偿……"

安检员小姑娘已经伸到李老三胳肢窝下的安检仪无力地抽了回来。

"哇"的一声，小姑娘哭了，安检仪掉在地上了，人转身跑了。

"……被驳回。"李老三总算把这个新闻的标题念完了。

旁边两个男安检员黑着脸奔我和李老三来了。

…………

10分钟后，终于从警察手里拿回自己的手机，李老三长长出了一口气。

在站台等车的间隙，李老三看看周围没啥人，又掏出手机，低声问我："这个新闻题目叫《一男子称遭女安检员袭胸摸臀 要求道歉赔偿被驳回》，驳是啥意思？是不是写错了？那个男的不是被女安检员那啥了吗，然后就……那不就应该是'力'字边的那个'勃'吗？"

…………

苍天啊大地啊，如果没有站台屏蔽门，我真想跳下去。

好吧李老三，怎么说你呢，今天这糗事你办得真不像男人，可在某些方面，你还真是个男人。

“要钱儿的”

那天我给李老三当向导出去玩。坐上地铁不久，前面的车厢传来一阵女人的歌声：“谁能用爱烘开我这颗潮湿的心，给我一声问候，一点温情……”凄凄惨惨切切，愁云惨淡万里凝。

我对李老三说：“地铁里乞讨的。”

还没等乞讨者走近，我的善良的老乡李老三已经从背包里拿出了一袋面包和一瓶矿泉水，叹了口气说：“她那潮湿的心唱得我眼睛都快潮湿了。要饭的太可怜了，这些就送给她吧。”

我不屑地瞥了李老三一眼：“你给人家吃的，这不是侮辱人嘛。人家不是‘要饭的’，是要钱儿的。”

其实也不能怪李老三不明白，只怪这世界变化快。“要饭的”是我们老家对乞讨者的叫法。我小时候，村里偶尔会有乞讨者路过，不过那时的乞讨者来到你家门口，都只是说要个玉米面干粮，喝碗高粱米粥，从来没有人提出要钱儿。村里大人小孩都管这样的人叫“要饭的”。

如今，时代不同了，社会发展了，观念进步了，“要饭的”也与时俱进，变成“要钱儿的”了。

李老三不信我的话，一手拿着面包，一手握着矿泉水，眼巴巴等着“要饭的”来要。

“要饭的”终于走过来了，是一位 40 岁左右拄着拐走路极慢极艰难的妇女。来到我们身边，她并没有理我，而是一边继续跟着随身音响唱《潮湿的心》，一边不停地对李老三作着揖。我知道她为啥不跟我要钱儿而是认准了李老三——欺负新来的。

李老三把面包和矿泉水递了过去，果然，那妇女并不接，而是有意无意不时地瞥一眼自己胸前，她的胸并不鼓，可是那装着零散硬币纸币的袋子却鼓鼓的——明显的暗示啊。

李老三拿着面包和矿泉水，眼睛不知道该往哪看，手也不知道该往哪放。

这时乞讨者已经看出了李老三的骑虎难下，带着哭腔连声说：“大哥，帮助小妹一下吧，帮助一下吧……”

李老三的脸都快红了，赶紧把面包和矿泉水放在座位上，拿出钱包掏了半天，掏出一张 10 块的钞票——又放了回去，又翻了半天，找出一张 5 块的，冲我嘿嘿笑了一下，把这 5 块钱递给了他的“小妹”。

“要饭的”“小妹”最终要到了钱，一边对李老三深情地唱着“是什么淋湿了我的眼睛，看不清你远去的背影……”一边带着一丝李老三并不能发现而我却能看出来的狡黠的笑容，从我和李老三面前走了过去。

李老三把面包和矿泉水重新装回背包里，脸上十分尴尬，仿佛那两样东西是那位“要饭的”“小妹”刚刚施舍给他的。

“唉，5 块钱就 5 块钱吧，反正买这个面包和矿泉水也得 5 块钱。”李老三说。

我是如何渐渐对乞讨者失去同情的

在我的记忆中，从我大概 10 岁之后，我们村子里就再没来过“要饭的”了。

一个七八岁的孩子，对那些路过我们村来过我们家的“要饭的”，认知是这样的：

他来自比我们村更小的村子；

他的家很远，离我们村至少有 100 里地，因为他说话都和我们这的人说话不一样；

他的“家”，也就是他老家的房子一定是没有了，可能被水冲了，被雨浇塌了，也可能被火烧了；

他一定没有其他亲人了；

他家里一点粮食都没有了；

今天晚上他只能睡在我们村或者邻村谁家的柴火垛里了……

此后的几十年里，我对“要饭的”的印象一直是这样的。

李老三也一定是这样。

成年之后，不管是我还是李老三，作为自认有着正常人生观世界观价值观的人，我们对“乞讨”这种行为，认知是这样的：

乞讨者应该是失去了劳动能力、无法自食其力的人；

乞讨是为了满足生存的最低需求——获得食物，而不是为了赚钱；

乞讨是世界上最迫不得已的事，往往以失去颜面和自尊为代价；

乞讨，是真的在乞讨，不存在“假乞丐”这个说法。装扮成一个“要饭的”去向别人伸手乞求——该是一件多么不可思议的事。

直到后来，我到了北京。

一切都颠覆了我的可怜的落伍的认知。

其实，当年我初来北京时，也是很有爱心和同情心的人，我也曾多次从我羞涩的钱包里掏出一两张纸币投入到这些“可怜”的乞讨者鼓鼓的钱袋子里。可是，后来，我渐渐失去了这份善意，对乞讨行为变得麻木，对乞讨者产生厌烦。

因为，我不喜欢套路，更不愿意我的善意被欺骗。

我对乞讨者乞讨行为的认知和情感的改变是有个过程的。

我清楚地记得，我第一个给钱的乞讨者，是一位40多岁、失去了左腿的残疾人。他在车厢里，完全坐在地上，右腿盘起来，胸前挂着一个用来装钱的塑料盒，靠双手向前移动身体。

他在车厢里“走过”的时候，一直是很安静的，不像其他乞讨者那样，身后背着音箱大声播放着思亲啊思乡啊流浪啊失恋啊之类忧伤的音乐，他并不唱歌，一句话也不说，甚至不会跟前后左右的乘客眼神对视，他只是目视前方、面无表情地“一步步”向前挪。

他路过我身边的时候，我掏出两块钱放到他胸前的塑料盒里。

他抬头看了看我，又冲我点点头，然后对我说“好人一生平安”。

那时，我还不知道北京地铁里的乞讨者中，有真乞丐，也有假乞丐。当时我毫不怀疑他是一个真乞丐，因为我感觉得到，他是一个沉默并在沉默中悲伤的人，我总觉得有这样性情的人必然遭遇了真正的不幸——正如快乐的人和事往往都很热闹和高调，一个人真正的悲伤同样想掩饰也掩饰不住，想装饰也装饰不出来。

多年以后，我从书上看到一句话，大意是：有意在公共场合引起别人注意的人，大多是别有用心的人。我想到了这位乞讨者，他确实是一位残疾人，也应该是一个内心悲伤的人，但是当他决定并开始在公共场所乞讨——算不算一个别有用心的人呢?

我开始思考我到底该不该给乞讨者钱。

我对地铁乞讨者产生疑惑，是从第二次给人家钱开始的。

那天已经是晚上 8 点多了，地铁里人不太多。我在车厢前端靠近连接处坐着，这时车厢后面传来小孩子的哭声。我扭头一看，一位衣衫破旧、满脸愁容的 30 岁左右的妇女，右手拎着一个装着衣物的塑料袋，左手拿着一个小纸盒，慢慢地走了过来。在这段车厢里，有三四位乘客往她的纸盒里投了钱。

走近了我才发现，她的身后还背着一个两三岁的小女孩，小女孩似睡非睡的样子，脸上还挂着两滴泪珠。这时只听那位妇女不停地低声重复：“可怜可怜我的小孩吧，小孩生病了……”一边说着，一边扭头看看背上的孩子，一边手中不停晃动着装着几张钞票的纸盒子。

我赶忙掏出 5 块钱，放到盒子里。

女人不停地点头躬身表示感谢，她背上的小女孩仍然似睡非睡着。

我注视着母女二人走过的身影，心里不住地感叹。可是当那女人走到车厢连接处准备迈进下一节车厢的时候，我突然看到，她竟然腾出右手，回头使劲地捏了背上小女孩的胳膊，——绝对不是一下，至少是两下，小女孩立时“哇”地哭了出来。

这时，女人正好走进了下一节车厢，在孩子令人揪心的哭声中，她又开始不停地重复：“可怜可怜我的小孩吧，小孩生病了……”

我当时就惊呆了。

我突然明白孩子脸上的泪珠原来是被妈妈捏胳膊捏出来的。

可怜的孩子，我不知道她这么小小的年纪，挨了妈妈多少次捏，哭了多少声，流了多少滴眼泪，她的可气又可悲的妈妈借此又换回了多少张钞票。

那时我还没有“那女人会不会是人贩子”的怀疑，但是我真的想到过“这孩子是不是她亲生的”。

后来，当有一天我从报纸上看到关于北京地铁乞讨的一些内幕调查时，我真的有些“细思极恐”。

不久后一次偶然的经历，让我亲眼见识了地铁乞讨的隐秘江湖，也让我彻底对乞讨者失去了信任和同情。

一天我坐 1 号线从东向西在八宝山站下车，下车后我想去一趟位于站台东侧的卫生间。就在靠近卫生间的拐角处，我看见一个 50 岁左右、带着（不是“拄着”）拐杖、胡子明显的乞丐，正蹲在角落里数着布袋子里的乞讨来的一张张钞票，数完一小沓后，拿出一根皮筋，像银行柜台工作人员那样把这沓钞票扎捆了起来，放进上衣左上角贴身的口袋里。

他的拐杖靠墙放着，但看他此时站立的身板和安稳的姿势，又不像腿脚有残疾的人。

我一边走进卫生间，一边想着我一天的工资有没有他一天的收获多。

等我从卫生间出来的时候，发现胡子的身旁又来了一位女乞丐，应该是从刚刚到站的车上下来的。女乞丐一把扯下包裹在头上的破旧蓝围巾，炫耀似地向胡子抖了抖胸前的钱袋，两人开始谈笑风生。

“要不是那个女的拦着，她老公掏出的 5 块钱就到手了。女人就是小气。”蓝围巾说。

“我运气还不错。一个戴眼镜的，像刚毕业的大学生，一看就傻乎乎的，一下子给了我 10 块。”胡子笑着说。

“就该多往年轻人跟前凑，常坐地铁的不行。刚来北京的外地人也还行，尽量少搭理北京人，北京人精着呢，不给钱就算了，还经常说咱们是骗子。我都打扮成这样了，他还能看出来。”蓝围巾说。

“你那个围巾还好点。就我这个破拐，拄着别扭死了，还死沉，一出地铁我就恨不得扔掉。下回我得换个轻快点的。”

“那就换一个吧。前些天我看到5号线的老张就换了个铝合金的拐。下回见着他我帮你问问他在哪儿买的。”

“嗯，听说5号线生意不错……那帮龟孙子，我想换到5号线，他们死活不让，看来还得跟他们打几架。”

“你行，我可打不过他们，我就先在1号线混着吧……哎哟，我得先走了，今儿个一张5块的还没收到呢。”

“你先走吧，我再等两趟车。这破拐，硌得我胳肢窝疼，这半天了还疼呢，哎哟……”

蓝围巾重新把围巾包在头上，从背后的破包里掏出一件同样破旧的花上衣套在身上，又把包从身后移到身前，佝偻起腰向对面站台走去。她要乘坐从西到东方向的地铁一路乞讨过去。

我装作什么也没看见没听见，从胡子前面走过去，在离他二三十米远的地方停下来，假装等车。果然，开过了两趟车之后，一直坐着的胡子终于站起了身，跺了跺脚，搓了搓手，像是运动员上赛场前的热身，然后，拎起拐杖走向对面东行的站台。

列车进站了，胡子迅速把拐杖重新架到左腋下，弓腰驼背，一瘸一拐艰难地上了车。他的右脚先踏进车厢，车门在他的左拐收进车厢的最后一瞬关闭。

胡子和蓝围巾，隔着两列奔驰的地铁列车，开始了他们的又一趟乞讨——不，表演之旅。

地铁乞讨，是一个很深的江湖

在北京坐地铁多年，我总结地铁里的乞讨者（叫“讨钱者”应该更准确一些），大概有这么几种类型。

一类是明显的腿脚、胳膊或者手部有残疾的人。腿脚有残疾的乞讨者，有的拄着拐，有的直接坐在地上，以双手移动身体；比较骇人的是胳膊或手部残疾的乞讨者，他们有意露出伤残部位以博取同情，但是往往把胆小的女乘客吓得到处避闪。

我还曾经多次遇到一个患有侏儒症的乞讨者，我没有给过她钱，因为我觉得她并不是完全失去了劳动能力，另外，我总觉得她的眼神很精明。

另一类常见的乞讨者，就是身体看起来没有明显残疾但是已经上了岁数的老人。他们最显著也最一致的特征就是衣着破旧、神情木讷、行动迟缓，看上去很像是生活极为困苦、际遇特别凄惨之人。

最初，看到这些可怜的老人，我恨自己工资太少没法去帮助他们；后来，当我知道关于地铁乞讨的一些内幕，我开始困惑，我无法对这些如我父母一样年纪的老人产生同情——虽然这个世界上确实有很多需要同情和帮助的人。

还有一类乞讨者，自述自己或家人遭遇重大疾病无钱医治，或因遭受某种不公正待遇而导致生活境况困难。他们往往在胸前背后挂着一个牌子，写明自己或者家人的不幸遭遇，希望求得关注和帮助。

以上这几类乞讨属于单独行动，还有几种情形属于“组合乞讨”。

组合乞讨中，最常见的就是前面走着一个“正常人”，后面跟着一位盲人，前者负责开路、乞讨，后者拽着前者的衣角，不怎么说话——他是盲人，他只需负责出现在人们的视线里。

另外一种组合就是一男一女两位老人，神情打扮像前述的第二类，看起来更像是患难夫妻。

以前很长的一段时间里，我一直以为“组合乞讨”的都是一家人，可是后来渐渐发现，组合乞讨者之间应该是随机或有计划的组合：同一个盲人经常会由不同的“正常人”领着，同一个“正常人”也会领着不同的盲人，甚至就连“患难夫妻”中的“夫”或“妻”，也经常换人。

最容易让人感叹和心生怜悯的，就是大人带着孩子乞讨。特别是在前几年，经常能看到或真或假的“大人掐小孩子胳膊乞讨”的情形，中青年妇女背着或抱着不超过三四岁的孩子，孩子大多数时候在睡觉，偶尔睁开眼睛看看陌生的人群，大人则神情悲戚地一路乞讨。

也有大人带着稍微大点的孩子，一般六七岁以上，孩子走在前面乞讨，大人在孩子身后一路感谢。

不过最近两年来，大人带着孩子乞讨的情况已经很少见了，因为人们都在议论和担心：小孩是不是被拐骗来的。即便小孩真的是自家娃，乞讨者也会担心被“误解”而遭到一顿暴打甚至有人报警。

在一天天的熟视无睹中，谁也说不清，每天穿梭于北京各条地铁线里的乞讨者，到底有多少人；这些人当中，有多少是真的因为身体残疾、生活贫困、遭遇不幸而被迫乞讨，又有多少是有预谋的、有组织的，甚至是藏有不可告人内幕的职业化乞讨。

也许，在那些人眼中，在地铁里乞讨，不必遭受风吹雨打日晒，甚至不必付出太多力气与辛苦，却能获得并不算低的收入，确实是一条很划算很惬意的生存之路——准确地说，应该叫挣钱门道。

只要能“挣”到钱，面子和自尊可以往背后往脚下放一放。

报刊、网络等媒体，时不时会曝出一些有关地铁乞讨的内幕。这些内幕，比我偷偷摸摸躲在胡子、蓝围巾身后看到的故事精彩多了。

——在某个省的某个村，到北京地铁里乞讨成为全村人一致认可并积极践行的发家致富之路。村里有一句话，叫作“在北京跪下去，在老家楼起来”。

——一家媒体报道称某地铁乞讨者老李“装瘸乞讨，月入过万，在北京购买了两套房产”。老李因为“无法接受其中失实的部分，为了挽回自己的自尊”，跟媒体打起了官司。

老李说，报道中说他一天能挣 300 块，一个月收入过万。可是，“我就算一天挣 300 块，一个月也才 9000 块，怎么叫过万？其实平常一天也就挣 100 多块，每天晚上加班到 11 点，一天才能挣 200 多块到 300 块。自己有时身体不适会休息，或者不加班，一个月根本到不了 10000 块。”

老李最终胜诉了，媒体赔了他 5000 块钱。

——一名女子被乘客发现经常带着不同的小孩在地铁里乞讨，警方据此展开调查。这名女子承认，“小孩不是拐来的，是从老家花钱‘租’来的，隔段时间再换个孩子。”“从穷地方以 800 块到 1000 块每月租个孩子，等孩子上学时再送回去。”

——乞讨者，尤其是资深者都有各自的地盘。1 号线、2 号线、5 号线及八通线是“富矿”，新人不得靠近。

相熟的资深乞讨者们在沿线地铁站乞讨时会相互协商，能否共享彼此的地盘。地盘所有者会制定规则，“该从什么地方上车，从什么地方下车，如何乞讨”。如果乞讨者与地盘拥有者在同一列车碰到，乞讨者应立即停止乞讨，等车到站后下车，因为这样“截了主人的车，不礼貌”。

…………

这些故事，总让我联想到一个很玄的词：江湖。

地铁乞讨，是一个很深的江湖。

我经常会看到鸡汤味的某类文章，说“我”遇到一个乞丐，最后没给乞丐钱，而是给了钱以外的东西。结果那乞丐觉得收到这东西比收到真金白银还珍贵，还温暖，还感激……最后，“我”和乞丐一起，一起洗礼了，一起升华了。

只是，文章作者通常都让这类故事发生在国外，而不是发生在中国。

确实，也许，在中国，这样的乞丐大概是不存在的。

中国的乞丐有真有假，但不论真假，（做）乞丐的目的只有一个：要钱儿。

真乞丐，不懂钱以外的东西；假乞丐，不屑钱以外的东西。

地铁里的广告无处不在

这么多年来，每次坐地铁时，一直紧紧陪伴在我身边的，除了同行的乘客，还有就是——广告。

地铁里同行的人和我一样，出门大多是为了挣钱；而广告，是为了让看到它的人花钱。

所以，地铁里的广告，无处不在。

每天坐地铁，几乎就是一趟“广告之旅”。

我每天晚上下班时从建国门站进地铁。刚刚走到西南口，还没进去，门口外玻璃橱窗里购物网站的广告已经在提示我：周年店庆，全场五折！火力全开，嗨购全场！ Are you ready？

想想自己还没有 Ready，我赶忙低下头进站。可是低头也没用，半米高的通道挡板广告正好映入了我的视线：世界著名导演 ××× 作品！世纪惊悚，周五首映；年度巨片，不可错过！

先不说这部新电影我会不会错过，至少这个广告没让我错过。

我心里一惊，盘算着这周五能不能准时下班；不过我心里又随之一松，这位“世界著名”导演我根本从来就没听说过。

通过安检过了检票机，一抬头，我刚刚平静的心再次起了波澜。只见正对着检票机的墙壁上悬挂着一幅巨大的美丽的海景照片，比沙滩椰林更吸引人的是画面右下角一位热辣的比基尼女郎。我不禁向着右下角多看了两眼，看第三眼时我发现原来那女郎的齐胸处还写着一行字：想来一场说走就走的旅行？ ××× 旅游网，时刻在你身边！

当广告时刻在你身边的时候，你的钞票正时刻远离你的腰包。

转身往右下台阶向 1 号线站内走的时候，我摸了摸钱包，想着需要多少钱才能说走就走到海边见到那性感美女。这时我的眼睛突然一亮，我发现楼梯左侧墙壁上每隔一米就贴着一幅同样内容的广告：让你的幸福提前到来——欢迎使用 ×× 信用卡！

我简直怀疑这两则广告的主人是不是事先商量好的……

不过，靠信用卡换来的幸福终究有些不靠谱，我提醒自己：提前到来的也会提前离去。

我最后踮起脚回头看了一眼那女郎，收回目光，也收起了心中的波澜。

下了台阶往右走，这时通道两旁的广告让我的心情真正放松了许多，我终于遇到了一回不惦记着我的钱的公益广告：北京精神——爱国、创新、包容、厚德。八个大字配上四幅和谐温馨的画面，特别是“包容”两个字，让我这个在北京的外地人瞬间觉得人生美好了许多，前途光明了许多。

走过通道，正要向右转下台阶到地铁站台，这时我的左耳朵被一声温柔的女声所吸引：“××× 面膜，美丽不打折。”我向左后侧的墙上扭头一看，电子显示屏里一位睡衣女子正慢慢地揭开一张面膜，已经露出了下巴颏。不过就算面膜效果再好，我一个大老爷们儿也不需要。我狠了狠心转回了头，我得看着脚下的台阶。可正当我抬起左脚要往下迈步时，耳朵里传来广告模特夸张的声音：“哇！ ××× 面膜，我的美丽看得见！”

不看一眼实在对不住广告策划师和模特。我已经迈出的左脚停在半空，回头看了一眼美女完整的脸，就在我收敛目光的瞬间，屏幕上不失时机地跳出了五个大字：××× 面膜。

拜托，不要把人的心理研究得这么明白透彻好不好，你这个牌子我算是记住了，我真记住了。

我的左脚终于落了地。我终于下到了地铁站台。

我要到站台左侧坐开往苹果园方向的车。可是，这时，站台旁的一排大柱子——不，柱子上的广告——再次挡住了我。

眼前柱子上的大海报是某品牌的方便面广告。对于一个在学生时代就对这种食品有着并不太愉悦的舌尖体验的人来说，我实在想象不出为一碗方便面做广告有什么必要性。不过当我看到广告词时，我明白了，人家根本就没说方便面本身的味道如何：×××红烧牛肉面，坚持梦想，一路陪你！

我可不可以理解成：在追逐梦想的路上，总有一碗×××方便面摆在饥饿疲惫的你的面前，它会给你力量，给你希望，助你梦想成真！

直到我绕过几根柱子，站到站台上候车标志线前，我也没想明白：追逐梦想的路上，真的只能吃、只配吃方便面吗？

不明白不要紧，站台对面隔着铁轨的隧道壁上的灯箱广告，强行往我的眼睛里灌输了另一个答案：

一位从不穿裙子从不留长发的像男人一样的女歌手，左手托着一个印有某洋快餐品牌 Logo 的纸质餐盒，餐盒里装满了金黄诱人的炸鸡、薯条，旁边的说明文字写着：美味拼盘，28 元！

仅仅几步之遥，方便面就变成了炸鸡薯条——广告，让我们的人生有更多选择！

我不选择也没办法，灯箱广告隔着两条铁轨就在我正对面，我不看也得看：半米之外就是站台边缘，人多拥挤，谁敢闭着眼睛等车？

别激动，更多的广告，随着列车风驰电掣地来了！

列车进站，隧道壁上的灯箱广告被车体挡住了，有那么几秒钟时间，我忘记了炸鸡和薯条，我的双眼紧紧盯着车门，我得找准时机和位置上车。

没错，此刻，车门广告见缝插针地出现了。

我清楚地记得有一次某家购物网站的广告把我气个半死，它的广告语是这样写的：

还在排队？“二”了吧！上 ×× 店，不用排队。

这是在讽刺遵规守矩排队候车的人“二”吗？我恨恨地记住了这家 ×× 店——广告的目的达到了，可是广告主，还有接受广告发布的地铁公司，有没有考虑一下乘客看到这个广告时的感受呢？

终于上了车，我挤到车厢里面，人太多，我好不容易抓住一个拉手。

塑料拉手上方夹着一个半张 A4 纸大小的广告卡片，卡片上，一位我并不太喜欢的光头相声演员正拿着一把折扇冲我微笑呢：×× 剧场，今晚有约。

我去！

我不去！

不管我去不去，我都没法甩开这个拉手；不但甩不开，我还得紧紧抓住它。于是，列车匀速前进时，我的身体与拉手同时保持静止；列车变速时，我的身体随着拉手一起晃动。这样，我的眼睛始终跟这位相声演员的光头保持着固定不变清晰可见的距离。

明明是睁着眼睛，那头上却什么也看不见，我只好绝望地闭上了眼睛。

眼不见心不烦。

可是我错了，毕竟，地铁车厢里不但有招贴广告，还有电视广告；广告不但会往眼睛里钻，还可能往耳朵里钻。我闭上了眼睛却忘了堵上耳朵，于是，来自地铁电视里旅游广告的热情推介语一波又一波地袭来：

“××× 游乐园，假期可要来哟！”

“××× 游乐园，假期可要来哟！”

“××× 游乐园，假期可要来哟！”

据说，一个盲人，他的听觉系统要比健全人更加敏感。此刻，我似乎体会到了。

不过，不是说只有重要的事情才连说三遍吗？

我还是睁开眼睛回到这现实的世界吧。那声音太诱惑,那假期却还远。

我睁开了眼睛，尽量把目光错开那位相声演员闪亮的脑门。

眼前四五十厘米处，我稍稍一抬头，正好看到列车玻璃窗上方的广告栏，我的眼睛躲避不开的，是一个房地产广告：×× 国际花园，欧洲小镇的感觉！

我没去过国际花园，但我去过欧洲小镇；可是在欧洲小镇，我特别想念老家的小村子。

我再次闭上眼睛，这时电视里的旅游广告变成了新闻播报。我的心里踏实下来，新闻里，全国各地的人们，包括像我一样流动在地铁里的流动人口，都生活在幸福之中。

我们的生活金光闪闪！

不对，是我紧闭的眼前好像有亮光一闪一闪。我下意识地睁开了眼睛。

眼前，列车玻璃窗外地铁隧道的墙壁上，正展示着一个如电视一样的动态画面：一位外国足球运动员，正在进行球技表演。他起脚射门的一刻，画面定格在他的鞋子上，一行大字旋即喷薄而出激情占领屏幕：××运动鞋，始终与你同行！

传统形式广告还不够，原来是高科技新玩意儿“地铁隧道动态广告”闪亮登场了——竟然把广告做到了行驶的列车两侧的隧道墙壁上，并且“始终与你同行”。

还能不能让人不惊不扰无欲无求地坐一回地铁了？

不想看到听到感受到任何广告的打扰，只想简简单单安安静静地做一名纯粹的乘客，我的要求奢侈了吗？

我终于到站下车了。我要坐电梯快速逃离地铁。

再见了“地铁隧道动态广告”，再见了“车厢内招贴广告”，再见了“车厢内拉手广告”，再见了“车门广告”，再见了“站台隧道壁灯箱广告”，再见了“站台立柱广告”，再见了“站内电子屏幕广告”，再见了“通道广告”，再见了“楼梯墙体广告”，再见了“公益广告”，再见了“检票口正面墙壁广告”，再见了“通道挡板广告”，再见了……

咦？这电梯扶手上什么时候贴了一层单面胶广告……

我见过的奇葩广告

林子大了，什么样的鸟和虫都有；广告多了，多么奇葩的设计和创意都能遇到。

上回那个银行想让我去办信用卡，于是诱惑我“少花钱”就能“多办事”而且还能“让幸福提前到来”；一个旅行社想让我参加“一元双飞游”，但我不知道有去能不能回；好几个网站说“双十一”购物只需半价，但我不知道打折之前是不是已经悄悄提价。

那个叫马云的小个子男人最聪明，自从他建了个“淘宝网”，他就把人们需要的不需要的任何东西都叫作“宝贝”。谎言重复一千遍就成了真理，慢慢地人们就真的把那些东西当成了宝贝，于是不停地淘啊淘，钞票也就不停地往外掏啊掏。

可气的是马云得了便宜还卖着乖。一天早晨我进地铁走到站台，发现马云在夜里偷偷地为淘宝网安装了灯箱广告，画面里，一位家庭主妇正在门口笑呵呵地迎接快递小哥，一箱箱“宝贝”上面无限温情地写着：别人都说你败家，我才知道你有多持家。

“马云先生真是太理解我了。”“我老公要是能像马云那样明了我的一番苦心就好了，哎……”好几个女乘客在广告前感动又感叹地抹着眼泪。

其实，聪明人说话总是反着说，人家才不愿意女人们勤俭持家呢，他巴不得全中国甚至全世界的女人都败家才好呢——最好男人也跟着一起败。

不仅马云这样，大部分的广告都是这样：明明是想让你花钱，却偏偏都在宣扬是为你省钱甚至为你赚钱。其实，判断到底赚不赚钱省不省钱很简单：看钱是从你的口袋里流入还是流出，或者说，看钱最终到了谁的口袋。

地铁里很多广告还喜欢跟善良的人民群众玩文字游戏。比如前些天我看到的那个“××国际花园”的房地产广告，明明让你付出的价格不低，却非要在那数字前面加上“只需”两字，好像加上这两个字，那价格就真的是“小意思”了；明明实际房价是 59900 元，非要写成 50000 元，后面再加上一个不用放大镜就找不到的“起”字。

这样的广告要是张贴在我们老家村子里，非要把人气死、被人骂死不可。你想让人家花钱你就直说，你要多少钱你就明码标价，别弄那些花花肠子弯弯绕。我们村村委会院墙外经常贴出各种广告，比如“承办婚礼，2000 块一场”“种猪配种，100 块一宿”“王老五家有新蜂蜜，一瓶二斤，

20 块，少了不卖”“煤气罐 80 块一罐，分量不够你烧我家房子”……一清二楚，明明白白，痛痛快快，爱婚不婚，爱配不配，爱买不买。

难怪城里有那么多广告“设计”公司，村里人发广告从不设计。

地铁里有些广告很可气，还有些广告很可笑，我甚至觉得一辈子没怎么出过门没啥见识的李老三看到了都能笑出来。

我曾经看到过一个公益广告，广告词是“和谐社会靠大家，文明出行我先行”。我为了跟李老三显摆一下我所居住的城市是多么和谐文明，就打电话给在老家的李老三把这句话念给他听。可他一听就哈哈笑起来：“城里人真奇怪，‘我先行’不就是‘我先走’吗？我先走，你后走，争着走，抢着走，那还叫和谐社会？还叫文明出行？”

唉，这李老三，总是往歪门邪道上想，咋就领会不到人家句子本意的深刻高尚的内涵呢？！

还有一回，地铁电视里播放着一个广告。一个绝对不会超过 5 岁的小女孩，奶声奶气却信誓旦旦地喊：“地铁电视，我都看了 5 年啦！”

我相信地铁电视真的开通 5 年了，可我怎么也不能理解一个 5 岁的孩子看了 5 年地铁电视。还是李老三明白，我在电话里讲给他时，他都懒得笑了，对我说：“你咋在城里待傻了呢？这孩子肯定是在地铁里出生的呗！”

这么简单的道理我咋就没想通呢。

李老三的这句解释让我从此对他的智商刮目相看。

有一回我看到一个汽车广告，但是我没敢跟李老三说。

广告词是：每天少吃半只烤鸭，提前一年把 ×× 车开回家。

我又气又笑，差点在地铁里当场吐血。

且不说 180 只烤鸭能不能换来一辆小汽车，有哪个穷人富人胖人瘦人男人女人会这么爱吃烤鸭？就算真的爱吃，谁会天天吃烤鸭连吃一年而吃不腻？就算不会吃腻，总还得掂量一下自己的肚子能不能吃下半只；就算真的能吃下半只，还得考虑天天吃烤鸭自己会不会肥成一只鸭子；就算不怕肥成鸭子，谁又会只对鸭肉情有独钟而对其他肉食自然免疫无动于衷……

肯定有人吃多了，以致脑子出了问题，不然，这样奇葩的广告词又从何而来呢？

这个广告我没敢告诉李老三，他要是听了，指不定要把“你们这些城里人”笑成啥样。

不过地铁里有的广告的创意确实还是很高明的。一天早晨我进了车厢后，左手抓着拉手环，右手拿着手机。就在列车即将启动时，我忍不住打了个喷嚏，那一瞬间我习惯性地抽回左手捂住了嘴。喷嚏打完了，列车也同时启动了，我因为站立不稳，身体晃了一下，左手下意识地去抓住了拉手环。

这时我不失时机地看到拉手环上有一个洗手液品牌的广告，写着一排大字:上一个握着我的人,他感冒了,总用手去挡喷嚏。下面是几个小字:用 ××× 洗手液,阻隔细菌传播。

我很羞愧,我不就是那一排字所说的“上一个握着我的人”吗?

我偷偷地瞄了一圈四周,千万不要有人看到我刚刚的这一幕。

很快到了一站。我旁边有一对年轻情侣,女孩挤向门口准备下车,她一边下车一边回头跟她的男朋友说:“你千万别抓那个拉手啊,人家的手挡了喷嚏又去抓了。晚上下班我就去买 ××× 洗手液。你千万别抓!”

我尴尬地偷偷地看了一眼那个小伙子,发现他也正尴尬地偷偷地看我。

真是对不起,让你俩因我而破费了。你女朋友好有爱,我祝你俩天长地久。

握着那个拉手环,我就像握着一个烫手的红薯。

不但烫了手,我的脸也开始烫了。

这广告做的,还能不能让人开开心心地坐地铁了?

其实,地铁里的广告,有时也能带给人温馨感人的一幕。

在地铁站台等车时,总能看到站台对面的隧道壁上悬挂着大幅的灯箱广告。

有一天在地铁车厢里,我看到对面座位上坐着一个小伙子,一直把头靠在列车玻璃窗上在闭目养神。到某一站停车时,小伙子身后玻璃窗外面不到 30 厘米就是站台隧道壁上巨大的广告牌。眼前的广告牌是一个女性文胸广告，于是我看到了这样一个难得一见的镜头：列车停稳后，小伙子的头部，正好隔着玻璃窗停在只穿着红色文胸的广告美女高耸丰满的胸脯之间，不高不低，不左不右，不偏不倚！

我瞬间觉得那画面很滑稽，但是我相信，如果这情景恰好被一位画家摄影家捕捉到，他一定会承认这画面有一种艺术的美感。

我真想告诉那哥们儿：你真的是睡在温柔乡里你感受到了吗？

不过我还是别打断他的美梦。

拥挤，请给我一个解释

北京是个集，大家都在赶。

每天坐地铁，我总会想起一些词语，我把它们集中罗列在这——

车水马龙，人声鼎沸，前呼后拥，纷至沓来，人头攒动，项背相望，张袂成阴，摩肩接踵，川流不息，络绎不绝，万人空巷，人山人海，宾客如云，门庭若市，户限为穿，济济一堂，座无虚席，人满为患，挨肩叠背，挨山塞海，水泄不通，密不透风……

不要不耐烦，后面还有——

龇牙咧嘴，大呼小叫，身不由己，七扭八歪，满腹牢骚，怨声载道，肌肤相亲，男女无别，忍辱负重，举目无亲，身陷囹圄，生无可恋，睚眦必报，不拘小节，拳脚相加，相逢一笑，忍无可忍，一忍再忍，柳暗花明，曙光在前，如释重负，起死回生……

看到这些词语，会心一笑，又鼻子一酸的人，早就找到了两个字来

我觉得在北京客流高峰期时坐地铁，
那种拥挤的状态可以用一个与“蜗居”对仗的词来形容，
叫作——“锥行”。

概括：拥挤！

如果非要在这两个字前加上一句定语的话，那就是：北京地铁客流高峰期的拥挤。

拥挤，汉语词典里给出的一个基本解释是：地方相对小而人相对多。

多么精准。

百度百科上进一步解释：拥挤是由高密度引起的一种消极反应。当人口密度达到某种标准，个人空间的需要遭到相当长一段时间的阻碍时，就出现了拥挤感。

多么善解人意。

北京人，在北京生活的外地人，临时来北京的外地人，本来生活在各自的广阔天地，却在某一个相同的时段，同时会集到空间有限的地铁里，于是，不拥挤才怪。

因为北京足够大，所以“北京人”足够多；因为“北京人”足够多，所以北京地铁显得小。

前几年，有一部很火的电视剧叫《蜗居》，顾名思义，“蜗居”指“房间窄小”。我觉得在北京客流高峰期时坐地铁，那种拥挤的状态可以用一个与“蜗居”对仗的词来形容，叫作——“锥行”。

懂得“蜗居”，你就懂得“锥行”。

进个站有多难

坐地铁，不如叫挤地铁更真实。

经常坐地铁的人，特别是天天坐地铁上下班的人，每个人都会有一把“挤出来”的辛酸泪。

没坐过北京地铁的人，不足以评价北京这座城；没挤过北京地铁的人，不足以谈论北京这段人生。

看到每天早晨人们进站时的情景，就知道地铁为什么会拥挤了。

我平时上班，都是在1号线八角游乐园站进站上车（以前是在八宝山站进站，为什么换了站，后面会说），坐到建国门站下车。

离地铁口越近，我越能明白，为什么我的老家村子里年轻人越来越少——他们都去了城里。数不胜数的年轻人（老年人寥寥可数），步行的，骑自行车的，骑电动车的，坐“摩的”的，坐“黑车”的，从公交车下来的，坐出租车来的，私家车送来的……从东西南北四个方向往地铁口会集。

在地铁口前站上几分钟，眼前看见的人，比我们老家大集上所有赶

没坐过北京地铁的人，不足以评价北京这座城；
没挤过北京地铁的人，不足以谈论北京这段人生。

集的人还要多。

跟大部分地铁站的情况一样，八角游乐园站的进站通道，在非客流高峰期间，围栏打开，可以从入口直线进入，不需要拐来拐去；早高峰的时候，为了减轻客流量压力，防止站内候车人群“人气爆棚”，直通入口就会封住，乘客必须排队并沿着围栏通道拐上几个弯，才能到达安检机前安检进站。

于是，平时 20 米远的距离，这时可能变成 60 米；平时半分钟就能走过，这时可能需要 5 分钟 8 分钟。

人太多，安检本身需要时间，两个因素叠加，让地铁口外形成了壮观的排队队伍。八角游乐园站的排队队伍，在开始拐第一个弯之前，可能有 100 米长。

融入排队队伍之后，就开始进入了真正的“摩肩接踵”状态：每个人只能小步慢移，如果步子稍大，肯定会踩到前面人的鞋跟；身体不能以正常速度向前运动，于是会不自主地左右晃动，肩膀碰到别人的肩膀，或者腰被旁边人的包硌一下，都是正常到可以忽略不计的事。

有一回排队进站时，我的鞋后跟总是被人踩，不到 5 米的路被踩了三次。前两次没踩掉，我也就忍了，跺了跺脚，鞋又穿回来了；第三次，鞋跟终于被踩掉了。可是，因为人太多太挤，我连弯下腰重新穿鞋的空间和机会都没有……忍无可忍，我回头寻找害我的人，是一位姑娘，正边走边看手机。那姑娘发现了我哀怨的目光，低头又看到我趿拉着的鞋，尴尬地说:“大哥，不好意思啊。我光顾看手机了，没注意，真是对不起。”

走自己的路，踩别人的鞋，我也真是无语，要不是看在她是个年轻小姑娘的分上……

我穿不上鞋，只好一路趿拉着，一瘸一拐，直到过了安检机乘客分散时，才有机会弯腰把鞋穿好。

进站时利用可移动围栏以“绕圈子”的方式延长排队队伍，对于地铁运营方来说，是一种降低进站速度、缓解站内客流压力的有效办法。但是对于乘客来说，肯定是一种极不舒爽的体验，尤其考验人的体力和耐力。

我趿拉着鞋进站总算还好，更加为难的是那些抱着孩子的人、背着大包重包的人，以及行动不便的老年人。

有一回，我的前面是一位女士，抱着一个一两岁的小孩，肩上还挎着一个大包。女士随着人群,抱着孩子缓慢移动。到第一个拐弯处的时候，她好像抱不动了，把孩子从左边换到了右边。这时，孩子可能姿势不舒服，人多又紧张，开始哭闹起来。我看那女士实在艰难费力，就主动对她说：“我帮你拿着包吧。”（我总不适合帮人家抱孩子）女士犹豫了两秒钟，然后尴尬地笑着说：“那谢谢你啦。”我从她肩上卸下包，心里想：你尽管放心，我就是想偷你的包，也根本不可能跑掉啊。

我拿着她的包，继续向着第二个第三个拐弯处前进。

真奇怪，孩子趴在母亲肩头，眼一眨一眨地看着我，到第二个拐弯处的时候，竟然不哭了。

然后就一路安静地看着我。

终于过了安检，我把包还给了女士。女士连声感谢。

没想到的是，这时，孩子竟然冲着我笑起来。

嘿，小样，你回答我：你刚才是不是就想让我帮你妈妈拿着那个大包，所以故意哭闹的？

孩子是天真无邪的，可是有一回，也是在排队进站时，我旁边是一位——TA（我不想说这位乘客的性别，也不想说年龄），在随着人群艰难地绕过了 3 段围栏之后，TA 自言自语的一句话惊得我张开嘴巴半天没闭上：

“绕什么绕？上坟才先绕三圈呢！”

这句话本身比这段拥堵的路程更加让人发堵。

我还曾经看到过一个嫌排队人多而翻越围栏的人。是个小伙子，拖着一个行李箱，拎着一个小包。他看着长长的排队队伍，看了有 20 秒钟，然后，似乎是狠了狠心，举起行李箱，放到围栏里，然后自己也跳了过来。

他的举动引起了几个排队乘客的抗议。小伙子自知理亏，赶忙解释说：“我要去赶火车，没想到进地铁站需要这么长时间，有点着急，抱歉啊。”

肯定是一个缺少经验的“地铁新鲜人”：坐地铁竟然只算地铁运行的时间而不留出进地铁站的时间。你赶火车不是也要计划出进火车站的时间吗？真是不把地铁当火车。

其实我应该庆幸，和某些“著名”的拥挤站点相比，从八角游乐园站进站的人并不能算多，甚至可以说是小巫见大巫。比如，有的站排队队伍长达300米，有的站要拐九次弯才能到达安检口，有的站乘客排了20分钟队还没能进站……几年前曾经公开的一个数据是，5号线某站，每天早晨7：30至8：30客流最密集的一个小时内，进站人数达到14000人，整个早高峰期间进站人数在两万人以上。

这么多人，从进站时就开始拥挤，那进了站之后，该拥挤成啥样呢？

今早，你用哪种方式挤上的地铁

进了站，要想“坐”地铁，你总得先“坐上”地铁。

列车在隧道口探出了头，车未到，风在前面开路；几秒钟之后，列车减速从眼前经过；将要停下来的时候，你却不由自主惊骇地想往后仰身子——不是被列车本身和强大的气流吓着了，而是被车厢里黑压压的人群震撼了。

一场战斗就要开始了。

今早，身经百战的你，要用哪种方式挤上地铁？

最好的情形是你很幸运地排在等车队伍的最前面，而且更加幸运的是车厢门口还有一点点空间，能勉强容下两三个三四个人……你不用费力气，一步就跨进了车厢，有人主动往里边挤了挤，你随着往里挪了挪，这时你再扭头看，刚才的空间已经被人填满。

仍然不断有人试图往车上挤，车门口“别挤啦”的喊声是祈求也是斥责。好在这时关门铃声响了，门外的人，心有不甘地撤回已经踏上车厢的一只脚，

你紧紧贴着车门玻璃被挤压得有些变形的脸，
将成为下一站候车乘客瞩目的风景。

你这才放心地轻轻地松了一口气。

不过你得赶快松完这口气，因为，你必须提前做好心理和身体的准备，迎接下一站的到来。此刻，你的身体还算完好无损，下一站，你可能会进入“压缩”“变形”甚至“变态”模式。

有的时候，车门打开后你发现那空间只能装下你的半个身子，可是作为资深地铁族的你，知道车厢空间“挤挤总是有的”，于是你先踏进一只脚，探进头，伸进一只胳膊，努力够了两下，终于抓住了头顶斜上方的扶杆。

你紧紧握住扶杆，向前一发力，引体向上，你的另半个身子终于全部挤进了车厢。你成功了，但是这时你必须忍受被你挤到的人的抱怨，不过，你身后那些觉得挤进去无望而自动放弃努力的人，正不由得纷纷为你点赞；你艰难地回转身，脸贴着刚刚关闭的车门，向车厢外的人露出胜利者的微笑。

你紧紧贴着车门玻璃被挤压得有些变形的脸，将成为下一站候车乘客瞩目的风景。

其实，更多的时候，如果你排队靠前，只要车厢里不是挤得连一根针都插不进去，你基本上不用担心上不去车，甚至，哪怕此时你连腿都懒得迈——排在你后面的人也会热情地不由分说地把你“送”上车。

永远不要怀疑群众的力量。你身旁的人、身后的人，比你还急于上车，向前的推力压力通过一个人又一个人的身体叠加着传递过来，不管你是柔弱的小姑娘，还是壮硕的大老爷们儿，都根本无法抵挡，你惊慌凄惨地叫了一声，身体随即被这股汹涌巨大的力量推挤进了车厢。

那几乎是一瞬间的事，你根本不知道自己是怎么上的车，你的脚可能迈了一两步，也可能根本就没迈，被悬空着“乾坤大挪移”挤了进来。

这时，你会暗暗惊喜，这幸福来得也太突然了！

不过，你马上就会有很多担心，于是你定了定神想赶紧确认一下：头发有没有挤散，妆容有没有挤花，领带有没有挤歪，衬衣有没有挤皱，裤子拉链有没有挤开，裙子有没有挤转圈，书包带有没有挤断，手机有没有挤丢，眼镜腿有没有挤折……

你本来还想看看鞋子有没有挤掉，有没有挤坏，有没有挤脏，可是，你低下了头，看到的却是别人的身体，不是别人的肩和背，就是别人的胸或肚，你根本没有机会看见自己的鞋。

算了吧，既然连自己的整个人都是被别人挤上来的，身上的零部件还有什么不能听天由命的呢？

如果你不幸排得靠后，却不想等下一趟车，你还有两种方法，或者说两种可能，成为这趟车最后一个上去的人。

你可以稍稍退后几步，鼓足劲，跑向车门，依靠冲刺的速度和力量挤上车去。不过，这是一个很危险的动作，有可能，你撞上了别人，被对方骂几句打一顿，但是你上了车；也有可能，在撞上别人后的两三秒钟里，你确确实实已经进了车门，可是，车里被撞的人不服气，很生气，气得肚子都鼓了起来，于是，你一下子又被鼓起的肚子弹出了车门外；更有可能，你开始向车门冲刺的时候，关门铃声已经响起，可是你心存侥幸，结果，你一下子撞上了正在关闭的屏蔽门或者车门。

撞伤自己自己疼，撞伤别人你要给人家看病，撞坏公物要照价赔偿。

最后一种上车方式，就显得很酷了。

其实你三分之二个身子已经挤进了车厢，可是单凭你自己的智力和体力，你实在没办法把剩下的三分之一身子全部塞进去，可你又不想功亏一篑，在别人嘲笑的眼神里以失败而告退，于是这时，你多么希望，多么企盼——有人能从你背后踹你一脚！

来呀，有本事你来呀，来推我呀，来踹我呀！我才不怕你……

终于，旁边一位“文明引导员”大姐心领神会不失时机眼疾脚快地赶过来了，“文明引导员”要引导文明，文明引导，她不敢踹你，但是她站定后，迅速出手，一手摁腰一手推背，“一，二，三——”，用尽力气往里推你。你感动于这份危难中出手相助的情谊，借力，使力，突破车厢里反对和反抗的力量，你三分之一的身体，终于全部挤进了车厢。

车门贴着你后脑勺的头发梢关闭，你艰难地转回头，向“文明引导员”大姐投去感激和赞赏的一瞥。列车启动，你看得见大姐潇洒地甩了甩手，你听不见大姐对目睹了此景的排队乘客若无其事又不无得意地说：“又解决了一个！”

终于，旁边一位“文明引导员”
大姐心领神会不失时机眼疾脚快地赶过来了，
“文明引导员”要引导文明，
文明引导，她不敢踹你，但是她站定后，
迅速出手，一手摁腰一手推背，
“一，二，三——”，用尽力气往里推你。

（有一次，李老三看到了这个场景，跟我说："不知道地铁站还招不招文明引导员。这个活儿，我也能干。"）

在早高峰，不管怎样，能挤上车就是一种成就。

自己挤上车却把同行者落下，是一种让人羞愧的失败。

如果你觉得自己挤上去都已经很费力，千万不要认为同行者一定能跟上你的步伐和能力也能上去。你艰难地挤上去了，你的同伴在你身后努力了几次却没能成功，车门毫不客气地关闭了，等你回身寻找时，发现彼此已是身处两个世界的可怜人儿，你们隔着一层玻璃捶胸顿足，泪眼相看，几秒钟之后，互相渐行渐远，无影无声。

挤上了车，只能证明你暂时的初步的成功，并不意味着你就能一直顺利地到达目的地。

因为，身处车门口的你，如果不往里挪，或者不抓紧扶手栏杆，到了下一站停车开门时，你可能自己会"掉出"车门外，更有可能被下车的人流冲出车厢。

别怪我没提醒你。

那时候，你会用哪种方式再次挤上车呢？

车厢里的拥挤

每天早晨，出门坐地铁上班之前，吃不吃早餐是个让人十分纠结的问题：不吃吧，没有力气去挤别人；吃吧，肚子鼓起来，容易被别人挤。

前几年，每天上班，我都是在八宝山站进站上车，而不是在八角游乐园站。前者距离西边的终点站苹果园是3站地，后者是两站地。我住在这两个车站中间区域，要一路向东坐到建国门站下车，在八宝山站上车可以近一站地。

但是，很明显，从八宝山站上车时，车厢里会更拥挤。于是我改为从八角游乐园站上，宁愿多坐一站地。

最初，我对挤地铁有些畏难情绪，但是有一天我突然明白了：挤是相互的，别人挤着我，我也在挤着别人啊！这么一想，我心里就平衡了。

北京，早晚上下班高峰时段，在总共20多条600多公里长的地铁线路上，在上千节地铁车厢里，在数以百万计的乘客当中，拥挤有各种各样的动作，各种各样的表现形式，会挤出各种各样的故事，每个人都是主角，无人能置身其外。

不管用哪种方式，我总算上了车。

当车站外的拥挤传递到封闭的地铁车厢里，拥挤程度不知道要增加多少倍。

车厢，完完全全被人占满，密不透风，人员密度堪比站立起来的叠罗汉，不分男女，人挨人，人挤人，背靠着背，肩挤着肩，臀贴着臀，脸对着脸，胳膊顶着胳膊……

我上了车，全身上下的零部件都在，什么都没缺，什么也都没坏，可我就是觉得浑身不舒服。

我的脸，侧对着一个跟我一般高的小伙子的脸，距离不超过 20 厘米，我能闻出他的早餐是香菇馅包子和豆浆。我赶紧把脸向一旁转了 50 度。

我的脖子后面特别痒痒。我想挠一挠，可是我的手被挤着抬不起来。我晃了晃脖子，痒痒还在。原来，是一个姑娘扎起的长头发，散到了我的衣领里。

刚才我一直庆幸吃了早餐，让我有力气挤上车，可是现在我又有点后悔：我的前胸和肚子正好被一个双肩包挤压着，我因为吃了早餐而稍稍鼓起来的肚子尤其难受，如果肚子瘪一些，我就不用这么遭罪了。

我把身子稍微转了一下，肚子是舒服了，可是后背又和别人杠上了：后背的左半部分贴着另一个男人的后背，右半部分挤着另一个人的肩膀。

身体两侧也有问题。左边硌着一位男士的包，那包对于一个大老爷们儿来说并不大，最多能装下一本 32K 的书，可是包再小，也是要占空间的啊……我只好把腰往右扭了扭，可是右边的女士不干了，她可能觉得我有什么特别的意图，于是一直用胳膊肘顶着我的腰。

腰部以下，我就看不见原本属于我自己的腿和脚了。

别人不知道，但是我自己知道，这时，我的双脚不是自然并拢的，而是呈“内八字”形：和我背靠背的男人，一只脚站在我的两个后鞋跟之间——他没法让自己的身体保持正常姿势，导致我也跟着不正常。

地铁里的拥挤就是这样，人人都是参与者，人人都是受害者。

我的身体就这么扭曲着，“变态”着，可是这时我没有任何办法改善我的处境。我只能这样先坚持两分钟，等快到下一站时，有人下车，我就可以趁机甩甩头，挺挺胸，直直腰，拢拢脚，抬抬胳膊，让自己整个人尽量正常一点。

留给我整理自己的时间并不多，车到站，上车的人总是比下车的人多，车厢里的拥挤又增加了几分。

好在，这时，我已经挪到了车厢中间，站在座位对面，背靠着一根立杆，伸出胳膊握住了一个拉手，此时，我的身体从刚才挤在车门口时同时与五个人接触，变成了与左、右、前（对面座位上坐着的大姐的脚顶着我的脚）三人接触，拥挤程度减少了近一半！

我终于可以仔细观察一下别人都是怎么挤人和被人挤的了。

一个小伙子，挎着个包，龇牙咧嘴挤上了车。还没等站稳，身后一波拥挤袭来，小伙子上身往前一扑，胸口正好撞在了一个中年男人的肩头。对方扭过头，气急败坏地斥责“看着点”，小伙子此刻肯定比那中年人更难受，可因为是自己先挤了别人，只好赔着笑脸说“不好意思”。

话音刚结束，中年男人正转回头，小伙子尴尬的笑脸还没完全收起，身后又一波拥挤突然袭来，这一回，小伙子的身子再一倾，中年男人的眼镜折角处一下子刮到了小伙子的左耳朵。

两个人互相哀怨地看了看，各自痛苦地皱了皱眉。

不过竟然谁都没说话。

也是，两个人心里肯定都在想：这回算是扯平了。

一个姑娘，被身后的人推着挤着就上来了，慌不择路，无路可择，被挤到了一个男人的胸前。男人好心往后挤了挤，可是终究逃不掉，姑娘继续被紧追不舍地挤着。好在姑娘机智地把随身挎包移到胸前，将自己和对方的身体隔开。身体是隔开了，姑娘的眼睛正对着男人的下巴颏，距离不超过一个手掌的长度。

相顾无言，唯有汗千行。世界上最难为情的事莫过于此了。

姑娘红着脸闭上了眼睛，把头扭向一边；男人脸没红，闭着眼睛把头扭向了另一边。

世界上最近的距离，隔着世界上最远的距离。

正对着车门附近，一个小伙子高高举着双手，伸向车厢天花板。他的女朋友脸靠在他的胸前，双臂绕着他的腰，仰起头，撒娇地说："你倒是把胳膊放下来啊！难看死了，跟投降似的。"小伙子低头看着她，面带无奈："这么挤，你看我这胳膊能放得下来吗？"姑娘好像明白了，温柔地把辛苦的小伙子抱得更紧了……

一个中年男人挤上了车，左手一个大包，右手一个小包，脚下没有位置放，只好暂时拎着。车一晃，他也跟着晃，幅度比别人大多了，一个被他撞了两次的大姐忍无可忍，斥责道："你就不能扶着点栏杆，没手啊？"中年男人低下头，看看拎着包的左手，又看看拎着包的右手，不紧不慢地说："我有手，都占着呢。你手多你帮我拎一个？"

有人在偷笑，大姐在翻白眼。

一位个子稍矮的姑娘，不知道是挤的，还是急的，还是羞的，还是憋的，满脸通红:她的四周（应该叫"八周"更合适）是三个男人的后背，两个女士的肩臂，她被围在中间，根本无法露头。左看看，右看看，也只能看出 10 厘米远，别人的背是她高高的墙，别人的肩膀胳膊是她紧紧的网……我为她感到呼吸困难。

一位女士站在靠车门的座椅对面，一只手握着拉手，后背传递来的拥挤让她的身体不得不一再前倾。最后，她拉着扶手的手实在撑不住了，手一松，"哎哟"一声，整个上身倾倒向对面座位上的姑娘。

在她的前胸撞向姑娘的头部之前（幸亏是位姑娘），在她的额头撞到车厢壁之前，她的另一只手终于瞬间及时地撑在了车厢壁上。她没有继续倒下去，不过也没能直起身，扭头带着哭腔喊出“别挤啦”三个字……不过有谁会认为是自己挤到并挤倒了她呢？又有谁能救得了她呢？她就这么一直前倾着身子，靠两只手不停轮换地支撑着，直到两分钟后到站有人下车。

身后似乎传来了鼾声，我侧转头，透过两个脑袋之间的缝隙，竟然看到一位大哥在打盹儿，没错，站着打盹儿。

他确实不用担心睡着了会摔倒，因为他被周围的人紧紧围着、挤着。刹车减速时，他和大家一起向前倾，启动提速时，他和大家一起向后倾，只要周围的人不倒，他倾斜得再厉害，最后还是能和大家一样恢复站直。这让我想到舞台上合唱队表演时，唱到精彩煽情处，所有人同时左右摇晃身体，一个挨一个，摇来晃去，却谁也不倒。

正当我也被摇得昏昏欲睡时，旁边一个姑娘的叫声把我惊醒：“哎呀，我的发卡挤掉地上了。”

我还以为什么大事呢。

过了几秒钟，只听一个小伙子说：“就在我脚底下，不过你能捡得起来吗？”

周围传来会心的笑声。

想捡起地上的东西，你总得先弯下腰或者蹲下身吧。不过，我连多吃点早餐都觉得肚子鼓起来会被挤，哪有空间让你弯腰蹲身呢？

姑娘，你应该庆幸，你掉在地上的只是个发卡，而不是项链戒指耳环手机什么的。

人群里响起了手机来电铃声。一个小伙子盯着自己的斜挎包，那铃声确实是从他的包里传出来的，可是他却迟迟不去接电话。

不是他不想接，是因为他没法把自己的挎包移到合适的位置；就算移过来了，他也做不到弯曲着胳膊伸到包里拿手机。

没有空间可供胳膊弯曲，就像那姑娘无法弯腰下蹲一样。

在客流高峰时期的高峰路段，人把人挤成雕塑，会呼吸的雕塑，会呼吸的雕塑挤成不透风的雕塑群。

来电铃声又响了好几遍，直到两站之后，小伙子才有机会移了一下包，伸手掏出了手机。他回拨电话，不过他的第一句话就把周围的人逗笑了：“大哥，你知道在早高峰的地铁人群里，‘探囊取物’有多难吗？”

确实很难，你大哥如果不信，我们这些难兄难弟都愿意为你做证明。

快到建国门站了，我得准备下车了。

上车艰难，下车也未必容易，我必须提前往门口挪，不然的话，指不定会发生什么事呢。

还能不能顺利地下车了

上车艰难，车上煎熬，下车意味着解放。

不光是贫农，就连地主，都盼着解放。

可是下车也并不容易。

一切都因为拥挤。

平时，如果地铁里人不太多，偶尔会看到这样的情形：某乘客正坐在座位上打盹儿或者聚精会神地看手机，列车到站，车门已经打开，下车的陆续下车，上车的正在上车，此时这位才突然反应过来，大喊一声："啊？到了？下车……"一秒钟抓起挎包和手机，半秒钟迅速起身，两秒钟如兔子一般奔向车门，在跨出车门的瞬间，关门提示铃声响起。

这样突然、惊险、又有点滑稽可笑的场景，经常会把乘客看得目瞪口呆。

不过，如果车厢里人多拥挤，这样的动作是不可能完成的，你就乖乖等下一站再下车吧。

那天早晨，人照样多，我在车厢靠中间位置站着，旁边是一位姑娘，带着一个小型行李箱。

她一手扶着立杆，一手拿着手机玩，还不时对着屏幕傻笑，一副开心、轻松、幸福的样子。

车到公主坟站，下去了一些人，又上来了一些人。

列车启动后，要下车的乘客开始往车门处换了。下一站是军事博物馆站，很多人在这里换 9 号线去北京西站，更多的人从北京西站坐 9 号线过来在这换 1 号线。

姑娘还在玩手机，看来她应该不是在这一站下车。

列车到站刹车停住了，乘客因为惯性晃了一晃。这一晃，把姑娘给晃明白了：

“哎呀，我要下车！让一下，我要下车！我要下车！”

姑娘拽着行李箱想往外挤，可是，该下车的人早就挤着换到了门口，她的旁边全都是不下车的人——没有空间供她拎着行李箱在这么短的十几秒钟里挤出去，别人没有动力也没有能力主动为她挤出一个空间。

“让我下车，让我下车！”在姑娘带着哭腔的呼喊声中，下车的人下完了，上车的人瞬间拥进来堵住了车门。

“早干啥去了？”“下车不提前换，你现在能挤得动吗？”有乘客善意地责备。

姑娘急得眼泪都流出来了。没有人能救得了她。

我对她说：“你现在继续往门口挤，下一站下车，到站台对面坐一站返回来就可以了。”

姑娘呆呆地点点头。还好，这回，她有一分多钟的时间慢慢往外挤。

很多事情，只因为年轻啊！

吃一堑长一智，姑娘一定会记住：在客流高峰期，确保能够下得去车的一个铁律就是，必须提前换到车门口。

提前换到车门口，是能够下得去车的必要条件，不是充分条件。

换到了车门口，有可能下得去车，但未必一定能下得去车。

这姑娘没下去车并不冤，怪她自己没提前做好准备。

冤的是，有人提前做好了准备，却依然没能下去车。

坐过 13 号线的人都知道，西二旗站号称北京最拥挤地铁站，那壮观到骇人的拥挤场面的照片和视频在网上广为流传。

一天早晨，我坐 13 号线从霍营站往西直门方向。快到著名的西二旗站的时候，有一位姑娘早早地挤到车门口，排在两个小伙子身后，准备下车。

车厢里挤，车厢外排队的人更挤。

车门打开，两个小伙子凭借经验和体力，迅速跨出车门，在虎视眈眈摩拳擦掌气势汹汹的上车人群中，狼狈但成功地挤了出去。

只是可怜两个小伙子身后的柔弱姑娘，一只脚刚踏出车厢，还没等落到地面，站台上的等车人已经不再给她脚落地的机会，蜂拥包围着挤向车门，人群后浪推前浪，活生生把姑娘夹裹着挤回了车厢里。

姑娘一边向车门口挣扎一边喊“我要下车，我要下车”，可是她的挣扎跟她的喊声一样，无力又无效——车门口外没上来的人还在试图往里挤，姑娘被挤得离车门越来越远，直到关门铃声响起。

下一站站名叫“上地”，我知道你不想去见“上地”，可是“上地”在召唤你，你必须去。

有一回，我自己遇到了一件冤枉事，很憋屈，可我又没地方去说理。

那天早晨，我坐 1 号线向东，准备在公主坟站下车。快到站时，前边一位老人扭回头问我：“这站是公主坟站吗？”我说是。老人“哦”了一声开始往门口挪，既然都下车，我就跟着他挪。挪到门口边第一个座位前时，老人扶着扶杆站着不动了，我也就没再继续往前挨。

到站开门下车时，老人前面的人都快下完了，他还是没有动的意思，我担心老人腿脚不灵便，也就没好催促。

眼看着有人开始上车，我赶忙问：“您怎么不走啊？来不及下车了。”

没想到，老人看了我一眼说：“我不下车，下站下。”

我一激灵，来不及无语问苍天，想赶紧从他身后绕过去下车，可是，眼见着迟了：我的前面，堵着两个不下车的人；车门处，上车的人正在往里挤，已经把门口封了个严严实实。

这是我坐地铁这么多年来遇到的最“堵”的一次。

我这心里实在憋屈啊！

您老人家不在公主坟站下车，为啥问我这一站是不是公主坟站？又为啥偏偏问我这个在公主坟站下车的人而不是去问别人？您提前两站准备下车是您的自由，凭啥误导我这个好心人把我往沟里带让我下不去车……

您不下车，还非要找个做伴的再陪您一站。

有时候，准备下车，明明是站在了车门口，而且是最靠近车门的第一名，而且车门外一个等车的人也没有，可最后还是没下去。

这是为什么呢？

那天早晨，我在惠新西街南口站，从5号线换上了10号线。车厢里本来就已经挤得很惨烈了，我幸运地最后一个挤上车，紧紧贴着车门。

反正我到北土城站下车，就两站地，我不准备往里边挤了，挤也挤不动。

车到了下一站安贞门站，下去了一些人，又挤上来一些人，我死死守在门口侧边，防止被人挤下去，也防止被人挤到更里边，毕竟，我下一站就下车了。

我面对着车门，闭着眼睛数数，再坚持不到100秒就到站了。

车停了，我睁开了眼睛，好奇怪，车门并没开，外面竟然是隧道壁。难道是出了事故临时停在隧道里了？

我的背后却突然骚动起来，我一回头，恍然大悟：糟了，这一站不是在我这一侧开门，而是在对面一侧！

此刻，我发现我站在了离下车门最远的距离：我与对面的车门之间，隔着一层层的人！

有人艰难地下了车，有人更艰难地挤上了车，可是我，根本就没有任何机会在这个时候挤到对面车门口去。不但挤不过去，人们上车时传递过来的一波波拥挤，让我的脸跟车门玻璃亲密接触了好几回。

我只能在下一站下车了。

我赶忙仔细确认一下，下一站到底是在哪一侧开门。万一我挤过去了，却又换为在现在这一侧开门，我岂不是闹了个大笑话？我的内心会崩溃，全车人会笑得肚子疼……

人生的路啊，千万不要站错位置，更不要选错方向！

有人想下车下不去，当然也就有人不下车却不得不下车。

前些年，在 9 号线、10 号线都还没有开通的时候，坐 1 号线从西到东，到达可以换乘 2 号线的复兴门站之前，基本上每一站都是上车人多而下车人少，这样，到复兴门站的时候，车厢里的人员密度达到最高峰值。

此时，拥挤已经到了极限，人们忍受拥挤的耐心也几乎到了极限，下车和不下车的人，都盼望着早点到复兴门站，大家一起“解放”。

于是，经常看到这样的情形：某乘客，暂且称之为“北小漂”吧，因为人多，一直站在门口。下一站就到复兴门站了，北小漂并不下车，却也挤不进去。

车门打开了，封闭的空间突然敞开、释放，下车的人像开了闸的洪水向外倾泻。

不下车的北小漂想往里挤，可是，几十个人连续不断向外冲击的力量和气势，让北小漂根本没有招架之力，“逆水行舟，不进则退”的场景在这时生动地展现：北小漂在强势人流的冲击之下，毫无反抗能力地一点点后退，再挣扎努力也无济于事，最后终于踉跄着溃退出车门。

北小漂又羞又恼，却无人可恨可怨。

跟大环境、大趋势对抗，往往以悲剧收场。

事实上，坐地铁许多年，在我的印象中，这种情况下心存侥幸的“逆袭者”几乎没有一个反抗成功的，无一不是在几番挣扎之后或被动或主动地随着人潮退出了车门。

“逆袭”听来励志，黯然伤神的失败者总是多于意气风发的成功者。

每个人有每个人的拥挤

地铁里的拥挤是普遍的，拥挤的表现形式是多种多样的，每个人所体验到的拥挤是异彩纷呈的。

我个人所遭遇过的和亲眼见到的拥挤，还可以补充一下。

我在地铁里没事可干，啥事也干不成，但是我可以数眼前一位大哥的白头发！他的头发就在我眼前 10 厘米处，丝毫毕现，我一直数到了 50 根。这期间，我一动不动，他也一动不动，十分默契。

这么多人，想动也动不了啊。

冬天的早晨，我穿着厚厚的羽绒服挤进了地铁。

不过，这一路上我发现，我根本没必要穿这么厚。

我只需穿一身秋衣秋裤就可以了。因为，我的前后左右，都是羽绒服，紧紧地包围着我，温暖着我。

现在，我等于穿了两件羽绒服。

再冷的天，有谁会穿两件羽绒服呢？

真是没必要。

车厢里，一个小伙子，个子不高，长得也不帅，可是人家周围竟然紧紧围着一二三四五……五个又漂亮又有气质的姑娘。

我的周围，是四个大老爷们儿。

我一点都不忌妒那小伙子。我们五个，比她（他）们 5+1 更团结，关系更紧密。

挤上车之后，我发现我的眼镜被挤歪了，硌着我的鼻子，很不舒服，我费了好大劲抬起胳膊，正了正眼镜。可是，抬起之后这胳膊就放不下了，我一直半举着，小臂搭在头上，坚持了两站地。

有谁会自己没事把胳膊搭在头上玩呢？试一试就能体会到当时我有多尴尬和无奈。

有一回，车上人太多，我站不直，左手紧紧拉着一个拉手，半个身体的重量都靠这个拉手支撑。车一晃，有人往我身上一挤，我一吃力，竟然把拉手拽断了，我向左倾倒，全身的全部重量压向左边。

还好，我左边的人有好几层，他们一层层承受了我身体的重量，他们没倒，我也没倒。

我左边被我挤到的小伙子，气急败坏地想跟我理论什么，但是当他看到我手里拽断还没扔掉的拉手——也许因为同情，也许因为害怕——面色马上缓和了。

有一回下班时，我在军事博物馆站上了 1 号线。车上人太多，我根本挤不进去，只能紧紧挨着车门。

到了下一站公主坟站，我猜测可能会有人下车，于是在车门打开之后，我主动下车站在车门旁边，想着给下车的人让出通道。

没想到根本没有人下车。

更没想到有一个人趁机上了车，占了我原来的位置。

等我反应过来之后，想上车，却根本挤不上去了。

好心人多有可怜之处。

那个早晨，我进 1 号线地铁后可能是太困了，拉着扶手在别人前胸后背左膀右臂的包围支撑下站着睡着了。

不知过了多久，我突然惊醒了。这时，我不可思议地发现：我已经到了复兴门站，而且，我并不在车厢里——我竟然已经下了车。

原来，复兴门站下车人多，我在迷迷糊糊中，在前前后后左左右右的人围着推着挤着的“保护”下，随着人流移动，稳稳地下了车。

不过一出车门，周围的人各处分散，我一下子失去支撑和依靠，原地晃了两晃，打了个激灵，睁开眼，马上就清醒了。

从车厢后面走过来两位乞讨者，前面的女人唱着“走走走走走啊走，走到九月九……”，后面的盲人男子背着音箱放着音乐。走到我附近时，实在太挤，暂时走不过去，女子都已经唱了四遍“走走走走走啊走，走到九月九……”了，还是没走过去。

这时女人停住歌声，回头对盲人男子说：“先把音响关了吧，省点电，一会儿走起来再开。”

早高峰，人群下面传来一个孩子的哭声（确实是人群下面，我只看见人群，没看见还有孩子）。

孩子妈妈问他怎么了，只听孩子说：“妈妈，你快帮我找个地方，我好把右脚放下，我的左脚快坚持不住了……”

西单站站台的休息座椅上，一位姑娘坐在那，赤着双脚，旁边有一只凉鞋——是的，是一只，不是一双。

她一会儿低头看看鞋，一会儿抬头看看眼前经过的车。

她的另一只鞋，一定是被挤丢留在某趟车上了。

唉，算了吧，就这样扔了吧，该扔就扔，再想也没有用，傻傻等待，那只鞋也不会回来……

“挤”地铁忠告

早餐不要吃韭菜馅包子。

出门前检查一下有没有头皮屑。

不要用质量太差的香皂、洗发液洗脸洗头，也不要用太香的。

男士别穿得太正式，没用，下车时就都不正式了。

女生最好不要涂口红，因为挤车时或者列车一晃动，你可能亲在某位男生的衣服上，对方回家很难解释。同理，香水不要太香。

女生别穿得太少，也别穿得太好。

女生最好不要穿高跟鞋，以防你站不稳踩到别人发生流血事件。

不论男女，少戴零零碎碎的饰品。

不要穿白颜色的鞋。

如果你的出发站离起点站很近，比如一两站，而你又路途遥远，你可以先反向坐到起点站上车，这样虽然多花 10 分钟时间，但是你可能会占到座，幸福一路。

随身携带的包不要太大，东西不要太多。

坚决不能往包里放袋装牛奶、杯装豆浆。

书包带不要太长，否则包被别人挤住夹住你还不知道，下车时会来不及。

如果你想在路上看手机或者看书（如果车厢里还有空间能看的话），最好在上车之前就从兜里包里掏出来。

排队上车时，身材矮小的女生如果发现前后都是高大的大老爷们儿，就不要跟着一起挤了，等下趟。因为他们的前胸后背对你来说就是让人窒息的墙。

女生上车后尽量往女生身边挤，比男人身边安全。不要自投罗网。

女生的包包可以充分利用，那是隔绝你和男人的好工具。

女生不要随便晃头仰头，你的长发或者发髻会蹭到身后人的脸或脖子。

如果路途远，一定要往里挤。靠近车门第一个座位前的扶手处是最差的位置。

挨着车厢中间的金属立杆站立有好处也有坏处。好处是你可以站得比较稳，坏处是门口处的拥挤传递过来时，你只能挤到坚硬的金属杆而不是有弹性的人。

车厢中间的金属立杆，你可以挨着，但不要紧靠着。别人还要抓住它以保持稳定，你靠着它，别人的手无处可抓。

不要站在大件行李旁边。

尽量小心不要把任何东西掉在地上，捡不起来的。

千万不要把眼镜摘下来放到衣兜里。

掏衣兜时，看看是不是自己的。不要伸进隔壁别人兜里，被怀疑图财谋色都不好。

尽量不要打喷嚏，能忍就忍；实在忍不住一定要用手捂着嘴；实在腾不出手来捂嘴，就把头扭向腋下方向。

高个子男生尽量把拉手让给矮个子女生，自己可以扶着横杆。

看手机时不要看太隐私的东西，你的手机距离别人的眼睛比距离你的眼睛远不了 5 厘米。

如果你在看一本书，想翻页，要先观察一下两边有没有人和你一起看，人家看完没看完，没看完就等等。这年头，遇到一个和你同样喜欢看书的人不容易。

座位上的人，如果收起手机开始东张西望，明显是要下车了，你可以做好抢座的准备。

如果实在忍受不了早高峰时的拥挤，一个很简单的办法就是：在早高峰来临之前，你已经到达目的地。

换乘：无法省略和缩短的路

坐地铁，有两大闹心的事，一是拥挤，二是换乘。

换乘的本质就是走路。走路一怕太远，路况差；二怕负重；三同样怕人多拥挤。

网上流传着不同版本的北京“最复杂换乘站”“最难换乘站”“最大换乘量车站”“乘客体验最差换乘站”“最难以忍受换乘站”“最丧心病狂换乘站”。不幸的是，上榜的好几个换乘站，我都经常亲身经历。

有两年多的时间，我在西直门附近上班。每天早晨，我从八宝山坐 1 号线到复兴门，换乘 2 号线到西直门；晚上，从西直门坐 2 号线到复兴门，再换乘 1 号线回家。

从 1 号线换到 2 号线，要走长长的换乘通道；而从 2 号线换到 1 号线，只需下两段楼梯就到了。

所以每天早晨在换乘通道里艰难地随着人群缓慢移动时，我就特别

坐地铁，有两大闹心的事，一是拥挤，二是换乘。

换乘的本质就是走路。

走路一怕太远，路况差；二怕负重；三同样怕人多拥挤。

羡慕嫉妒那些从 2 号线换到 1 号线的人。

不过到晚上的时候我的心情就好多了。我只需要下两段楼梯，就能轻松快捷地从 2 号线换到 1 号线。我好同情那些从 1 号线换到 2 号线的人。

这时候，想一想，老天爷还真是公平的。

可是李老三觉得这里边还是有点不对劲。

“既然 2 号线下楼梯就能到 1 号线，那为啥 1 号线上楼梯就不能到 2 号线呢？都走这一条线不就近了吗？”

对呀，甲地到乙地的路程，应该等于乙地到甲地。

不过这是像李老三这样一般人的一般想法。作为资深地铁族，我这样向李老三解释这个问题：人家之所以没有那样设计，肯定是担心如果两个方向的人流都走一条线路，会因为人多而出现交叉、拥挤、冲撞、混乱。

事实证明，我自己琢磨出来的这个理由是有道理的。

其实，复兴门站 1 号线与 2 号线之间的换乘，路程算是相对近便的了，很多换乘站之间，需要“长途跋涉，翻山越岭”。

经常坐地铁的人，几乎没有不厌烦换乘站之间路线太长太复杂太折腾人的。

西直门立交桥在开车一族中很有名，西直门地铁站的换乘在地铁上班族中很有名。

比如从 2 号线到 13 号线之间的换乘，早晚高峰时人之多之拥挤就不用说了，光是那复杂的路程和走法，就已经让人“叹为行止”。

这是一段步步登高的旅程。

我从 2 号线站台步行上了楼梯，往左拐的时候，发现有两条通道可走，初来乍到的人会犹豫不知道该走哪一条，其实，这两条路是殊途同归，最后都能走到上行电梯处。

开始踏上上行电梯。这段电梯有点高，有恐高症的人不建议回头往下看。

上了电梯，到了大厅，几步之后，就会踏上坡度很小的台阶。这几段台阶有点长，好在台阶左右两侧都设有步行传送梯。这种电梯真是个好东西，能明显感觉到它在替人走路。我在这种电梯上一般不停步，我喜欢前进速度是平时两倍的感觉。

走过这样的几段电梯，再步行几十米，就开始进入 Z 形围栏通道。这种 Z 形通道最让人不耐烦，因为你眼看着出口就在 5 米外，却必须再沿着围栏折返两次走上 20 米。其实，这种特意而为的线路设计，主要是为了降低乘客的行进速度进而控制流量，让站台上候车的人不至于太多。

拐了两拐，走过 Z 形围栏通道，拐弯，再继续踏上一段电梯，恭喜我，我终于站在了高高的 13 号线站台上。

我在一个周日的下午特意体验了这段换乘路线。当时人还不算多，没有出现拥挤、停滞不前的情况，我全程用了 6 分半钟时间，总计爬了 197 级台阶，相当于六七层楼高。

总结下来，这段换乘线路，我经历了上楼梯——走过通道——上电梯——大厅步行——平面传送电梯——大厅步行——Z 形围栏通道——上楼梯等一系列“步骤”。

就是一个换乘嘛，还能不能让人好好地走路了？

我是在不赶时间、不负重、人不多不挤的状态下走过这段路的，如果是在早晚客流高峰时段，大家都在拥挤、匆忙、焦躁，甚至负重中艰难行进，加上耗时延长，会大大增加对这段长距离换乘线路的负面感受，“走啊走啊走啊走”“绕到头昏”“差点绕哭”“糟心”“恐怖”“崩溃”是北京年轻地铁族在网上对“西直门地铁换乘线路”的血泪控诉。

如果是身体不便、行动缓慢的老年人走这段路，还指不定要走多长时间，被折腾成啥样。

就我个人的体验，地铁换乘之难，西有西直门站，东有国贸站。

一天早晨，我和李老三一起在国贸站从 10 号线换 1 号线。

出了地铁车厢上了电梯，随着人流前行，在走过一条相对宽敞的通道、进入有隔离栏的另一段通道之前，我发现了一个问题：在这里，从 10 号线往 1 号线走的人，会和从 1 号线往 10 号线走的人，出现一个垂直交叉——前者要直行，后者要侧面穿过前者的队伍拐弯下到 10 号线站台。

我躲着绕着快速通过了这个交叉地带。

可是一回头，李老三不见了。

我的善良的没有经验的又不熟悉线路的老乡李老三，光顾着让别人，被人家拐弯的队伍冲撞得偏离了方向，一边在人群中挣扎着一边张望着找我。

幸亏我及时返回来拉住了他。

“这就像马路上有个十字路口，却偏偏没有红绿灯，能不出事吗？”李老三抱怨。

接着走，又出事了。

我俩在人群的前呼后拥中进入两侧封闭的换乘通道。走到一半，李老三突然跟我说：“我有点儿恶心，发慌。”

我突然想起他有“密集恐惧症”。

这段路的左右两侧，是管道一样封闭的墙壁；我们身体的前后左右，是早高峰期间摩肩接踵的人群。据说，每个工作日这个时段的一个小时时间里，双向总计会有两万名乘客通过这段换乘通道。这是一个想想就觉得可怕的数字。

这样的空间，这样的人员密度，真的让人有窒息感。

我赶紧让李老三靠墙停下，闭上眼睛休息一下，又拿出矿泉水让他喝了几口。要是在这个地方晕倒，可不是闹着玩的。

好在李老三终于坚持着走过这段通道上了电梯。走到 1 号线站厅的时候，我和他都长长出了一口气。

国贸站换乘之艰难，在京城地铁族中可以说声名远播、有口皆“悲”，有人夸张地呼吁“珍爱生命，远离国贸站换乘通道”，有人自我宽慰“换乘路线确实很长，不过想想有那么多人陪着我，也就释然了”。

我们只是偶尔在国贸站换乘一次，我真心同情那些每天早晚必须在这一站换乘两次的上班族。

我比较熟悉的一个换乘站是军事博物馆站。

很多从北京西站下火车的人，坐一站9号线之后，会在这里换乘1号线。我觉得，在军事博物馆站的换乘通道里走一回，足以让初次来北京的人体会到“北京之大”。

有一回，我从西站坐上9号线去换1号线。一对看样子刚下火车、抱着孩子挎着包的外地夫妻在我身后上了车。

到了军事博物馆站下车后，人太多，我走不快，于是又和这对夫妻成了前后脚。我们一起上电梯，拐弯，走过好几百米长的通道，上电梯，拐弯，下楼梯……走了七八分钟后，终于从9号线到了1号线。

这时女人抹了抹额头的汗，气喘吁吁地问男人：咱们到哪了？男人说：军事博物馆站。女人一听，皱起眉问：啥？刚才下车不是就在军事博物馆站吗？走了这么远，怎么还在军事博物馆站？

男人笨拙地重复：现在这个位置确实还叫军事博物馆站。女人瞪了他一眼，训斥道：你这是咋领的路？换个车用得着走这么远？这要是在家，我出去买一趟菜都回来了。你想折腾死我和孩子是不是……

我很同情那位兄弟，这事不能怪他，这条换乘线路确实就是这么远。抱着孩子，挎着包，人多拥挤，这段路就显得更远更艰难了。

只是，再聪明能干再疼爱老婆的男人，都无法替老婆省略或缩短这段路。

有一回李老三问我北京地铁一共有多少个换乘站，我说前些年我还能掰着指头数出来，这几年我可就真的算不过来了。因为，北京近些年每年都有新线路开通，一年到头，还没等我把新线路全都坐过一遍，又有最新的线路开通了，我还得重新坐、重新数。

每一个换乘站都各有特点，各有故事。我忘记了有哪些线路便捷，甚至同站台零距离换乘的换乘站，却对线路复杂、路途遥远的换乘站记忆深刻。

有时候，遗忘意味着已然的接受，铭记意味着未遂的抗拒。

地铁里的架是怎么打起来的

地铁里，特别是客流高峰期，有人吵架是再寻常不过的事了。

以至于有一回李老三跟我说："这些年咱们村里富裕了，村民们打架的比以前少了。可是城里好像不是这么回事，人有钱了，打架的咋还多起来了呢？"

李老三的思想水平实在有限，他竟然以钱的多少来评判一个人爱不爱打架。

我知道李老三所说的打架，包括只动嘴不动手的"吵"架和先动嘴后动手的真正的"打"架。

地铁里，大部分的架都是"吵"架，很小一部分会升级为"打"架。

这些架，绝大多数是由于拥挤引起的。

偶尔能听到这样的两句话——

甲：哎哟……你挤着我了！

乙：不好意思，人太多了，对不起啊。

甲：……

每次听到这样的对话，我都会对这两个人多看两眼。物以稀为贵，人也一样，在拥挤、烦躁的地铁中，能表现得知礼和有宽容心，实属难得。

经常听到的一种“吵”架是这样的——

甲：哎哟……你挤着我了。

乙：这么多人，我又不是故意的。

甲：人都这么多了，还往里挤？

乙：是旁边的人在挤好不好？

甲：你不能站稳点啊？

乙：人家挤我我能站稳吗？坐地铁还怕挤？真逗。

甲：别挨着我，离我远点！

乙：好像谁愿意挨着你似的……

吵到这个时候，两个人都觉得没劲。被挤者本来损失不大，挤人者虽被问责但颜面未失，彼此心有罅隙却改变不了身体不得不继续亲密接触的事实，于是偃旗息鼓，冤家同路，恨恨而行。

这种对话每天在地铁里上演太多，周围乘客或熟视无睹，或一笑了之。地铁车厢重回平静和谐。

如果世界一直这么平静和谐也就不会有战争，地铁里一直这么平静和谐也就不会有打架。遗憾的是，唇来舌往间，火药味渐浓，后续难免擦枪走火，最终爆发全面冲突。

地铁里真正的“打架”多发生在男男之间或者女女之间。毕竟，如果一个男人敢于在公共场所跟女人打架，就算女人有错在先（罪该万责者除外），也几乎等于与全世界为敌。

男人和男人之间的架多是这么打起来的——

甲：哎……你挤着我了。

乙：这么多人能不挤吗？！

甲：那你也不能这么使劲挤我啊。

乙：别人挤我我有什么办法？

甲：你挤人还有理了？

乙：怕挤打车去。

甲：你什么态度？你管我打车不打车，你挤我就不行。

乙：坐地铁就别怕挤，就挤你了，怎么着？

甲：你挤我还不让说，你有病吧你！

乙：你才有病呢！找抽啊你！

甲：你他妈的有病，你还想动手？

乙：你骂谁呢？我打死你丫的……

啪……

啪啪……

后面的情景以动作为主，以语言为辅。我的目光已经不愿直视，我的语言已经不忍描述。

跟“男男”打架比起来,“女女”之间的战争通常是这样一步步(一句句)发展并最终爆发的——

甲：哎哟……你挤着我了。

乙：这么多人，我有啥办法。

甲：你不能扶着点啊?

乙：扶手那么远我够得着吗?

甲：够不着就往人家身上挤?

乙：你说我能怎么办?

甲：离我远点。

乙：切，谁稀罕你。

甲：是，甭说女的，男的都没人稀罕你。

乙：男的稀罕你行吧?男的都稀罕你。

甲：什么素质?白给都没人要。

乙：你素质高?也不撒泡尿照照自己。

甲：真是个傻 ×。

乙：你才傻 × 呢，大傻 ×。

甲：不是傻 × 怎么能做出傻 × 的事。

乙：臭嘴，给脸不要脸。

甲：你才不要脸呢，傻 ×……

乙：……

甲：哎哟，我的头发……

乙：哎哟……

后面的情景，动作和语言各占一半。

女人和女人之间的打架，不论她或她的脸蛋多么漂亮，身材多么好——我的目光已经不忍直视，我的语言已经不愿描述。

千奇百怪的人，千奇百怪的架

除了因为拥挤，地铁里的吵架打架，还有各种不同的原因和情形。

高尚者的行为总是高尚的，低素质者有各种不同低素质的表现。

这天晚高峰时我在6号线东四站排队等车，我前后大概各排着四五个人。前面的人全部上车后，我发现车门口已经很挤了，就没再上车而决定等下一趟。这时，原本排在队尾的一个背着棕色挎包的男子，从后面紧赶了几步来到车门前想挤上去，可是试了两试后发现确实挤不上去，便退了出来。

按说，你不上车了，就应该退回到你原来的位置。可这位棕挎包不按规矩办事，并没有退回去（可能是他从队尾跑到前面准备上车的这十几秒钟时间里，队伍后面又排上了人，他如果返回去，依旧是队伍最尾，他因此心有不甘），而是直接赖在我的前面。

第一名的位置被别人无理强占，我当然要抗议。我提醒棕挎包“你要是不上车就回到原来的位置”，可是他故意装作没听见，不理我。我拍了拍他的肩，直接告诉他“都排队呢”，可这家伙看了看我，毫无愧色地诡辩“我是在排队啊”。如此不讲道理，我有点急了，说你本来是在我后面。这家伙此时很不耐烦，狠狠地瞪了我一眼，目光如炬；又自知理亏，却不想认输，竟然心生一计——向中间跨了一步直接堵在车门口。

这个动作真是鬼得很，我没法再要求他排到后面去，而下一趟车到来后，他仍然可以见机行事，在我前面、在所有本来排在他前面的人前面挤上去。

他的逻辑就是：

我不和你争第一，但是我要和你并列第一。我让你这个第一毫无优越感。

我不和你面对面争论，但是我让我的侧影恶心你。你认真你就输了。

哎，我这个第一名当的。

我觉得我真的输了。

棕挎包的行为让人窝心但还不能算恶劣，可有一回我遇见的一个“双肩包”的行为态度实在让人无法忍受。

那天我进西直门站等 2 号线，看到一位背着双肩包的小伙子正对站台维持秩序的一位女工作人员大声斥责。听了几句，我听明白了。原来双肩包急匆匆跑进站台想要上车，可是这时关门提示铃已经响起，工作人员伸手拦下小伙子并告诉他不要再上车，否则可能会被车门夹着。

双肩包没上去车，竟然恼羞成怒，质问并责怪工作人员“车门还没关你凭什么不让我上车”。工作人员耐心解释，双肩包不知道搭错了哪根筋，斥骂工作人员“多管闲事”“算哪根葱”，中间脏字频出。工作人员始终克制，周围乘客则纷纷摇头。

又一趟车来了，双肩包骂骂咧咧上了车，列车启动后，竟然还转身向车窗外做了一个不雅动作。

地铁工作人员因为职业要求和自身素养,没有跟双肩包计较。我在想，如果被斥骂者换成是过往乘客，绝对不会忍受双肩包这般野蛮无礼。

还是旁边一位女乘客总结得好：这个人，素质堪忧，智商也堪忧。

我祝双肩包下回在 1 号线八角游乐园站上车时不听工作人员劝阻而被车门夹住双肩包带子，这样他就只能背着包一路动弹不得（因为八角游乐园站是右侧开门,而此后各站一直是左侧开门）一直到终点才能解脱。

如果说彼此因为被动拥挤而发生矛盾还有情可原，那么故意甚至恶意去制造拥挤就实在可恶了。

有一回我在北京南站地铁站排队准备坐 4 号线往西单方向，排在最前面的几位乘客上车后，车门口已经十分拥挤了。这时，站在车门外一时没能上去车的一个中年男人，使出一个实在让人恶心而气愤的挤车绝招:只见他掉转身,面朝车厢外,背对车厢内,然后眼睛一闭,屁股一撅——不管身后是男是女是老是幼——用力一拱，再一拱，活生生用臀部力量把车门口的几个人挤向车内和两边,最终腾出了一块空间,中年男人腿一收，终于，也竟然，挤了进去。

目睹这个情景，我旁边一起等车的几个人都惊恐地睁大了眼睛、张圆了嘴；同时，车厢内理所当然地响起了若干声女士的尖叫。

君子挤车，挤之有道；而我不得不说，此人挤车，无道无德。

一场战争恐难避免。

果然，就在车门渐渐关闭到车辆启动的几秒钟时间里，透过玻璃窗，我看见车厢里有两个男人艰难地回身愤怒地骂向中年男人，还没等中年男人还嘴，其中的一人挥起拳头，结结实实地砸在了对方肩头。

列车启动的瞬间，无知无畏又无惧的中年男人开始反击了。

我看不到车厢内两个或许是多个男人之间具体的肢体动作往来，我只看到列车渐渐远去的时候，车身在激烈抖动。

偶尔会让车身抖一抖的还可能是因为乘客抢座。

有人会主动让座，当然也有人会抢座。

我一般不会和别人抢座。

我多年来坐地铁“让座”的经历，可以分为两种情况。一是我本来是坐着的，这时身边出现“老弱病残孕”这类“有需要”的人，我通常都会主动站起来让座。

另一种情形是，我原本是站着的，到某一站后，我的对面空出了一个座位，按说我可以理所当然就近坐下，但这时如果我旁边有看起来很累很希望坐下的人，比如背着重重的包的人，穿着高跟鞋站了半天的女士，神态特别疲惫的人，等等（“老弱病残孕”这类人群就更不用说了），我一般会示意对方去坐。

有一回我就这样给一位看起来很疲累的女士让了座，她一开始显得很是吃惊，似乎不太相信有人见座不坐而让给一个陌生人，我第二次示意她时她才感激地坐过去。她的同伴也说："这人真好，别人都在抢座，人家还给你让座。"

确实，因为抢座而打架的人并不少。

那天我坐2号线经过北京站，我的对面有一个空座位。到站后，从左右两边车门分别上来一位高个子女士和一位矮个子女士。矮个子眼疾脚快，行动利落，可惜她上车的车门离空座位稍远；高个子行动慢，但是离座位近。于是二人几乎同时抢到了这个座位——每个人半个屁股坐了上去。

两个人都不乐意了，互相瞪着，几乎同时质问对方："你干吗呀你？"问完了却无人退让，矮个子可能想着自己身材小，使劲往后挤了挤，想趁机"坐实"。高个子一点也不肯吃亏，扭了扭身子，以示抗议。矮个子坐着实在不舒服，又被挤着，恼怒地用胳膊肘向外顶高个子。高个子哪里会惧怕退缩，回头斥责矮个子"你有病吧"，同时以肘还肘。没病的人被骂有病当然生气，真有病的人被陌生人当众指出有病当然也很生气，矮个子气不过，狠推一把高个子，嘴里甩出一句更脏的话。然后，没出意外，按照前面说的"女女"打架的后半段程序，一场令周围乘客摇头扼腕的武斗开始了。

我看到过的一次打架未遂事件让我记忆深刻。

起因仍然是人挤人。听那意思，是一位拎着旅行箱的小伙子挤到了一位“大爷”。前面争执的具体细节就不再描述了，总之，最后，只听那“大爷”向着对手及车厢众人发出战斗誓言：“我今年62。今儿我要是不把你丫的搁在这儿，算我这么大岁数白活！”

廉颇老矣，尚能战斗啊！

眼看“大爷”就要出手，终于有乘客劝阻“算了，算了”“这么多人，都不是故意的”，还有两位大胆热心的乘客把那小伙子往自己身后推了推，将两人隔开。

虽然“大爷”不停地骂骂咧咧，两人最后总算没打起来。到了某一站，小伙子下车了，“大爷”继续在车厢内向众人——不知道是控诉还是示威——“一辈子都没人这么挤过我”“算你丫的走狗屎运，下回要是让我再碰上你……”

我庆幸没有看到两个人大打出手的场面，可是这个“大爷”的那句话真是让我不寒而栗又深感悲哀：

“我今年62。今儿我要是不把你丫的搁在这儿，算我这么大岁数白活！”

不管他有没有把对方“搁在这儿”，我都觉得，这个年纪的人，却说出这样的话……我不忍心用他自己话中的两个字来评价他。

还有一次，我没有亲眼目睹打架的经过，但是从“战场遗址”的骇人程度，我能感受到斗争的激烈残酷。

那天上午，我从公主坟站上车，踏进车厢，里面的场景让我吃了一惊：地板上有清晰的滴滴血迹，好几个座位上、车身一侧的玻璃窗上，呈泼洒状沾满了小米粥，乘客们都远远地站着议论着，有几个人还在用纸擦着衣服上的粥。

车厢里肯定刚刚发生过一场恶战。

果然，乘客们七嘴八舌的议论还原了事情经过：一对小情侣在地铁里喝塑料杯装的小米粥，旁边一位男乘客不满意他俩在地铁里吃东西，指责了几句。小伙子觉得在女朋友面前丢了面子，于是想用武力挽回。

…………

总之，后来，小米粥被泼出去了，女孩被误伤烫着了，两个男人一个鼻子流血了，一个眼角见红了。

最后都被警察请去了。

我没看到的地铁打架远远比我看到的多。网上有报道，有年轻人打老人直到两个人满脸都是血的，有女性乘客间打架撕掉外衣走光的，有两拨人打群架的，有两个人打架结果把劝架人也打了的，有不顾生命危险扒开正在关闭的车门追进车厢复仇的，有因为乘客打架引发集体恐慌而差点发生更严重人身安全事故的，最悲剧的是一位老人因为拥挤先后与两名女孩发生争吵，最后当场猝死……

一幕幕不忍直视的现实，总能超越我对世界的认识，挑战我对人性本善的认知。

我劝慰不了别人，只好经常这样劝慰自己：

曾经，在地铁里，有一件气愤的事情发生在我的面前，我没有忍让，直到两败俱伤被警察带走的时候才后悔莫及，人世间最痛苦的事莫过于此……假如上天再让我遇到这样的事，我会对那个让我生气的人说八个字：和谐地铁，文明出行。如果非要让我表达一下我的情绪的话，我希望我们吵几句就算了，一万年都不要动手。

人之初，性本恶？

地铁里绝大部分的架，本来是不值得打，不应该打。因为发生矛盾的最初原因，大多是些小事情。小事情能发展成大事件，在于当事人一些特别的心理。

我们常说的一句话是“有错就改”，可是偏偏有的人，有错也不认错，更别说改错；还有一句话叫“得理不让人”，可是有的人，失理也不让人。

世界上有了这样“有错不认错，失理不让人”的人，地铁里不骂架不打架才怪。

比如，本来，如果你挤了别人撞了别人，不管是主动也好被动也好，对于对方来讲，肯定是你有错在先，并且，别人有向你表达不满的权利。这时，其实你只要说一句“对不起”，或者“不好意思，人太多了”，甚至，你干脆就不说话，以示默认自己的过失，通常情况下对方也都不会过多追责。

偏偏就有这种人，不但不觉得自己有错，还为对方的不满而不满，冷冷地甩出一句“这么多人，能不挤吗？”“怕挤打车去”。这种不屑又冷漠的言语态度，最容易伤人，伤心又伤面子，对方往往瞬间被激怒。

地铁里这样的人和事其实很多。越是会做出错事的人，越不会承认错误并且会坚持错误。

每次在地铁里遇到这样的人和事，我在生气之余，都会心生一种悲哀和无奈。因为，事情的黑与白，对与错，明明白白摆在那，任何一个有基本道德素养和正常是非观念的人，都应该明白接着该怎么说、怎么做;可是，事实告诉我，有时，“我们真的不惮以最坏的恶意来推测人心”，那些颠倒黑白混淆对错的言行，会让人突然觉得“三观尽毁”，只剩摇头感叹：世界上怎么会真的有这样的人和事存在?

没错，这样的人和事的存在，就是专门为了让你知道：世界上真的有这样的人和事存在。

更加悲哀和无奈的是，这样的人，往往可能不会看到这本书，这段话。

这是另外一个话题。看到这本书这段话的人都懂。

地铁里容易产生矛盾，还往往因为一些人心理自私，缺乏与人方便的善意。

有一次，地铁里人很多，我靠近车门站着，可是我左边和我并排站着的小伙子，双脚跨度很大，我只能双脚紧紧并拢着。这时我的右边一挤，脚下没法动，整个身体不由向左倾倒，我只好费力拉住扶手。我跟左边那个小伙子说:“能不能把脚收一下？我这实在站不稳。”可他看了看我，偏不动，我又说了一遍，他终于说话了：“你自己站不稳，跟我有什么关系？！”

我实在生气，他也是坐地铁的人，应该知道坐地铁的规矩，也应该体验过类似我此时的艰难处境。我强忍着说：“我这右边靠近车门人多，我挤着站不稳。你占那么大空间，收一收脚，有那么难吗？”那小伙子可能觉得确实说不过去，极不情愿地把脚收了收。

我其实很不能理解这个人的心理。本来就是这么一件极小极简单的事情，却丝毫不愿意为别人提供方便，收一收脚都觉得自己吃了大亏，况且还是在更应该遵守规则和道德的公共场所——一个人怎么可以自私冷漠到这种程度？

地铁内外，这类事情不胜枚举。

地铁里的类似事情也同时暗合了另一种社会现象：人们对熟人往往都特别热情、有礼（至少表面上看是这样），可是对陌生人，大多毫无宽容善待之心，只要稍稍危及损害自己的利益（未必正当），睚眦必报，如遇世仇。

有一次我坐 1 号线，从西单站上来两个中年男人。上车后，两人开始面对面热络地聊天，言语真挚，笑声不断，气氛十分亲切友好，连我这个局外人都被这温馨的场面感动了。

车到军事博物馆站，一个背着大双肩包的小伙子挤了上来。他只顾左顾右盼寻找合适的位置，却忘记自己转身时背后的包会随着转动而剐蹭到别人——果然就剐到了两位中年男人中的一个的后背。

这一剐不要紧，刚刚还对同伴热情友好的一张笑脸，突然间变得狰狞可怖，扭头对那个小伙子恶狠狠地骂出一句："没长眼啊，撞到我了知道不？"小伙子也是老实，一脸惊愕，没敢吭声。中年男人骂完，扭回头，脸上竟然瞬间又向同伴恢复了笑意，继续热情友好地聊了起来。

我不知道，他的同伴看到这张阴晴快速转换、态度对比明显的脸，心里会是什么感觉，会如何评价这位朋友。

不管如何评价，人家之间是朋友，同仇敌忾也说不定。可怜那无意中做错了事的小伙子，无法从陌生人那里获得一丝宽容和谅解。认了吧，宽容和谅解，甚至帮助和奉献，人家肯定会有，但那只会是针对朋友亲人，绝不会施舍给你，一个陌生人。

地铁里，陌生人之间，最"正常"的关系似乎只是隔膜、防范、排斥，稍有风吹草动，立即升级为敌意和仇视。

我们都不喜欢这样的关系，可是，我们谁都无法埋怨；我们也想问为什么会这样，可是，我们自己也未必会改变。

我可以轻、薄，你不可以轻薄

夏天来了，有人轻、薄起来，有人轻薄起来。

那天早晨，我一只脚刚迈进办公室门口，只听里边传来同事王姐生气的骂声：“男人真是没几个好东西！死变态！下回要是让我碰上，我非把他踹得失能不可！”

吓得我止住了脚步。

定了定神，只见王姐正站在另一位同事燕燕姑娘的办公桌旁边。燕燕低头坐着，肩膀一抖一抖，明显是在抽泣，王姐拍着燕燕的肩，看样子是正在安慰她。

王姐扭头看到我进来了，对我说：“你别多想啊，我没说你。哎，燕燕今早在地铁里，遇到变态骚扰了……”

不用多说，作为一个男人，作为一个正常的男人，作为一个经常坐地铁的正常男人，作为一个在夏天也要坐拥挤的地铁的正常男人，我大概知道燕燕，一位年轻美女，在地铁里遭遇了什么。

区别是遭遇的程度有轻有重。

身为同事，男同事，关心但不便多问。不过看燕燕委屈哭泣的样子，看王姐气愤的程度，燕燕受到的变态伤害一定不轻。

作为一个男人，我有些尴尬，也有些愧疚。

我没有骚扰过别人，也没有被别人骚扰过，但是，在夏天的地铁里，这种事情，每天明里暗里可能会发生多少起，想想都可怕。

因为，有谁，或者说有几个男人，包括我，敢说自己是从来不会有一丝龌龊念头的“坦荡君子”？（我的事会在后面坦白交代。）

骚扰事件能够发生、得逞，首先是因为人多拥挤，给了“咸猪手”“流氓”“色狼”“变态”先决条件、可乘之机；另外一个原因，男男女女轻衣薄衫，男人稍微不自制，龌龊的念头分分秒秒就会变为龌龊的举动。

天下无贼是可能的，地铁无骚扰几乎是不可能的。

根据我的认识和总结，地铁里的“色狼”大概分为这么几类人。

第一种可以称为“专业流氓”。这类人属于无耻惯犯，他们会专门、主动寻找侵害目标，或者说，根本就是怀着肮脏的目的挤地铁，是心理最变态、危害最严重、行为最为人所不齿和痛恨的一类。曾经有媒体报道，这些“专业流氓”竟然还建有专门的QQ群，相互“交流经验”并“分享成果”。这类人，这些行为，真是让人觉得极度恶心、气愤。

另外一种“地铁色狼”，也就是骚扰者中的大多数，我觉得，可以这样为这类人画像：长相应该多少有些猥琐（女性对此的直观感觉更敏感些），道德素质不高，法律观念淡薄，关键是心术不太正；不会主动去寻找骚扰目标，但是当身边出现可能的机会，往往“邪从心头起，恶向胆边生”。

还有一种骚扰，我归结为男人的“临时起意”。这类男人，平时应该算不上“坏人”，文化水平也许不低，对待身边的女性朋友也许彬彬有礼，但是，当置身于稍稍动动小心思就能占到便宜，又几乎完全没有风险、只靠“慎独”来自我约束的情境之下时,人性中的阴暗面开始在阴暗中发酵、膨胀，最终冲破道德底线——哪怕身体的任何部位往不该移动的地方移动了一厘米，被别人斥骂为“变态”“流氓”也一点都不冤。

自我约束的能力其实是一种高尚而难得的品质。男人在这时，哪怕与对方保持了一毫米的距离，你就是君子；越过这一毫米，你就是小人，就是变态、流氓。

女人的穿着可以轻、薄，男人的思想和行为不可轻薄。

归根结底，骚扰事件决定于男人能否在自我约束的意念下，遵守道德底线（说“法律底线”太宽容）。否则，遇到我的暴脾气王姐而不是好欺负的燕燕姑娘时，不管被踹到哪里，被踹得失能还是失智，一律后果自负。

我经历过的骚扰事件

我这么说，并不是说我真的主动骚扰过别人。

没有主动骚扰过别人，并不是说在女乘客眼里，我，一个男人，就是安全的、清白的。

那天我在 10 号线潘家园站上车，站了两站地到双井，我对面座位上的大姐起身下车，我庆幸地坐了过去。

右边紧挨着我坐的是一位姑娘，衣着清凉。看到旁边的人由一位大姐换成了大老爷们儿，她有意无意地瞥了我一眼，把穿着短裙的左腿往右收了收。

很快到了国贸站，坐在我左边的男士下车，座位随即被另一位男士占领：很不幸，这是一位胖哥。他应该有 1.4 个我那么胖。我只能往右挪了挪身子。

那姑娘很警觉，也往右挪了一点。

胖哥可能觉得坐得不太舒服，又往座位里边挤了挤。

这时我其实真不想再继续这么挤着坐了，可是如果我立即站起来，那胖哥肯定很没面子。我只能再次往右边挤了挤。

这回是真把那姑娘挤急了，她可不顾我有没有面子，一下子站起来，冲着我甩出一句："挤什么挤！"然后转身走向了车门口。

最让我尴尬的是，她说这句话的同时，左手竟然还夸张地拍打了两下裙子，就好像我跟她的裙子跟她的腿发生过什么似的。

周围人的目光齐刷刷投向我。大家都明白，这番情境之下，人家姑娘那句话是什么意思，拍裙子又意味着什么。

我也明白。可是我没法证明自己其实是无辜的。

国贸的下一站，金台夕照站，我赶紧提前下了车，在众人不屑的目光中。

我换下一趟车继续赶路，虽然我还有十几站才到目的地，但是即便我站着，我也认了。

早高峰，我坐 1 号线到复兴门站，然后换 2 号线。

快到复兴门站了，我准备往车门处挤。

我的前面是一位姑娘，我问她"下车吗？换一下"的时候，她根本不理我。再问一遍，她还是不理我，也不回头看我，也不动。

这时我才注意到她正戴着耳机在听什么。

我想拍拍她提醒一下，可是我的手在她的肩头上方停止了：姑娘穿得太清凉，肩头和胳膊光溜溜。

再不挤就来不及下车了，我急中生智，用手机轻戳了一下她的肩头：“下车吗？换一下。”

那姑娘可能正在全神贯注听耳机，被我这么一碰，像是受了惊吓，或者以为遭遇了咸猪手，迅速摘下耳机，回头对我怒目而斥：“手往哪儿放？”

这时轮到我被吓了一跳，赶忙晃了晃手中的手机：“没……我用的是手机。”

“别碰我！手放老实点！”姑娘才不管我的辩解，再次正义凛然地厉声警告。

我能说什么呢……

我尴尬地挤下了车，身后车厢里鄙视的目光一定一直在目送我。

那天在4号线上，人很多，我站着，我的右侧紧挨着一个穿牛仔短裤的姑娘。她胸前挂着一个稍大点的书包，左肩膀靠着我这一侧挎着一个小皮包。

我就想，要是我，一定会把小包放到大包里。

她的小皮包果然很碍事。人太多太挤，一挤，或者一晃，那小皮包的棱角总是硌到我的髋骨，硌得我一阵阵生疼（也肯定会硌到她的腰，但是人家腰上有肉啊），于是我用手把她的小包往前面推了推。

没想到那姑娘发现了我的这个小动作，不乐意了，又把小包挪了回来，依旧隔在我和她之间。

又是一阵拥挤，我被那小包硌得实在不舒服，忍无可忍，无须再忍，我用右侧身体使劲把她的小包拱到了前面。

那姑娘十分生气，扭头质问我：“你拱我的包干啥？非要贴着我是不是？”

我没想到她会冒出这么一句。

其实，我做这个动作，心里想的就是：你那包要挪一挪，别再硌着我，我疼。我真没往下想：包挪走，再挤的时候，我确实就会挨着人家的腰了。

人家说得也没错，我把人家的包拱走，可不就是为了下次再挤的时候不是挨着包而是挨着人家的腰吗？

可是，我又总觉得她的话哪里有些不对劲。

车厢里没有风，但我真的凌乱了。

有一回，我的那个动作，现在想来是有点大胆。

那天上午，我坐 1 号线从西到东。人不是很多，我的左边站着一位身材高挑的姑娘。

快到王府井站时，不知道为什么，列车来了个急刹车。当时我正右手拉着扶手，可是那位姑娘就没那么幸运了，她正聚精会神地捧着手机看视频。眼看着姑娘无依无靠失去平衡马上要跌倒，我不知从哪里来了胆量和力气，就在她倒向左边的危急时刻，我的左手一下子抓住了她的右手腕，然后用力往右上方拉拽……这姑娘因为我及时出手相救，总算没有跌倒或者撞在别人身上。

也就那么两三秒钟，站稳后，我赶紧放开了人家纤细的手腕。那姑娘不知道是吓的，还是羞的，脸色通红；看了看我，可能想说感谢，又可能觉得说感谢太便宜了我，终于什么也没说出口。

后来我想，别人对我的这个动作完全可以做两种截然不同的评判，一种当然是“危难时刻，出手相救”，另外一种，我这算不算“乘人之危”呢？

这是我多年坐地铁以来对别人最严重的一次“骚扰”。

下班时，1 号线人太多，我站在车门口附近。

快到军事博物馆站，我左边的两位姑娘要下车。我只能稍微向右侧转了一下身子，勉强让出身前的一点空间。

一瘦一胖两位姑娘一前一后拉着手，准备从我的身前往车门挤。瘦姑娘没费太大劲，胳膊肘顶着我的肚皮（这算不算对我的“骚扰”呢），“安全”通过了。轮到胖姑娘挤的时候，她看了看我，又看了看我身前的空间，面露难色——我猜，不但是因为这个空间对她的身材来说有些窄小，更主要的，恐怕是她正好面对着我，身体某些部位免不了要跟我“紧密接触”。

我倒是没什么损失，她损失的，可就“大”了。

这时，让我哭笑不得却又不得不服的一幕出现了：只见刚刚挤过去的瘦女孩，回手把自己肩上的小包摘下来，挡在了我的胸腹之前，然后对着胖女孩使了个眼色。胖女孩心领神会，吸了一口气，缩肩收胸，然后，她的身体，隔着那个小包，从我身前艰难但是总算“无损”地挤了过去。

瘦姑娘收回她的小包，和胖姑娘对视一笑。看她俩那得意的神情，就好像挫败了什么邪恶的阴谋。

我叹息，我叹服。

如果电视台举办“中国好姐妹”评选，我一定推举你们俩；瘦姑娘，你这个小小的但是“贴心”的动作，简直可以感动中国。

但是，也请不要把男人想得都那么不堪好不好？你的小包硌着我的时候，你知不知道我的“心”其实也是很受伤的……

在夏天的地铁里，如何做一个规矩的男人

都说女人是夏天里靓丽的风景，其实，女人的夏天越靓丽，男人的夏天越不好过。

爱美之心，人皆有之。爱美是人的天性。女人爱美，男人爱女人的美。可是，女人美了，男人却不能爱；不但不能爱，还必须装作根本就不爱。

这就是夏天的地铁里，男人与女人之间的关系和相处模式。

对于一个男人来说，在夏天的地铁里犯错误是一件很容易的事；当然，就算你自己不去犯错误，却被别人认为你犯了错误同样也是一件很容易的事。

所以，作为一个规矩的男人，或者，想做一个女人眼里的规矩男人，在夏天的地铁里，其实真的不太好过，说得严重些，必须憋屈地过日子。

首先，男人坐地铁时，连呼吸都要谨慎。

夏天，人人脖领正常开放，女乘客们还要偶露香肩。男人个子高，当身前站着一位女乘客，你“大喘气”呼出的气息很可能直接作用在人

爱美之心，人皆有之。爱美是人的天性。
女人爱美，男人爱女人的美。
可是，女人美了，男人却不能爱；
不但不能爱，还必须装作根本就不爱。
这就是夏天的地铁里，男人与女人之间的关系和相处模式。

家裸露的脖子上、肩膀上。就算你无心，人家会怀疑你有意；虽然没有身体的直接接触，也几乎可以算作一种骚扰。

这时男人真的只能“憋屈”一下自己：要么呼吸轻一点，要么调整一下方向。

守规矩的男人，时刻要避免瓜田李下之嫌。

男人坐地铁时，眼睛不能乱看。

眼睛是心灵的窗户。心灵高尚或者猥琐，通过眼睛真的能看出来。

在地铁里，男人要想显得心灵高尚，眼睛就要做出一些牺牲。

第一，站着乘车的时候，尽量不要俯视。道理很简单，当你的身前站着或者对面座位上坐着一位女乘客，你俯视的话，凭借男人的身高优势，女乘客的衣领和胸口往往尽收眼底，万一人家再穿个低领低胸……看到不该看的东西会辣眼睛。

第二，在座位上坐着的时候，眼睛不能平视。

坐下来你就知道，你的眼睛正前方 30 厘米处会是什么，没错，是一位女性乘客的腰腹部，露着肚脐也说不定——不能再“往下”说了。

这时如果你还不赶紧转移你的视线，你自己都会觉得是一种罪过，而且这种罪过比明目张胆盯着人家的脸看更严重。

第三，任何时候，都不能斜视。

只要身边站着美女，男人其实总会想看看对方长什么样。偷偷斜眼看一下对方的脸，倒也不是什么大问题；但是如果有意往脸部以下看，那就离色狼、离挨骂不远了。

斜视，终究是一种偷窥。

第四，不管看远看近，眼神不能游移不定。

游移不定的眼神，给人的感觉就是在“寻找目标”。当你摇来晃去的目光正好跟一位女性敏感、警惕的目光相遇，你就别指望对方对你会有什么好印象，恭喜你，说不定，这时你已经被她列为防范对象。

第五，出地铁站坐上行电梯时，不要仰视对面方向正在下行的电梯。

因为那高高的电梯上面站着穿裙子的女士。不管你看见还是没看见什么，男人的这个动作都会引起对方的极度不自在与反感。别说对方不知道你仰头干啥，哪个女性不了解男人的这点鬼心思。

这些规矩，真的有些难为男人的眼睛了。

那么，第六，男人如果非要看女人的话，到底该怎么看呢?

有一句现成的答案：只可远观。只要远远地看一眼就行了。远远地，不能靠近看；只能看一眼，时间不能长，也不能看了又看。

如果做不到呢?

看来地铁里绝大部分男人都做不到，所以，为了防止自己犯错误，也为了留给女乘客们一个好印象，男人们要么低头看手机看书，要么干脆——闭眼。

在地铁里，男人最应该管住的是双手。

身边有清凉美女，男人的手最不应该“自然下垂”。这个动作很容易被疑为图谋不轨的前奏，人家姑娘的腰、臀、腿，时刻防着躲着的就是这种咸猪手。自然下垂就是自甘堕落。

胳膊肘也要注意。特别是拿着手机看时，向后向外拐的胳膊肘往往与旁边女士胸前的敏感地带高度不相上下。有人一挤，或者列车一晃动，零距离接触难免发生。在女性眼里，这是男人典型的揩油行为。

不能下垂，不能弯胳膊，看来，最安全的姿势，只能是双手举过头顶了。不过那样也确实太委屈了男人，我的姿势，通常是一只手拉着头顶的扶手，另一只手拿着手机看——胳膊肘尽量避开女乘客，拐向男乘客一侧。这时就算你的胳膊肘顶到了男人的胸口或肋骨，被人家呵斥一句，也比被女乘客当成色狼强。

除了嘴、眼睛、手，如果男人还有其他管不住的部位，说明这个男人已经变态严重，病入膏肓，这时“自我约束”已经根本拯救不了男人的邪恶，110、警察和法律是他最好的医生。

姑娘们的“防狼”经验

关于被骚扰，我作为一名男乘客，没有这方面的切身经历。但是在网上，有很多姑娘讲述或者控诉了自己被骚扰的经过。

文明和谐的环境总是相似的，龌龊的骚扰事件各有各的不同。

工作午休的一个半小时时间里，王姐一直在跟燕燕姑娘和女同事小杨、小张谈论如何避免骚扰。

她们以为我睡着了没听见。

燕燕好像还心有余悸，委屈地说：“从明天起，我再也不穿短袖短裙了，我得把自己包裹得严严实实的，领口也捂好。平时，男人偷偷摸摸的小动作多得是，今天是最严重的一次。我真是怕了这些色狼了，防不胜防啊。”

小杨感叹着说：“唉，谁说不是呢。我现在可聪明了，排队等车的时候，我会先看看身前身后的男人。要是看到有面相猥琐的，我就赶紧换个车门。上了车，我也这么看一圈，感觉有嫌疑的男人，坚决远离。这样起码能减少遇到色狼的概率。我真是有坏人恐惧症。”

作为一个模样还算周正同时行为举止也周正的男人，我对于小杨这种“外貌协会”成员，这种“以貌评人”的思想，真是怀有深深的担心啊。

还是坐地铁时间稍长的小张的“防狼经验”靠谱些：“我上车后，一般先看车厢角落，有位置就直接挤过去。角落空间是直角 90 度，背靠车厢，天然屏障，然后我把包往胸前一放，任是谁也别想占到我便宜。”

看来，以后我再坐地铁，要尽量少往角落挤，应该把角落留给女乘客。

资深地铁族王姐谈起这件事来，可就尽显女汉子风采了：“我可不管那些，我也防不过来。反正，只要发现色狼有动作，轻者口头警告，重者一个嘴巴扇过去，还不解气的话，我就给他来一脚，直接踹灭火。”

“我不敢……呜呜……”燕燕沮丧地说。

“要是不敢还手，那我教你一招，你就趁着列车启动或者刹车的时候，装作没站稳，用鞋跟狠狠踩色狼的脚面。色狼都心虚，不敢声张，也不敢明目张胆打你一个女孩子。”

“这一招绝对厉害，”王姐接着说，“厉害在于：对于色狼，这一脚绝对是够劲的惩罚，有苦不能言，有痛也得忍；万一因为判断错误，误踩了旁边好男人的脚，也可以说是因为没站稳而非故意，你就给人家道个歉，你一个女生，男人总不能再踩回去吧。”

王姐这一招着实厉害，我吓得睡意全无，心里怦怦直跳，一遍遍默默提醒自己：别做色狼，也千万小心别被误认为色狼。否则，这一脚下来……你能把一个不小心踩到你的女生怎么样？

在姑娘们热烈的掌声中，讨论结束，下午上班时间到了。

关于偷拍这件事

我有过一次很危险的差点被冤枉的经历。

我看手机时有个习惯：如果遇到好的文章，精彩的句子，心有戚戚的观点，我都会保存下来。纸笔不方便，我都是直接用手机截屏，有时间再整理抄录到本子上。

夏天的晚上，下班回家，我站在地铁里看手机文章。看到兴奋处，我像往常一样，截了个屏。不料这次因为忘记开启静音功能，手机“咔嚓”了一声。

这“咔嚓”的响声还不小。这时，我左边站着的一位大姐惊异地循声看了看我，然后又看了看我斜对面的座位上坐着的一个姑娘；我右边的一个小伙子也猛地抬头看了我两秒钟，又瞥了一眼我的手机，然后也同样把目光投向那位姑娘。

我没明白怎么回事，移开手机也去看那个姑娘，是一位衣着清凉的年轻美女：领口和大腿都白花花的……

这时我突然明白了，我刚才“咔嚓”那一声，旁边的两位以为我是居高临下，在偷拍座位上的美女。

我觉得我的脸一下子又热又红。

那位美女可能也觉察出了什么异样，狐疑地看了看我，又把目光盯向我的手机。

真是冤枉啊！

空气似乎很凝重。我心里挣扎了20秒，最后觉得还是有必要澄清一下，于是，我尽量装作若无其事的样子，跟旁边的大姐晃了晃手机，说："我刚才就是截了个屏，没拍什么。"

大姐听了，并没有说话，不过神情似乎缓和了些，座位上的美女也不再盯着我的手机。

我心里暗暗松了一口气。

这次危险的经历之后，我吃一堑，长了好几智。

如果我在地铁里站着，而对面座位上正好坐着"缺衣少穿"的女乘客，我一般不再看手机，要么看书，要么闭目养神。这样，我自己心安，对面的女乘客也心安。

如果我是坐在座位上，而眼前正好站着一位女士，我就特别注意，一定不要前倾着上身看手机，而是要尽量坐直，手机也一定不能太靠前，要放置在自己胸前的位置。

手机伸得太向前，对于女性乘客来说，是一种极不礼貌也容易让人产生误解的动作。

我偷拍过车厢里卖报人的背影，偷拍过弹唱着悲伤情歌的流浪歌手……
我偷拍这些人和事的时候，不在乎手机发出的“咔嚓”声；
我偷拍的这些人和事，带给我光明正大的美好与感动。

有时，我坐在座位上不想看手机了，会把手机装进包里而不是继续拿在手上。因为我发现，当我闭目养神的时候，拿着手机的手会自然地放在腿上，而这种状态下手机的摄像头很可能正对着我前面站着的人——我真是怕了再出现那位大姐一样看我的眼神……

不过，坦白地说，在地铁里，“偷拍”的事，我还是干过的。

我偷拍过车厢里卖报人的背影，偷拍过弹唱着悲伤情歌的流浪歌手；偷拍过被妈妈抱在怀里总是冲我笑的可爱小孩，偷拍过蹲在车厢地板上、用座位当写字桌写作业的小学生；偷拍过相互依偎着在地铁里打盹儿的小情侣，偷拍过互相搀扶着上楼梯出站的老夫妻；偷拍过带着大帆布包孤单地站在车厢角落的农民工，偷拍过来北京旅游的外地欢乐一家人；偷拍过地铁工作人员合力抬着老人的轮椅下台阶，偷拍过在地铁站里执勤站得笔挺的武警战士……

我偷拍这些人和事的时候，不在乎手机发出的“咔嚓”声；我偷拍的这些人和事，带给我光明正大的美好与感动。

当世界上最倔强的人，遇到地铁里最冤枉的事

这个故事是我在地铁里听来的，一个小伙儿在跟一个姑娘讲。这两位不是情侣关系，是同事，姑娘是小伙儿的新同事，他俩坐地铁去办公事——

其实，我都好几年不坐地铁了。刚才我已经约好了车，可你非让我坐地铁。这不，我还得把车退了。跟你说，你今天可是让我破了例啊。

哎,你是不了解咋回事。我就是怕坐地铁,一朝被蛇咬,十年怕井绳啊。

别提了，还不都是因为你们女人。

那是3年前了,夏天,我下班坐地铁回家。你知道,晚高峰,人特别多,也没座，站着呗。我旁边是一个姑娘。可能我个子高，又胖，太占地方，那姑娘就挤我，大夏天的，她不是用身体挤，是用她的包挤我。

人家挤我，我心想我一个大老爷们儿也不能挤人家呀，我就让让呗。可是人这么多，我想躲也没地儿躲啊。

嘿，没想到，过了两站地，那姑娘突然转过头来，瞪着我，然后张

口骂我：臭流氓，瞎摸啥？不要脸！

我都蒙了，我的手一直没动啊，我咋就摸她了呢？

我跟她说你骂错人了吧，我的右手一直拿着手机在看，左手一直拉着扶手，我哪有第三只手去摸你啊？

我发誓我没有摸她，咱哪能干那么龌龊的事？也许确实有人趁着人多拥挤骚扰了她，也许是别人无意间挤到了她，可是她不该不问青红皂白，非说这事是我干的。

我想来想去也想不明白她为啥就盯上了我，难道说因为我胖，挤到了她？你说要是因为这个原因哥我冤不冤，我还不愿意胖呢，谁让咱现在生活好了呢。

最可气的是啥？她没法证明是我骚扰了她，可是我也没法证明不是我骚扰了她啊。旁边的人都在看我笑话，那眼神，唉……

你说这事把我气的，咱北京爷们儿，从小到大哪儿受过这个？可咱又百口莫辩不是？你说把我气的……

从那以后，你猜怎么着，哥这倔脾气一上来，我发誓再也不坐地铁。

你可能都不相信，从那天起我就真的再也没坐过地铁。你说我这是跟谁较劲？跟自个儿呗。我一到地铁口就想到那个骂我流氓的女人，那些看我的眼神……哥惹不起还躲不起吗？

都快3年了，我愣是一次地铁都没坐过。不是我跟你忽悠，咱老同事都知道，不信你问问他们。

我不坐地铁了，也就再也没有机会碰到那个冤枉我的女人。我还想等着她给我道歉呢。你说我这个黑锅背的。

3 年了，要不是今儿跟你一块坐地铁，我也不会跟你说这档子事。反正我就是觉得冤。

你看，就像我现在这姿势，右手拿着手机在眼前，左手拉着扶手，我哪儿还有一只手去——去摸人家，你相信了吧。对，当时我就这姿势，她却非说我摸她，冤枉死我了。3 年没坐地铁，唉……

听了这番情真意切的血泪控诉，我相信这个北京胖小伙儿确实是被冤枉的——他都快变成祥林嫂了。

我把这个故事记录下来，如果 3 年前的那个姑娘看到了，是不是应该给人家道个歉呢?

姑娘那么近，爱情那么远

一天早晨，在 1 号线复兴门站，一个小伙子下了车；隔了十几秒钟，一个姑娘在上车的人群中艰难地挤下了车，手里挥舞着一个手机。原来，小伙子起身下车前，手机从裤兜里滑出来，落在了座位上。旁边坐着的姑娘发现了手机，本来还没到站，为了把手机还给小伙子，追着挤了下来。

我想说的是，小伙子拿到自己的手机后，连连感谢，最后跟姑娘提出："可以给我留个手机号吗？"姑娘思考了两秒钟，笑着说："不用了。"

姑娘回身去等下一趟地铁，小伙子望着姑娘的背影，尴尬又失望地离开了。

有一次，我的右边坐着一个姑娘，她的右边坐着一个小伙子。姑娘正在看一本书，我注意到那是一位香港著名作家的作品，是竖排繁体字版的。小伙子似乎对这位作家和繁体字版图书也很感兴趣，主动询问姑娘从哪里买的。姑娘说是好朋友经常去香港出差，顺便帮她带的。

一路上，小伙子不时跟姑娘谈起这位作家和他的作品，姑娘礼貌地应答着。20 多分钟后，小伙子看样子要下车了，对姑娘说："这位作家在大陆出版的所有作品我都有，但是你这本繁体版的我没有看过。能不能麻烦你，也请你的朋友帮我带一本？"

我想说的是，姑娘犹豫了一下，说："嗯……我都请朋友帮我带好几次了，不太方便再请人家帮忙。不好意思啊。"

小伙子脸有点红，勉强笑了笑，然后对姑娘说了声"没关系，谢谢"，"恋恋"不舍地起身下车了。

在站台上，小伙子还不忘往车厢里张望几眼。

有一次，我在军事博物馆站从 9 号线换乘 1 号线。正赶上上行电梯在大修，我只得一步步走上高高的楼梯。

走到一半多，只见前面一个小伙子，提着一个大大的红色旅行箱，正吃力地一级级往上爬。旁边，一位姑娘背着一个小包，不停地说："太沉了，太沉了……"

我还以为这两位是情侣，或者至少认识，可是，上了楼梯后，姑娘对小伙子说："太感谢你了，要不然我自己真是不知道怎么上楼梯了。现在我自己推着就行了。谢谢你。"

原来两个人并不认识，小伙子是在好心帮助陌生的姑娘。

小伙子倒是很热情："没事的。一会还要下楼梯呢，我再帮你拎下去吧，反正我也要换 1 号线。"

这样一直到了 1 号线站台，两个人要分别去往东西两个方向。就要"分手”了，只听那小伙子跟姑娘说：“能不能……能不能加一下你的微信？”

我想说的是，姑娘的脸有点红了，看了小伙子一眼，然后说：“不好意思啊，我平时很少玩微信，就不用加了。真的特别感谢你，这么沉，走了这么老远，谢谢啊。”

小伙子笑了笑，没再追问，说了句“好吧”，跟姑娘摆了摆手，往另一侧站台走去等车了。

我和姑娘上了同一趟车。那姑娘，一直看着自己的行李箱发呆。

其实，我想说的是，作为一个“过来人”，每次看到地铁里发生的类似的故事，我都会对那个傻傻的、痴痴的，又满怀心思的小伙子，抱以深切的理解和同情。

但是，我并不为他遗憾。

因为，地铁里，从来都是这样：姑娘，那么近；爱情，却那么远。

为什么地铁里遇不到爱情

每天，数以百万计的男男女女穿行在地铁里。可是，地铁，并不是一个容易遇见爱情的地方，也从来不是一个好的谈情说爱的场所。

天天坐地铁上下班的同事小杨姑娘，经常会跟大家分享她的两段“地铁爱情观”，以至于每天早晨她一进办公室，大家看到她的精神状态，就知道她要说哪一段。

如果她是无精打采地进来的，她通常会说：

“真是挤死我了。我发誓我找对象绝对不找天天坐地铁上下班的，连个车都没有。单身的时候我自己挤地铁就算了，要是结了婚还这么遭罪，我可真是受不了。”

这个时候，办公室里坐地铁上下班的小伙子们一个个默默无语。

如果小杨还算开心地来到办公室，她讲述的就会是另外一个故事：

“哈哈，今天，我在地铁里又遇见了一位帅哥。”

小伙子们的眼睛先是亮了一下，自认为是帅哥的眼睛就更亮了。不

每天，数以百万计的男男女女穿行在地铁里。
可是，地铁，并不是一个容易遇见爱情的地方，
也从来不是一个好的谈情说爱的场所。

过大家都知道小杨接下来要说啥：

“可是呢，帅哥再多又能怎么样？谁会主动去联系谁呀？就算他找借口跟我要手机号，我也不好意思给呀。哎，缘分，就是这么一次次擦肩而过。”

小伙子们的目光齐刷刷黯淡下来。大家都明白,小杨的“地铁爱情观”可以总结为：找男朋友，挤地铁上下班的基本不考虑；不过嘛，如果真的是位帅哥，也不是一丁点儿希望都没有……

哎，按照小杨的标准，天天挤地铁、长得又不帅的男人，难道就别指望在地铁里遇见未来的老婆了吗？

事实上,大家都很清楚,心直口快的小杨,说出的绝对是心里话,而且,也道出了大部分挤地铁姑娘的心声。

其实，地铁里难以遇见爱情，归根结底的原因，应该是因为大家都互为陌生人。我们没有预谋要去遇见谁，也没有准备好被谁遇见，每个人之间，互为过客。没有沟通，就没有了解，也就没有更多更深的发现。一些人，一些事，后来被我们称为“错过的缘分”，可是在当时，我们并没有觉得，错过，就是一种永远的失去。

或者说，不曾拥有过，也就根本谈不上失去。

他或者她，只不过，偶然、随机地陪你共同走过了一段路。

我们真正的心思，始终都在生活的裹挟下，追赶下一段旅程。

地铁里的爱，都是真爱

在北京，能够拥有一份地铁爱情的年轻人，男生是幸运和幸福的，女生是痴情和善良的。每一个男生,最应该珍惜和善待那个肯陪你挤地铁、跟你颠沛流离租房住、和你一起憧憬打拼未来的姑娘。

地铁里的爱情，都应该得到祝福。

早晨，我从八角游乐园站上车，旁边是一对情侣。上车后，姑娘站在门旁，对小伙子说："你路远着呢，往里边挤吧，没准一会儿还有座。反正我 10 分钟就到公主坟换车了。"小伙子说："我就跟你站在这。拉手太高你够不着，你抓紧我的胳膊就行了。"小伙子一只手抬起来抓住拉手，另一只手紧紧搂拽着姑娘。

一路上，拥拥挤挤，摇摇晃晃，小伙子始终稳稳地护着姑娘，用胳膊和身体为她撑出一片不被侵扰的空间。

车到公主坟站，姑娘要下车了。小伙子拍了拍姑娘的肩，姑娘双手搂住小伙的腰，温柔地，又狠狠地，拥抱了一下，算是告别。

这应该是一对每天坐地铁上下班的情侣。分开后，姑娘要继续单独挤车，小伙子要一个人继续站下去，可是，分开前这10分钟爱的相拥，会让他们温暖幸福一整天。

我的旁边坐着一个姑娘，她的男朋友站在她跟前。两人不说话，但是一直拉着手。

对面有人起身下车，空出一个座位。姑娘看到了，示意小伙子去坐。

小伙子扭头看了看，却没有走过去，说了句“我不坐了”，手继续拉着手。

我还等什么呢？我拍拍小伙子，让他坐我这，我起身坐到了对面。

我该成全不愿分开的手。

晚上的地铁里，一位姑娘坐着，困了，头靠着金属栏杆。小伙子站着，用手掌挡在姑娘的额头和栏杆之间。

这样，即使列车晃动，即使女生靠不稳，她的额头也不会直接磕在坚硬的栏杆上，而是贴在小伙子的手掌心。

晚上9点多，从王府井站上来一对年轻人。小伙子看到一个空座位，紧走两步迅速占领，然后，把座位让给了穿着高跟鞋的女朋友。

姑娘应该是王府井的某个商场里的售货员，穿着高跟鞋站了一天了。

姑娘抬起头，温柔地看着小伙子说：“以后你下班就先回去吧，别等

这应该是一对每天坐地铁上下班的情侣。
分开后，姑娘要继续单独挤车，小伙子要一个人继续站下去，
可是，分开前这10分钟爱的相拥，会让他们温暖幸福一整天。

我了，太晚了。”

小伙子说：“你不在家，我自己回去一个人待着有什么意思啊。”姑娘笑了笑，不再说话。

过了一会儿，姑娘困了，仰头靠在车厢玻璃窗上要睡着了。小伙子一直注视着她，一直握着她的手。

他一定是想，她一醒来，就会知道，他在身旁。

我从北京站坐 2 号线往西直门方向。一起上车的有一对情侣，小伙子背着一个旅行包。听两个人谈话，是小伙子刚从老家返回北京，姑娘来火车站接他。

上车后，两个人坐在了车厢尾部的位置，那里人少，不容易被打扰。

我就坐在他们对面，能听到他们的对话。小伙子讲述着老家的事，姑娘讲述办公室趣闻。小伙子一边讲着，一边从包里掏出了好几种家乡特产，有栗子，有山楂果，有开口杏仁……然后，一样样一颗颗递到姑娘手里。那亲热甜蜜劲儿，让我怀疑，如果不是因为在公共场所，小伙子肯定会把这些好吃的直接喂到姑娘嘴里了。

快到西直门时，小伙子跟姑娘说：“我得准备下车了。我先回住处，周末我再去看你啊。”

我也起身准备下车。

没想到，姑娘拽住了小伙子的胳膊，半认真半撒娇地说：“我不想让你走，我们再坐一圈吧。”

2 号线是封闭的环形线路，再坐一圈，还能回到西直门站。

小伙子傻傻地笑了，重新坐下来，又剥开一颗杏仁塞到了姑娘的手里。

我的鼻子“酸酸的”。

我在西直门站下了车，赶紧用手机百度了一下：北京地铁 2 号线全长 23 千米，运行一圈大约需要 40 分钟。

我突然觉得我搜索的关键词好像是“幸福”。

下班，我坐 1 号线，一路向西。快到公主坟站时，旁边的一个小伙子，拿出手机打电话：

“你进地铁了吗？没和同事一起走？那你路上注意安全。往车厢里站，没准一会儿就有座了呢。”

“你俩把房子收拾得怎么样了？哦，还是不方便做饭？你今晚就在外面吃吧。吃完早点回去。”

“我这边也在找房子呢，昨天看的那家差不多，可是租金要 3000 块钱。下周末能定下来，到时候你就搬过来，我不想让你每天跑那么远了。”

“哎，你别哭啊。这周末我就去看你。我知道你累了，别哭啊……”

小伙子挂了电话，神情黯然。我在想，如果不是因为地铁车厢里灯亮人多，小伙子会不会心疼、心酸得流泪。

好几年前的事了。1 号线的地铁车厢里，张贴着燕郊一家楼盘的售房广告。那个价格，比北京城区的房价低了好几倍。

一个小伙子，盯着广告看了半天，又低头琢磨了一会儿，然后，扭头对他的女朋友说：“咱们如果在燕郊买房，现在的钱已经够首付了。我想再攒几个月钱，到年底，咱们就买。就是远了点。”

姑娘的头靠在小伙子肩上：“嗯，就算远点，也是我们自己的家啊。我真不想再租房子住了，都搬了多少次家了。”

燕郊，在北京的东边，那里属于河北省，并不属于北京。

几年过去了，我不知道当初的那对情侣，有没有买下燕郊的房子，因为，仅仅过了几个月之后，也就是在那个年底，燕郊的房价几乎翻了一倍。

我希望，也祝福，那对情侣的爱情，能够经受得住现实的考验。

为啥大家都爱看手机不爱看书

地铁里，放眼望去，乘客中十之八九，都是在看手机；看书的人，百里挑一。这两个比例用在这里，似乎只是虚数，实际相当准确。

这个问题我想了很久都没想明白，我决定问问李老三：

“你说，在地铁里，为啥大家都爱看手机不爱看书呢？”

我是在地铁里人并不太多、每个人身前都有足够的空间打开一本书的情况下，问李老三这个问题的。

“你的意思，看书就一定比看手机高档？”没想到李老三会先反问我一句。

我知道李老三说的“高档”，其实就是很牛的意思。自从他来北京打工后，说话时也知道使用文明用语了。

“是……嗯……也不是。”

说实话，我本来是有这么一点偏见的。可是，眼下，我手里拿着书，李老三手里拿着手机，我总不能说我比他“高档”。

“有的人原来没有手机的时候就根本不看书。等人家有手机了，你为

地铁里，放眼望去，乘客中十之八九，
都是在看手机；看书的人，百里挑一。
这两个比例用在这里，似乎只是虚数，实际相当准确。

啥非要让人家放下手机开始看书？”

李老三翻着白眼回答了我。

我拿着书的手抖了三抖。

石破天惊，醍醐灌顶，我惊李老三为天人。

困扰我好几年的问题一下子就被李老三点破了一大半：不管是不是在地铁里，总有一些人，平时是没有看书的习惯的。所以，对于这部分人来说，“为啥爱看手机而不爱看书”根本就是个伪问题。

我自己爱看书，就觉得每个人都应该爱看书，都应该拿着书而不是拿着手机，这跟“何不食肉糜”的思维在本质上是一样的啊。

“那你说，为啥有的爱看书的人，在地铁里也不看书而看手机了呢？”

我继续追问。我总得挽回点面子。

“那我问你，你在工地干了一天的活儿，特别累，回到家，有椅子有床，你是想坐一会还是想躺一会呢？”

“好吃不如饺子，坐着不如倒着。”这是我老家人们常说的一句话。

“这不得了。看书就像坐着，玩手机就相当于倒着。看书多累，玩手机多轻松，有电影有游戏有奇闻怪事能聊天还能买衣服买好吃的，谁还愿意看书。”

“那你的意思，书就是玉米面干窝头，手机就是饺子？”

“我觉得是这样。”

好吧，我必须承认，跟玉米面干窝头比，饺子更好吃。有了饺子，谁还总是吃窝头呢!

“可是，也不能光享受。现在的人们啊，不爱学习，就爱玩。你没看现在的地铁里,看书的人难见一个,大家都在玩手机呢。”我跟李老三感慨。

“好像也不全是那么回事。”李老三说。

这回我赶紧合上书，向李老三递上耳朵。

“谁说学习就非要看书的？手机就不能学习了？我以前是不看书，也没有手机，现在我看手机，你知道的天下大事我都知道，你说我这算不算学习？你看的书是一本小说，我在手机上看小说，咱俩有啥不一样？还有，现在我坐地铁再也不会迷路了，手机一搜线路，一看就明白了。我觉得我这也是在学习。”

我必须承认李老三说的都是事实。真没想到，李老三的思想能这么与时俱进，简直颠覆了我对“学习”的传统定义。我甚至分不清他这是诡辩还是真知灼见。

“再说了，”李老三还没说完呢，“谁说看手机就是在玩？你看我这在微信上，跟同事把明天一天的事都商量好了，我这也算是在工作。我还能跟孩子视频聊聊天，以前这可是想都不敢想的事。有了手机，就是方便嘛！”

…………

我不打算再继续问李老三这个问题了，在他眼里，人们爱看手机不爱看书是很自然很符合人性很顺应时代变化的事。再问下去，李老三肯定要嘲笑我“书呆子”“跟不上形势”了。

李老三继续低头“学习”他的手机。

我刚要打开书接着看，车到站了，一下子拥进了很多人。

李老三并不受影响，而我不得不把书收起放回包里。

我的身前，已经没有展开一本书的空间了。

在地铁里，好好看一本书有多难

每天上下班，我不想浪费地铁里的时间，我想看书，我不需要手机中各种各样的娱乐功能和李老三口中的“学习”功能，只是想单纯地看一会儿书。

我承认我有些“跟不上形势”，我看书，只想看一本真正的纸质书，不想看手机里的电子书。

李老三说出的理由都很有道理，也是事实，但就我的个人体验来说，通过手机看电子书，基本就是无感，虚空，记不住，“感觉有效期”只在阅读的当时一刻。收起手机后，刚才的文字仿佛回归到了电子虚拟世界，感觉和记忆渐渐模糊、渐渐消散。

有人从科技和心理角度专门分析了这种现象，其实我觉得，归根结底，还是个人习惯的问题。

我还是喜欢实实在在、真真正正的一本纸质书捧在手里的感觉，有质量，有质感，有厚度，有温度，连封面都可以欣赏，翻开一页是一页，翻过去了捏一捏也还在；可以勾勾画画，可以方便地前后对比，可以感受阅读进程，总之，甚至能体会到每一页的纸张、内容、阅读感受的不同。

这才是看书真正应该有的模样、应该有的效果。

读书是一个注重体验、享受感觉的过程，我总觉得，电子书在这方面的功能大打折扣。

手机里的内容无所不有，装下了全世界，也确实丰富了这个世界，却很难如一本书，能深入一个人的内心世界。

每天上下班坐地铁，我的包里都装着书。

可是10天里有六七天，我一路上都觉得愧疚：不装一本书，心里不踏实；装了，又根本没看。

不管装还是不装，我真不是装。

想在地铁里好好看一本书，实在不容易，客观上，主观上，都有障碍。

首先，想看书，你得先把它从包里拿出来，然后，要有足够的空间安放一本打开的书。

在早晚客流高峰时段的地铁车厢里，能把一本书从自己的包里掏出来，不比从别人口袋里掏出一张钞票更容易。你最好能挤到座位前站着，不能站在门口，也不能站在胸前和背后两排人中间。只有当你的对面是一排座位的时候，你才有空间移动胳膊或者包，掏出书，并且展开书，否则，虽然包是你的，并且就挎在你的肩上，但是你并没有能力也没有机会把手伸进属于你的包掏出属于你的东西。

幸运的话，你把书掏出来了，这时你面前胸前的空间足够大，但是你无法保证左右两侧的空间也足够大，因为你往往已经被两边的人挤得收缩了肩膀。这时你的书也不得不跟着收缩，一本 32 开的书，你无法完全展开 180 度变成 16 开，90 度是正常的，在 32 开和 16 开之间随机变换也是正常的。

正当你和你的书被折磨得快要失去耐心的时候，最幸运的时刻来到了：坐在对面的人正好下车。你看准时机，一屁股狠狠地坐过去，然后，你就幸福了，你从容地把书先放到膝盖上，捋一捋被挤散的头发，扶一扶被挤歪的眼镜，拽一拽被挤皱的衣服——你的书也跟着长长地出了一口气。

看书的时候，如果人不舒服，书肯定也不舒服；人舒服了，书也跟着少受点罪。

这以后直到下车，才是你和一本书在地铁里共享的美好幸福时光。

每天，在地铁里，我的包里装着书，衣兜里装着手机。

它俩最爱打架。

书是窝头，手机是饺子。饺子说自己漂亮、美味，能不断创新，满足人们的不同口味；窝头说自己朴素、实在，营养特别，关键是养活过很多人。

我们都爱吃饺子，偶尔怀念窝头。

每次进了地铁，我都是先拿出手机，心里想着，就花 5 分钟，扫一眼新闻，刷一下朋友圈，然后开始干正事：看书。可是，新闻的内容实在太丰富太吸引人了，就好像知道我明里暗里想要看什么一样；朋友圈公众号的文章题目和观点太“于我心有戚戚焉”，简直比我还了解我，赶紧点进去看看人家是怎么替我说出心里话的……

10 多分钟很快过去了，还有 20 分钟就下车了……还只有 20 分钟了，掏书也挺费劲的，下车前还得提前两分钟把书收起来，算了，随便看看手机算了。

又看了 10 分钟手机。哎，真是浪费时间，网上都是些什么乱七八糟的？其实这些新闻信息分析评论八卦传闻跟我真正有什么关系呢？我能记住些什么呢？更别说能学到什么了。

还不如好好看几页书，更有营养，更让人心安。

可是还有不到 10 分钟就要下车了。10 分钟也看不了几页书，匆匆忙忙地看还不如不看，不如留着晚上躺在床上好好看。

总之，也不差这几分钟。

10 分钟后，我终于下车了。

这一路，手机彻底打败了书，饺子彻底赢了窝头。

一天天，早晚两段地铁时光，我差不多都是这么过来的。

我经常会觉得对不起书，好多天待在包里不见天日，不像手机时刻被捧在手心。

但是在书的眼里，我一定也挺可怜的：我被手机里的花花世界迷惑了双眼，有心逃离却又自甘沉沦。

地铁读书人

每次在地铁里发现有人在看书，我都十分好奇和感兴趣，我好奇的是这个爱读书的人到底长什么样，感兴趣的是想知道他（她）看的是什么书。

爱读书的人都是美丽的。至于大家都在看什么书，我也发现了一些规律。

在地铁里，我遇到乘客看得最多的书是考试培训教材类。地铁乘客多是年轻上班族，这些考试都与职业技能相关，比如计算机、财务、法律、金融、人力资源等。

这些爱学习肯上进的人，不管是姑娘还是小伙儿，我内心里对他们都充满了好感。

有一次，我的旁边有一位小伙子在看一本书，我只看到了书名上的几个字：《……高手进阶教程》。他要成为哪方面的高手呢？我偷偷打量这个小伙子，他背着黑色双肩包，头发有点稀疏，戴着眼镜，面容和善不具有攻击性，典型的“理工男”特征。这时，我看到了书名中前面的字是一个英文单词，是一套电脑编程语言。我心想果然没有猜错。列车到站刹车，我这才注意到小伙子胸前晃动起来的一个员工工牌，那是一家家喻户晓的互联网公司。

还有一次，我在车厢里站着，我的右侧是一位漂亮高挑的姑娘，她正在聚精会神地看一本书，还拿着红笔在上面做标记画重点。因为是位美女，我无法不多看几眼，包括她的人和她的书。我总觉得她书中的内容有点怪怪的，不像一般的年轻女孩应该看的东西："……按服务航线和规模可划分为……""备降机场是指……"

我左手掐了掐右手，很疼，我要确定我是在地铁上而不是在飞机上。

那姑娘可能发现了我在注意她，傲慢地瞥了我一眼，合上了书，两秒钟时间里，我终于看清书名叫《空中乘务专业教材》。

没错，说出来也许大家觉得很有喜感：我竟然在地铁里，遇见了空姐。

不论从事什么工作的姑娘，当然喜欢看比较"文艺范儿"的书。

有一天下班时，我从建国门站上 1 号线，在空隙间站定后，我发现我的左右两边各站着一位姑娘——这倒不新奇——新奇的是这两位姑娘竟然都在捧着书看。

我心情大好，遇上了"志同道合"的美女。

我决定拿出我的书来跟她俩一起看，以示同好。那天我带的书是新疆作家刘亮程的《一个人的村庄》。我很喜欢这本书的文字风格，虽然书中描述的村庄位置偏了点，在祖国的大西北，村庄名字也有点土，叫黄沙梁。

掏出书之后，打开之前，我偷偷看了一下两位姑娘的书名。

我的心有一点小小的触动，我的手没打开书而是按住了封面。

我左边的姑娘看的是《京都 ××》。京都，日本的千年古都，文艺青年们津津乐道的日本著名旅游目的地。人家都要去日本了，我还沉浸在小村庄“黄沙梁”呢。

右边的姑娘看起来穿着打扮朴素一些，也许她和我一样，出身农村，看的书应该离“黄沙梁”更近些吧。我伸着脖子望过去，却又赶紧缩回来，因为，书眉上的小字，显示书名叫《××× 意大利》。

原来人家已经神游到了欧洲。

左边一个京都，右边一个意大利，我这中间是“一个人的村庄”黄沙梁，这样的组合是不是太不协调了。

我没好意思打开我的书，我捂着封面，默默地把《一个人的村庄》又放回了包里。

我跟那两个姑娘，原来是“志同道不合”啊。

有一回，我遇到了一个很文艺的人，一本很文艺的书，却发生了不那么文艺的事。

那天在地铁里，我右边一位看起来温柔漂亮的女生正在看书，看得津津有味，不时笑出声来。我实在忍不住，先是侧头想看看书名，没看到，最后我就问她看的是什么书。女生抬头看了看我，没有说话，只是向我展示了一下封面，原来是一部热播时尚剧的同名小说。可是没想到，她向我展示完后，竟然合上书，挪到了离我一米多之外的地方，然后，回头看了我一眼，重新打开书看。

那一刻，我特别尴尬，她看我的神情，就好像我做了不该做的事。她是不习惯被陌生人这样打扰，还是觉得我本不像爱看书的人？还是觉得我有什么其他想法？真是很冤，我只是对她的书有想法，对她这个人可没有。

可是，谁信呢？不但她不信，就连旁边看到这一幕的人也不信——我对面坐着的两个女生，正捂着嘴偷笑我呢。

地铁里的男乘客，看书则以商业经济类、文史哲类居多。

我遇到过一位看书入迷迷得不轻的男士。那天晚上下班，我从八角游乐园站出站，过了检票机不到10步远，竟然看到一个高个子男士，站在出站通道中间，不顾两侧匆匆走过的人流，一直低着头站在那看书。

真是如入无人之境啊。

我十分好奇什么书能这么吸引他。我装作路过，从他的身边一共走过了三次，终于看清了书名，是一本关于股市方面的书。

我正好要给公交卡充值，于是在排队时，不时回头看一眼高个子男士。七八分钟后，他竟然还一动不动地站在那里看书。

我不知道他已经站在那看了多久，还要继续看多久。

他这么努力忘我地学习，希望他的股票业绩不要辜负他。

每次坐地铁，我会猜想，应该还有很多人，
他们的包里装着各种各样的书，只不过，一时不方便拿出来，
或者暂时不想拿出来。如果在某一时刻，这些书都能够同时展现，
而不是人人手里都拿着手机，地铁里一定是另一番景象、另一种氛围。

还有一回，是早晨，我从八角游乐园站上车，紧挨着一位小伙子。小伙子的手机响了，从他与对方的谈话中，我知道他是位跑市场的销售员。通完话，小伙子费力地从包里掏出一本书，让我多少有些吃惊并对他另眼相看的是，他拿出的书不是那种职场、业务类的实用性书籍，而是一本《浮生六记》。我顿时觉得这个小伙子可爱起来，看来，很多人虽然身在职场、商界，但还是有一颗人文的心啊。

这么多年来，我在地铁里还“看”过很多书。比如，有个看起来很时尚的女生在读《修昔底德》，一位年纪轻轻的小伙子在研究《国家 ×× 经济》，一位女白领在看泰戈尔的《飞鸟集》，一位 40 多岁的中年男人在看《王鼎钧回忆录四部曲》，一位大妈年纪大妈打扮的女士在读英文版的《哈利 · 波特》，一位退休干部模样的大叔在看钱穆先生的《国史大纲》……

每次坐地铁，我会猜想，应该还有很多人，他们的包里装着各种各样的书，只不过，一时不方便拿出来，或者暂时不想拿出来。如果在某一时刻，这些书都能够同时展现，而不是人人手里都拿着手机，地铁里一定是另一番景象、另一种氛围。

“黑绒帽”和小女孩

李老三很愿意和我一起坐地铁出去逛北京，赶上周末，他总爱打电话骚扰我约我出去。

我可没那么大热情。跟他一起坐地铁，旅程体验并不舒坦——他的衣服上有泥土，也有烟味；头发上有时能看到头皮屑；鞋子也不爱擦；啥问题都问，说话声音还挺大，我回答也不是，不回答也不是……

最让我无奈的是，坐地铁时，不管人多人少，他还非要挨着我站着坐着，就好像不挨着我他就会丢了似的。

可是，我又不好意思不去，谁让他是我的亲老乡、老家几十年的邻居呢。在这个城市里，我是他最熟悉最亲近的人了，躲都躲不起啊。

后来，我被逼急了，干脆跟他说：“以后一起出去，拜托你别像在老家那么不讲究，先洗洗头，衣服鞋子换一身干净点的，说话别那么不管不顾。”

我知道我们之间，就算我这样直言不讳地说他，他也丝毫不会生气。这以后，每次一起出门坐地铁，一路还算和谐。

“厌而远之”“避而远之”这类字眼儿，都不适合我和他之间的关系。我算是白领，他算是农民工，可是我知道我自己的底细。

我这样说他，是为我好，也是为他好，因为我了解其他乘客的心理。

那天上午在地铁里见到的场景，我觉得，代表着大部分地铁乘客和农民工乘客之间的相处模式。

2 号线西直门站，上来了三位农民工。他们的年龄都在 40 岁以上，头发、面容、双手、衣服、鞋子、包裹，明白地显示着他们的身份。

但是，他们比周围的乘客显得更开心和轻松，因为他们是有说有笑走进车厢的。

三个人挨着我顺次坐下后，靠边上还有一个空座位。挨着空位戴着黑绒帽的那位农民工拿出手机开始玩“斗地主”，他旁边的同伴也凑过去看，不时给他出主意，场面欢乐祥和。只是，他的手机游戏配乐声音开得有点大。

车到下一站，上来一对母女，小女孩五六岁的样子。“黑绒帽”看到了，暂停了手里的游戏，热情地招呼孩子：“乖乖，来，坐这，这有座。”小女孩欢欢喜喜爬上座位，“黑绒帽”还帮着拉了一把。然后，“黑绒帽”冲小女孩做了个鬼脸，继续玩他的游戏。

过了一会儿，小女孩仰头跟妈妈说你也来坐吧。正在打游戏的“黑绒帽”听见了，往同伴这边挤了挤，对小女孩的妈妈说：“坐吧，有位置，能挤开，坐吧。”

女士礼貌地说了声谢谢，但并没有去坐。

“黑绒帽”一边忙着打游戏一边说，不用谢嘛。

小女孩不时好奇地看向“黑绒帽”手里的手机，应该是被游戏吸引了吧。她的妈妈不停地把她往回拽一拽。

这样过了五六站地，一直站着的女士牵起小女孩准备下车了。“黑绒帽”跟小女孩摆了摆手，又做了个鬼脸，继续在音乐声中斗地主。

车窗外，小女孩一边走一边扭头往车厢里看，她的妈妈，我只能看到不回头的背影。

我跟李老三讲了这个故事，然后我跟他说：“你现在理解为啥我让你坐地铁时‘讲究’一点了吧。”

李老三感叹说：“哎！你们这些城里人啊，想得咋那复杂呢！”

我不是城里人，但是我承认，我在城里待久了，心思也变得复杂起来。

这三位农民工和李老三一样，并不觉得衣服上沾着泥土、好几天不洗头、不擦鞋、说话声音大、手机音量大是什么大不了的事，大家在农村老家的生活就是这么过的，人人都一样，没有谁会觉得谁有问题，更没有谁会嫌弃谁。

所以，他们觉得城里人也能接受这样的他们。

所以，“黑绒帽”会热心地让小女孩挨着自己坐，会为小女孩的妈妈挤出位置，会在别人厌烦而他却不自知的音乐声中一路玩游戏——他是心思单纯地“以己之心，度人之腹”。

可是，生活在城市里的人，恐怕也只有那位五六岁的小女孩能够与“黑绒帽”和谐共处了吧。她的妈妈，宁愿一路站着，也不愿意和头发蓬乱、衣服上沾着泥土、挎着破旧工具袋的“黑绒帽”挤在一起；她对“黑绒帽”说声“谢谢”，可以说是出于最基本的礼貌，但是我分明看到了，她一路上看着三位农民工时不自然的眼神和表情。

但愿，我不是以最坏的恶意来推测她的。

不管她内心里怎么想，至少在表面上她做到了对“黑绒帽”的尊重。

而我，作为一名来自农村的城市地铁乘客，作为一名男乘客，是不会介意跟“黑绒帽”挨着坐在一起的。可是，如果“挨着”变成了“挤着”，衣服挤着衣服，身体挤着身体，我的内心里，肯定不愿意与我如此亲密接触的人是这样的“黑绒帽”甚至“李老三”，我宁愿挤着衣着干净、面容整洁的“白绒帽”“王小四”……

这么想着，我觉得有点对不住李老三。

我知道，人走着走着，路变了，心思也就变了。

我终究离从前、离老家，甚至离土地，太久太远了。

接近李老三，接近土地

农民工们坐地铁，真是一件不容易的事。

每天早晨坐 1 号线路过军事博物馆站，经常会看到这样的场景：车门口站着好几位农民工，他们大多带着工具包或者行李，堆满了一地；他们想上车，踮着脚往车厢里张望，可是在客流高峰时刻，他们带着东西几乎不可能上得来。站务人员不停大声劝阻：人太多，挤不上去，说你们都不信，等一会儿过了早高峰吧。

其实，他们此刻最应该分散车门上车，也许每个人还有一丝希望。可是，我知道，对于初来大北京的他们，最担心的是走散。

他们在车窗外无奈地摇头苦笑。

有时，上车后，会在车门口处遇到农民工的大包行李，主人正坐在上面，或者干脆蹲坐在地面上。脾气好的人，抬脚绕着走到车厢里面；脾气差的人，会抱怨人和行李堵门、碍事。占据这个地方确实会给上下车的人带来不便，不过我明白，农民工们因为对线路和到站情况不熟悉，会担心如果太靠车厢中间，下车的时候不容易往外挤；而如果靠近车门口，方便随时下车。

一个人如果对环境感觉陌生，他的行动自然会相对谨慎。

经常会遇到几位农民工同时乘车的情形。虽然都在同一节车厢里，但是因为人多，几个人被挤散了，互相看不见，于是路上会不停隔空说话。声音很大，有时会引得旁人侧目，但是，对局中人来说，此时的乡音传递着彼此的关切，知道大家好好的都在，知道在哪一站下车，每个人都踏实、安心。

就像很多网络新闻和帖子里描述的那样，我曾见过眼前有座位却担心自己的衣服有泥土而不去坐的农民工，也曾见过独自站在车厢角落一直往人群里打量的农民工；曾见过农民工因为不小心碰到别人而挨数落满脸通红说不出话，也见过好心善良的乘客招呼农民工坐到自己身边。

我还深深记住了这样一段话：

修地铁的农民工，把地铁修建好后，干干净净漂漂亮亮地交给城市和城市里的人，就很少再来坐地铁了。因为他们怕城里的乘客嫌他们的身上沾着泥土。

我宁愿相信这是一种经过了修饰和夸张的说法。

不夸张地说，在城市里，如果不是能经常见到“黑绒帽”和李老三，

城市建在土地之上，城市覆盖了土地；
地铁建在泥土之中，地铁隔绝了泥土。

我这个来自乡村的人，已经很久没有想到土地和泥土这样的概念了。

每天，我从家出门，下楼踏上水泥地面，出小区大门走上人行道的彩砖，偶尔通过沥青路面的十字路口；一路走到地铁站，开始踏上各类地砖，PVC 地板，花岗岩大理石地面；进了地铁车厢，脚下是美观的高科技材料，有时，地板上还印有色彩浓烈、创意新奇的广告，置身其中其上，那感觉与脚踏土地相比，真的是“天壤”之别；出了地铁，再次踏上沥青路、彩砖道、水泥地面……一直到上楼进办公室。

城市建在土地之上，城市覆盖了土地；地铁建在泥土之中，地铁隔绝了泥土。

有时，我心里会产生一种不安：如果，在我的生活里，竟然隔绝了土地和泥土，我的身体，乃至精神，岂不是浮于空中楼阁？

只有看到了“黑绒帽”、李老三，我的这种不安才会稍稍缓解。他们是跟土地和泥土打交道的人，他们的生活才是真正脚踏实地的生活。接近“黑绒帽”，接近李老三，我的身体和精神渐渐踏实，仿佛从空中回到地面，从异乡回到家乡。

第四章

上站 Upper station
西直门
XIZHIMEN

你那美丽但惊险的长裙子

下站 Down station
车公庄
CHEGONGZHUANG

卖哈密瓜的夫妻

那天我坐地铁去天坛玩。在天坛东门地铁站出口，有一对中年夫妻在卖哈密瓜。瓜是切成一块一块的，每块插着一根竹签。每当有人从地铁里出来，夫妻俩就轮流吆喝："哈密瓜，新疆哈密瓜，5 块钱两块……5 块钱两块……"

从地铁出来的很多人都是结对搭伴的，一买就是好几块，夫妻俩的生意特别好。

那天我是一个人，于是买了一块，摊主说买一块就是 3 块钱。我买了瓜在摊位旁正吃着，从地铁里走出来一对金发碧眼的外国情侣，向瓜摊这边张望。卖瓜的男人看到了，马上喊了起来："新疆哈密瓜，5 块钱……"

我嘴里含着一小块瓜，就等着他把接下来的"两块"俩字喊出来好把瓜咽下去，可是他偏偏就不说"两块"这俩字。我发现，这时，男人微微扭头瞥了他老婆一眼，而他老婆也瞥了他一眼，然后两人同时向对方点了一下头，再然后，两人同时仰起脖子一起喊了起来："5 块钱……5 块钱……"

我嘴里那小块瓜没能咽下去——喷出去了。

这是我见过的最默契也最狡黠的一次配合。

那个外国小伙子走过来，操着自以为流利的汉语十分友好地问："一块瓜 5 块钱？两块瓜，就是 10 块钱？对吗？"卖瓜男人看也不看老外，一边点头一边继续吆喝着："5 块钱……5 块钱……"

外国小伙子掏出 10 块钱人民币递给男人，挑了两块瓜，和女友两人高高兴兴地吃着离开了。

"两块——"这俩字终于喊出来了。

试喝一口水有多难

地铁入口，安检员拦下了我前面的一个乘客——

您带的水请试喝一下。

既然你明明知道里边是水，为什么还要我喝？难道水属于危险物品吗？

不好意思，我是说请把你带的这瓶饮料试喝一下。

饮料也不是危险品吧？你承认这是饮料，我还有必要喝吗？

我就是说你带的这一瓶。

是啊，我是带一瓶，不是两瓶。

请试喝一下，这瓶……水……饮料……不对，反正就是这瓶喝的。

是啊，我知道这是喝的，你说得对，确实是喝的。可是我现在不想喝。

先生，等一下，先生……不管是饮料还是水，按照地铁安全运营的有关规定您都得试喝一下。

不管是饮料还是水，都不是危险品。而且，我现在不渴。谢谢。

我在旁边，又气又笑。

难道安检员就不会说“液体”这俩字吗？

我等不及了，趁着安检员脸红脖子粗抓耳挠腮焦头烂额之际，我带着我的一瓶“液体”顺利过关了。

还是好人多

那天我坐地铁经过北京西站时，上来了一对母女。母亲看起来是一位农村老人，有将近 70 岁了；女儿搀着母亲，背着一个旅行包。

我正坐在靠车门口的位置，看到老人上车后随人群挤到了我旁边，便站起来给老人让座。

可是老人连连摆手，用不太标准的普通话客气地说："不用了，不用了。谢谢你啊。"我能看出老人的拘谨和谦让，便继续说："您坐吧，没关系的。"老人还是有些犹豫。这时，老人的女儿对她说："妈，人家好心给你让座，你就坐吧。"

听了女儿的话，老人这才放松了神情，冲我笑了笑，坐了下来。

坐定后，可能是为了表达谢意，老人便对女儿也像是在对我说："现在这社会，还真的是好人多啊！"

女儿笑着点点头说："就是啊。妈，我不是跟你说过了嘛，世界上还是好人多。"

母亲微笑着一直点头。

我突然对母女的对话产生了兴趣。

我猜测，母女二人中，母亲应该是长期生活在乡村环境而很少出门，她对外面世界的人和事是陌生的，内心里甚至带着疑虑和畏惧感。而在外面闯荡的年轻的女儿，一定很想让母亲走出家门看看这世界。为了消除母亲的顾虑，她甚至对母亲做了很多工作，鼓励她“不用怕，世界上还是好人多”。

今天，给老人让座的我，可能是她走下火车踏入这个城市后，与她产生关联并因此决定着她对外面世界印象的第一个人。还好，我的这个人人可为、人人应为的寻常善举，在不经意间，支撑和印证了女儿对母亲关于这个世界最暖心的承诺。

世界上还是好人多。

是的，我们都不是坏人，那就让我们经常展现出好的一面吧——

否则，谁能看出这个世界真的是好人多呢？

女孩身后的尴尬事

我的左边与我并肩站立的，是一个小伙子；他前面背对着他的女孩，是他的女朋友。女孩不时仰头，头就枕在小伙子的肩上，十分亲密的样子。

到了一站，上车的人一挤我，我就挤到了小伙子。小伙子往里挪了一步，我也随着往里挪了一步，我正好站在了女孩身后。

可是女孩并不知道她身后的人已经不是她的男朋友，几秒钟后她又把头温柔地往后一仰，正好枕在了我的肩上。

我很尴尬，肩耸了耸，想让她离开，可女孩似乎想跟男朋友撒娇，竟然夸张地摇了摇头，然后又枕了下来。

我正因为无路可退无处可逃而不知如何是好，把这一切都看在眼里的小伙子使劲推了推那女孩一把，女孩回过头来一看，才发现怎么回事。

女孩的脸红了，小伙子狠狠地瞪了我一眼。

可是，我又能去怪谁呢！

你那美丽但惊险的长裙子

夏天的早晨，我从八角游乐园站进地铁，我的前面是一位穿着美丽长裙的姑娘。

过了检票机，前面就要下台阶了。

本来，我的步伐和前面姑娘的步伐是一致的，可是……

那姑娘下第一级台阶的时候，忘记了提起长裙，这样，当她的一只脚站到了下一级台阶上而另一只脚还没开始迈步时，她的长裙下摆完全拖在了台阶之上。

这不相当于急刹车吗！

为了避免踩到长裙，我正常迈出的脚在空中盘旋了一秒钟，差点落在旁边乘客的脚背上。在那一秒钟里，姑娘的长裙飘飘然下了台阶。

太惊险了！

姑娘完全不知道这一秒钟里发生了什么：如果我的脚正好踏在她的裙子上，而她又正好迈向下一级台阶，结果很可能就是，要么她摔倒，要么她的裙子会脱落……

想想我就后怕，我差点犯了大错误。

可是，姑娘，你告诉我，我到底哪里错了呢？

一秒钟的笑容

地铁的每节车厢里都安装有电视机。一天早晨坐地铁上班时，我的右边站着一位女孩，我和她的正对面就是电视机，里面正播放着《开心一刻》节目。

情节到滑稽处，我实在忍不住，自顾自地笑了起来。不巧的是，还没等我的笑容收敛，可能是电源出了故障，电视画面一下子停止消失了，屏幕也随之突然变黑。

转瞬之间，如镜头切换般，我在镜子一样的屏幕里看到了另一幅画面：

我原本来不及停止的笑容，清晰地映照在电视屏幕左侧，开心的，傻傻的；而屏幕的右半部分，则是那位女孩乐不可支的笑脸，那神情真切自然，没有丝毫的掩饰与修饰。

从来不曾设想，两个完全陌生的人，竟然可以“同框”组成如此真实、快乐、和谐的画面。

只是，这样的一个场景，持续了不到一秒钟。当我和女孩的目光在屏幕里相遇，我们立即各自收敛了笑容，女孩甚至把头扭向了一边。

我怀念的，是生活中本不该缺少却越来越珍稀的东西：
独处静思时，因快乐和温暖满怀而情不自禁地笑；
走向人群时，分享给他人一份快乐和温暖的爱心与勇气。

下车时，我突然发现我甚至没有记清女孩的模样。

我偶尔怀念。

我怀念的，是生活中本不该缺少却越来越珍稀的东西：独处静思时，因快乐和温暖满怀而情不自禁地笑；走向人群时，分享给他人一份快乐和温暖的爱心与勇气。

本来是个幽默，却成了笑话

前几年，地铁报正火的时候，我曾经连续三四期，在上面的生活版发表了几则小幽默。

那天早晨，在地铁里，我看到很多人在看免费发放的地铁报。有人不时地抿嘴笑，我猜他们一定是看到了我的幽默。

这种感觉真好。

我的左边站着一位漂亮姑娘，也拿着一份地铁报。我很开心，她就要翻到生活版看到我写的幽默故事了。果然，她看到后捂着嘴笑了。笑完又看了一遍，笑得更厉害了。

我在想，如果我现在告诉她，“很巧，这个小故事是我写的，作者就在你身边”，她一定非常非常惊喜，一定会像意外见到迷恋已久的偶像明星一样，开心幸福激动得先是晕倒，醒来后哭着喊着拥抱了我，狠狠地亲我一口也说不定，最后手忙脚乱地拿出她的口红或者眉笔，非要我在她的衣服上签名留念……

眼看着还有两站我就该下车了，我要是再不给她这个惊喜，她就没有这样奇特美妙终生难忘的经历了。于是我在拥挤中挺直了身子，整理了衣领和衣襟，正了正被挤歪的眼镜，转头对姑娘说："美女，真巧啊，你看的这篇幽默故事，就是我写的。"然后我指着标题下的作者名字："这个名字就是我，我就是这个作者。"然后对她微笑着点点头。

那姑娘一开始确实有点吃惊，不过表情很快变得不是我所想象的。她瞥了我一眼："这么巧？"然后低头继续翻看报纸，嘴里嘀咕了一句以为我听不到的话："这还有冒充的。"

冒充？太冤枉！这篇幽默明明就是我本人亲身经历、来源于生活又高于生活的艺术创作嘛。我正想着怎么跟那姑娘解释证明一下我确实就是这篇幽默的作者，这时我对面座位上的一位女孩看了看我，然后转头对她的同伴说："笑死了，还有这样搭讪女孩的，骗人都不脸红。"

我的脸这时真的急红了。我正想掏出身份证来证明我确实是我，突然地铁广播提示我该到站了。我来不及多说，红着脸下车了，就好像我真的做错了什么。

哎，这事整的，本来是个幽默，却成了笑话。

嘴里默念的女人

那天早晨在地铁里，我右边坐着一位妇女，40 岁左右，嘴一直在动，不知道在默念什么。我感觉很奇怪，于是不时地侧过头看看她。

我的正对面，站着一对小情侣。我发现，这对年轻人总是有意无意地瞥我一眼，然后俩人对视窃笑，神情颇为怪异。我猜测他们肯定是在笑我，可我不知道是为什么。

直到那俩小情侣下车时，我听见那女孩对男孩说："那个男的真变态，总是偷看旁边那个女人的胸。"

我一惊，扭头再看我右边那个嘴里一直默念的女人——不过这次我把目光往下移了移，果然，竟然，她的衣领特别低……

难怪女孩认为我不时偷看人家。

我赶紧收回目光，这样不好嘛。

而那女人依旧闭目默念，全然不知道刚刚因她而发生的尴尬事。

女人自有她的心经，让她的心和眼不染红尘；而她周围的我们，都过于关注这个俗世。

一颗牙两颗牙

我坐在座位上，一位 30 多岁的漂亮女士站在我对面偏左的位置。她背着一个旅行包，看衣着打扮像是从外地来北京旅游的。

可能因为旅途劳累，女士突然间打了一个长长的哈欠，可她忘记地铁里人多应该用手遮掩一下，或者根本没有这个习惯，于是我被迫看到，她嘴里右侧的上牙缺了一颗牙齿。

我没想到这么漂亮的女子也会缺一颗牙，顿时觉得世界不美了。其实我嘴里左下侧也缺了一颗牙，不过我觉得这是我的隐私。我知道地铁里人太多，所以每次打哈欠打喷嚏时我都会注意，尽量不让别人看到我的缺陷。想想吧，一路上被旁边的人嘲笑掉了一颗大牙而自己又无法躲藏逃避，是多么尴尬的事。

虽然我发现这位女士也缺了一颗牙，可是我心里有所不甘：难道她真的就只缺了一颗牙吗？难道她就不可能缺两颗甚至更多吗？我虽然不是北京人，可是我在北京待这么多年了，而她看起来像是刚刚来到北京，她怎么能和我这个“资深在京人士”一样呢？

我装作漫不经心的样子往左边挪了挪，这样，等她再打哈欠的时候，我就能看到她左边的牙齿了。

果然，不到一分钟，她又打哈欠了；果然，她嘴一张，我惊喜地发现，她左上侧的牙齿真的少了一颗——一颗，确实少了一颗。

她一共少了两颗牙！

我心理平衡下来，不打算再看她了。我就说嘛，我少了一颗牙，可是她刚来北京，她怎么能和我一样也少一颗呢。

不能怪我有这种想法。我至今记得，当年我第一次来北京，在复兴门地铁站口，一个小伙子骑自行车，被一个背着大包裹的外地民工不小心碰了一下，摔倒在马路牙子上，嘴唇磕出了血。小伙子爬起来后，不由分说狠狠踹了那个人两脚，说：“走，跟我去医院做检查。要是摔坏了我一颗牙，我让你用两颗赔。”

我不知道最后结果如何，但是从那时起，我知道了，有的人的一颗牙，能抵得上别人的两颗。

不要轻易离开你的位子

那天上午我坐 1 号线经过军事博物馆站时，一个背着旅行包的小伙子上车后站在了我的座位旁边。很幸运，过了一站后，我邻座的人下车了，小伙子疲惫地坐了下来。

坐定后，小伙子一直盯着斜对面车门上边的线路指示牌看。可能觉得这个指示牌还不是太直观，小伙子在发现车门旁边贴着一张细密的地铁线路图后，起身离开座位走了过去。

我注意到，他食指指着地图，从军事博物馆站，手指一站站往右挪，挪一站点一下头，最后，挪出了快八丈远，点了十多下头，终于挪到了 1 号线的终点站四惠东站。不过这还没完，他的手指又继续在八通线上向右移，向右移……

最后，也不知道他挪到了哪一站，看样子他终于找到了自己的目的地，满意地点点头，然后转身，准备回到他的座位上。

其实，小伙子刚才一起身的时候我就替他惋惜：幸运地遇到一个空座却不懂得珍惜！你不知道旁边的人都在有意无意盯着你呢，你一抬屁股，人家动作比猴还快，一下子就抢着坐了过去——地铁里哪儿会有空座位一直等着你?

小伙子刚才的座位上已经稳稳地坐定了一位大姐。

我注意到小伙子的表情瞬间有点失望和尴尬，可是当他发现我在关注他，他皱着的眉马上舒展了，还若无其事地笑了一下。其实，我知道，你笑得好苦涩啊，毕竟，你刚才在地图上比画了那么远，以为我没看见吗?那么远，你恐怕要一直站过去了。

千万不要轻易离开你的位子，特别是在人多、大家都在等位子找位子的北京。

舍己为大家

车厢里十分拥挤，我面对座椅拉着扶手站着。车到玉泉路站，上来一位胖大姐。胖大姐艰难地挪动身体，最后竟然不幸挪到了我的右边，这让我们站在座椅前、原本已经很拥挤的一排人越发挤得雪上加霜。胖大姐右边的女孩，也就是原来站在我右边却被胖大姐活生生分开挤走的乘客，更是被挤得龇牙咧嘴。

车快到五棵松站，我对面座位上的乘客站起身准备下车。

空出来的座位正对着我，通常情况下，这个座位当然正好非我莫属。可是这时，我看到了原来站在我右边的女孩隔着胖大姐向我投来的祈求和期盼的眼神。

那一刻，我心领神会并感慨万分，挤地铁真是太辛苦了，一个身材瘦弱、个头不高、只能被别人挤而挤不动别人的姑娘就更辛苦了。作为一个男人，我内心里油然而生一股怜香惜玉之情。

于是我热情地对胖大姐说："您坐吧，您坐。"

胖大姐惊喜地看了看我，眼神里充满了感激。然后，她艰难地坐到了原本属于我的座位上。

就连我左边一直跟我并排站着的两位小伙子都向我投来了赞赏的目光。

我宽慰地想，能够救人于危难之间，我这点小小的付出，又算得了什么呢。

我的心里，甚至连整个身体，瞬间都觉得宽松和舒畅了许多。

车到复兴门站，胖大姐要下车了。看着胖大姐终于走出车门，那姑娘长长地出了一口气，然后对我说："大哥，真是太感谢您了。"

我左边的两个小伙子也纷纷向我点头致意："大哥，好人，好人啊！"

我笑而不语。其实也没什么嘛，为女士让座这件小事，碰到任何一个懂得照顾人的男人都会这么做的。

姑娘热情地说："大哥，您来坐吧，本来是您的座位，却让您站了这么久，真是过意不去。"

我客气地摆摆手说："没关系的。我就要下车了，你坐吧。"

听说我要下车了，姑娘再次感激地说："您真是好人啊。刚才幸亏您明白我的意思把座位让给了胖大姐，这样她坐过去，以她那身材，我们这一排相当于一下子少了两个人，马上就宽松多了。只是辛苦您本该可以坐下却又站了半天，您真是舍己为大家啊！”

“就是就是，舍己为大家啊！”两个小伙子也赞叹着说。

姑娘终于坐下了。

我下车之前，请不要问我的名字，我的名字不叫雷锋。

后面的路，祝你们不再遇见“胖大姐”。

我做的一件好事

每天早晨进地铁，几乎都能遇到那位“高人”。

那个小伙子，面孔白净，模样斯文，头发光亮，戴着眼镜，名牌挎包，衣着整洁，领子很白。像白领。

但是他的身高足有两米以上。

具体高度我猜测不准。我身高 175cm，他比我高出至少一头半。人通常对超出自己认知和经验的部分感到陌生和无能为力。

有恐高症的人见到他绝对会犯病。

他只需站在那，人群马上明显分出高低两个层次：他是唯一的第一世界，其他所有人都只能是第三世界。

我有时很想和他聊聊，可是我没那么多时间。因为身高差距，我的声音传到他耳朵里，他的声音再传到我耳朵里，都需要时间。

每次看到他进地铁，我都尽量离他远一点，更避免和他在同一个车门上车，我担心那样我的空间就更小更挤了。

他要是北京人也就罢了，如果是外地人的话……北京本来已经够拥挤了。

连地铁都有一个限高两米的规定。

“超过两米不能进站。”没错，那天我听见地铁安检员对一个身高不足一米六的男人说。

那天早晨进地铁时，这位身高不足一米六、进城务工者模样的人——就叫他“老乡”吧——拿着两根比他身体还高很多的硬质塑料管，要进地铁站。可是过安检时，安检员拦住了他：“塑料管超过两米长，按照规定不能带入地铁站。请您乘坐其他交通工具出行。”

老乡让安检员推荐一种“能装下这两根管子”的“其他交通工具”，安检员认真地琢磨，老乡谦恭地等待回答。憋了老半天，安检员说：厢式货车。

老乡听了都快哭了。

老乡不死心，跟安检员辩解，其实不如说是求情，大意是说自己虽然长得不俊，个子矮，头发也稀疏，衣服有点旧，但绝对是好人。“我这有从老家出来打工时县公安局给开的无犯罪记录证明。你们也知道到县里能开出这个证明不容易，网上都说了，我得先证明‘我妈是我妈’‘我爸是我爸’，然后证明‘我是我’‘我是男人’，然后拿着这些材料到乡里开证明，证明我在村里乡里从来没干过啥坏事，然后再到县里……我真的没干过啥坏事。”

安检员并没有去看老乡拿出的证明，只是强调超过两米长的物品不能带进地铁，这是上级规定。

老乡再次争辩说，这两根管子只不过是家庭装修用的材料，不是什么危险性物品，不会造成任何危害。

安检员还是不允许老乡进站。

老乡急了，质问安检员："那要是我身高超过两米，还不能坐地铁了？"

安检员回答："人当然能，多高都能。"

老乡问："那我要是超过两米高，可以带着这两根塑料管吧？"

安检员赶忙上下打量了老乡一遍："可以。你要是比这管子还高就能带。"

老乡无奈地拿着两根塑料管往站外走，一边摇头一边摇塑料管一边叹息。

我突然觉得我能够为老乡做点什么。

我退出人群来到站外，追上老乡告诉他："别着急，能进去。办法总是有的，人总不能让两根管子憋死。"

老乡上下打量了我，根本不信："你连一米八都不到。再说，我不想把两根管子割断。"

"谁让你割管子了。你看……"我向后一指。

"高人"来得太是时候了。

老乡惊讶得眼睛和嘴都闭不上了，脑袋一直向后仰向后仰。

后来的情景有点滑稽：高人高高在前，手里拿着两根塑料管，他比两根管子高出头发的高度；我在高人后面——但是今天，我有一种比高人还要高的感觉；老乡，挎着高人的名牌皮包，低头捂脸紧跟着我，不时瞥一眼前面的安检员。

结局跟我想象的一样：安检员瞪着眼睛还没反应过来，高人轻描淡写地一边说着“这两根管子还没我高呢”，一边通过了安检门；倒是老乡，因为有点紧张，忘记把高人的挎包摘下放到安检机上安检，被安检员喊住重新走了一遍。

进了地铁站，老乡激动得向高人和我表示感谢。高人说，没什么，举手之劳而已。我也谦虚了谦虚说，没什么，我就是灵光一闪，而灵光中的高人，恰恰愿意帮你。

那天,我第一次和高人一起从同一个车门上车。和我想象中不同的是，因为大家都不愿意挨着高人，高人的身边反而很宽敞。我这一路，一点都不挤。

在地铁里拉——拉——拉家常的人

地铁车厢里，我偶尔会遇到亲亲热热、推心置腹话家常的人。

那天早晨我从八角游乐园站上车，身后是两位并排站着的女士。这样，当我到建国门站下车时，作为人生旅途中彼此的过客，我“被迫”了解到了从没照过面的两个陌生女人颇为详细的婚姻家庭情况。

不要怪我记得太详细，我的耳朵想躲也躲不开。在这样封闭、拥挤、人与人几乎就是“负距离”的环境里，即便说者真的无心，听者也难以完全无意。

而且，越是关键处，人家越是重点强调。

她们的老公就不说了，总之都是十分优秀顾家又疼老婆的那种，就说说孩子吧——

这两位女士的孩子都在上小学。一位女士的孩子是男孩，10 岁，上的是国际双语学校，寄宿的；喜欢运动，现在已经学习了 4 个月的马术（费用很高的）；还喜欢研究各种动物，特别是海洋生物（嘴里经常冒出的很多鱼类名称连当妈的都没听说过)，国内大型的海洋馆几乎都去遍了；梦想是当漫画师（这样海底的鱼就可以长出翅膀）。

我平生第一次如此详细地了解了一个“别人家的孩子”。

另一位女士的孩子是女儿，9岁，现在业余学舞蹈和单簧管（原来一起学习单簧管的有10个孩子，现在坚持下来的只有3个）；在区级的朗诵比赛中获得过前三名（要不是出场顺序太靠前，应该至少能得第二名）；去过10个省市、10个国家（不是欧洲10日8国游那种）；芭比娃娃已经买了8套（每套12个娃娃）；梦想是当服装设计师（给每个芭比娃娃设计一套比现在穿得更漂亮的衣服）……

半个多小时时间里，这两位“幸福洒满旅途”的女士，你一句我一句，向对方也向车厢里方圆3米内的所有乘客全方位介绍了自己的家庭，重点展示了自家孩子的可爱和优秀，有乐同享的无私精神一路闪闪放光芒。

可是，这样真的好吗？

这就像我刚刚在看的手机新闻，我根本不想知道张明星出轨王明星离婚李明星隐婚其实已经有两个孩子，可是只要我打开手机，这些我从来不感兴趣十八竿子打不着的东西就会拥进我眼睛里，躲不胜躲，防不胜防，不堪其扰。

这两位大姐，你们的生活当然要比那些没有新（绯）闻就失去存在感的大星星小星星幸福得多，只是自己的幸福自己享受就行了，没必要在公共场合高调展示。幸福的家庭总是相似的,不幸的家庭各有各的不幸，比你幸福的人心里会偷偷笑，没你幸福的人心里会暗暗恼，和你一样幸福的人，人家的孩子也很可爱很优秀啊……

跟闺密说的话，在闺里秘密说就行。

地铁车厢是公共场合，而且几乎是封闭的。在这样别人逃不脱躲不掉的公共场合强行展示私事，说得严重些，本质就是耍流氓。

地铁卖报人

有那么两三年时间，如果晚上下班进地铁比较晚的话，比如8点钟以后，地铁里有时会有卖晚报的人。

卖报人确实会选时间。这个时候下班晚高峰已经过去，人没有那么多，在车厢里穿行不至于太困难；另外这个时候下班的人，大多错过了傍晚在报摊买报纸的时间，在地铁里只需抬手不需抬脚抬屁股就能买到。

经常见到的两个卖报的妇女都是40多岁，一个胖，一个瘦。

遇到过几次后，我发现了一个问题：瘦女人的报纸卖得快，而胖女人要慢得多。

为啥呢？

因为瘦女人不爱吆喝，而胖女人一直吆喝不停。

我没说错。

那天晚上我坐在地铁里，看到胖女人抱着厚厚一摞报纸从后面车厢慢慢走了过来。虽然她人高马大，但是那一摞报纸并不轻，能看得出她还是有些吃力。

“晚报，晚报！今天的晚报！大事小事全都有！”

我从包里拿出了一块钱，准备等她走到我跟前时买一份晚报。

“出大事了，北京出大事了！快来买晚报！”

我手里攥着钱，不知道出了什么大事，很多人也都满是好奇地盯着胖女人和她手里的报纸。

“出大事了,今天的晚报里都有。有杀人的,有出车祸的,有抢劫的……太精彩太刺激了，快来看啊！”

我手里攥着一块钱，不知道该不该出手买。

“你说，杀人这条新闻咋他妈这么惨呢。快买晚报看看吧。大白天还有抢劫的，笨蛋也不看看这是哪儿？挨打活该！打死也不多！快来买晚报。出大事啦，出大事啦！”

胖女人走到我跟前时，好像看到我手里拿了一块钱，喊得更起劲了。

我紧紧攥着那一块钱，始终没有递出手，我真怕胖女人拿到一块钱后，递给我一张晚报，客气地说：“杀人车祸加抢劫，好新闻，您慢慢看。”

胖女人从我身边失望地走过的时候，我的脸红红的，好像这些事都是我干的。

我暗自把一块钱放回了钱包。

我保证很多人也把钱放回了钱包。

别说我装。

我很想追上那位胖大姐，私下里告诉她：不要这么吆喝，不是每个人都觉得这些事很吸引人！有些人，本来想买，你这么一喊，人家反而不买了。

但是我没有去追着告诉她，万一她说“你啥意思，卖东西还不让人家吆喝？”我怎么解释得清楚呢？

她可能不知道的是，又过了两站之后，那位卖报纸的瘦女人过来了。人家也吆喝，但是吆喝得很简单：“晚报，今天的晚报，一块钱一份！”

我和许多人一样，重新掏出那一块钱，脸不红心不跳地递给瘦女人，然后从她手里拿过一份同样内容的晚报。

也该瘦女人早点快点卖完，她那么瘦弱；而胖女人那么壮实，就多抱一会儿报纸吧。

世界是公平的。

我还想到了一句话：懂的人不需解释，不懂的人不必解释。

不解释。

在地铁里遇见诗人

那天晚上我一直工作到 8 点多才下班。这样的生活，我真不觉得有什么诗意。

我从建国门站上车，一进车门，我看到从车厢后部正移过来一个黑色的书包，上面印着四行字：

谁还在像我一般
读诗，写诗
你是不是把灵魂丢在了书页里
很久很久没有再翻开

天可怜见，在地铁里，我不诗意的生活遇到了生活的诗意。

一位诗人在卖自己的诗，一本诗集。

我赶紧用左手掐了一下右胳膊，又用右手掐了一下左胳膊，还好，疼疼的都在——我还没把自己丢了。

诗人大概40岁左右，几乎没有头发，络腮胡子，就像那种在电视里常见的艺术家的样子——头发或者胡子，长在艺术家头上脸上，总有一样是长的。他挎着一个书包，书包带上写着三个大字：我的诗。书包半敞开着，露出一本书。

"诗，有看诗的吗？诗集，我的诗集。"

诗人手里拿着一本诗集，从地铁车厢中间走过。他的目光扫过人群，但不聚焦任何人。

有人惊诧地看看他手里的书，然后更惊诧地看看他这个人，然后，同样，人们的目光也不再聚焦于他，就像什么也没看见，继续把头埋进手机里。

我也有些惊诧，但是我的目光紧紧追随着他。

"诗歌是文学皇冠上的明珠。"诗人插入了广告词。

在地铁里谈诗歌，恐怕这颗明珠比不上菜市口百货里一根最便宜的项链更吸引人。

"你需要我吗？你需要诗吗？"

后半句话要是问我还真问对了，我在家里偶尔还是会看看诗的，但是别人需要不需要诗就很难说了。旁边那个戴着耳机、手指在手机屏幕上快速滑动熟练玩游戏的年轻人恐怕就不需要，那位刚下班累得在座位上睡着打起呼噜的大姐也不像需要诗的人。至于人们是否对你这样一位诗人感兴趣，你一个大老爷们儿，天然缺乏"身体写作"的条件，又不是某某重大疾病患者，又没听说你创造出狗尾巴花体牛犊体等任何特色诗体诗风，你有啥卖点能先吸引到我呢？

“我的诗集，也是你送给亲朋好友的绝佳礼物！”

我觉得这样的想法真的太诗意了。如今，满地铁里望去，满北京城里寻去，如果一个人还拥有把一本诗集视作礼物送给他人的情怀，那么这个人本身就是一位诗人了。

我正在为他着急怎么才能把诗集卖出去（此刻我关注的是“诗集”不是“诗”。诗本身写得如何无关紧要，重要的是诗集要能卖出去。只要诗集能卖出去，诗就是好诗，诗人就是成功的诗人），一个小伙子接过他手中的诗集翻看了起来（看来这本诗集要接受读者的现场检验了。也好，我在网上购书时，经常被“试读部分章节”内容打动，书买来后才发现全书精华仅此一章）。诗人在一旁指点介绍着，可能是想展示里面的得意之作。

小伙子按照诗人的指点，有些腼腆地读了起来：

从前的傻小子
曾经的傻丫头
你们还在偷偷写诗吗
时光流逝
但我仍在写
诗，那么美好的东西
像女人的……

读到这，小伙子的脸突然红了，朗诵也戛然而止。

“怎么样？你继续读下去嘛——像女人的乳房。你还真害羞啦。你看，大家都说诗歌看不懂，可是我的诗是不是很通俗易懂？简单的诗不一定是好诗，但是好诗一定是简单的诗……怎么样，买一本吗？”

“不买了。挺简单……可是我还是看不懂。”小伙子笑了笑说。

周围的人也都笑了。

“这有什么看不懂的。”诗人也笑了，可是分不清是尴尬的笑，还是得意的笑。

“你看，还有另外一首，我给大家读读吧。”诗人清了清嗓子，翻开诗集，找到一首，投入地读了起来，主题似乎是与想念母亲有关。

这一次，大家可能真的听懂了；也因为听懂了，所以大家不再继续关注诗人读诗卖诗了，纷纷收回注意力，低下头，目光重新回到自己的手机屏幕上。

诗人略有失望地合上了诗集。

列车马上要到东单站了，诗人晃了晃手中的诗集说：“不买后悔！现在买还来得及，不买我下车了啊。”

有人抬了抬头，但是好像没有人担心后悔。我也不担心。

诗人向车门走去。

其实，如果不是先前朗诵出来的那几句诗，证实或者误导了我对诗人和他的诗的评价，诗人本身留给我的印象还是很正能量的。

也许，我们都曾经有一颗诗意的心，
但是身体走着走着，精神磨着磨着，
我们不知道把这份诗意遗失在了生命旅途的哪一站。

因为，如果“人”也可以形容为“以稀为贵”，那么，这位诗人，这位在地铁里卖诗的诗人，无疑是这座城市里最珍贵的人之一了。

也许，我们都曾经有一颗诗意的心，但是身体走着走着，精神磨着磨着，我们不知道把这份诗意遗失在了生命旅途的哪一站。

今天，终于有一个仍然怀着赤子之心的人来提醒我们曾经的失去。可是，我们并不回顾，更不猛醒；并不感激，甚至嘲笑——因为，我们是多么不急于甚至不屑于找回呀！

看着诗人走向车门跨出地铁，我突然想追上他，和他聊一聊。

我要和他聊聊我所理解的人们为什么没有买他的诗。

其实，我相信，这个世界上仍然有很多很多喜欢诗歌的人。你在地铁里卖诗，其实是在为你的诗集和诗意，千挑万选地找那些对的人。

你只是还没有遇到那些对的人而已。

还有，你作为诗人，应该听说过这句话：生活不只眼前的苟且，还有诗和远方。人们只看到了眼前的苟且，却把诗和远方并列。那么，有几个人能够体会和欣赏眼前单调枯燥的地铁车厢里的诗和诗意？地铁里的诗意比不上手机里游戏的快意与韩剧的爱意；诗，也只存在于传说中的远方，却不在眼前的地铁里，甚至不在眼前一个诗人所兜售的诗集中。

我想跟他聊的东西很多，恐怕到地铁末班车开来都聊不完。

却已经来不及了。

诗人跨出车门到车门渐渐关闭的几秒钟，我看到他上衣的背后也印着几行诗：

你翻了翻我的诗
又还给了我
你看得见我离去的背影
看不见我眼中的泪

我不但想和他聊一聊，还突然想买一本他的诗集。

可是我无法追赶。诗人的背影，被隔绝在了车门之外。

病　人

晚上 8 点多，我从国贸站坐 1 号线向西。人不太多，我坐在车厢中间位置。

列车刚启动，只听见车厢靠前的座位上传来一个有点怪异的男声，竟然是一个 20 岁出头的小伙子在大声地模仿地铁广播“报站”：

“亲爱的乘客,您现在乘坐的是地铁 10 号线列车,下一站:金台夕照站。再下一站，呼家楼团结湖农业展览馆亮马桥三元桥太阳宫芍药居惠新西街南口安贞门北土城……”

我和车厢里的小伙伴老伙伴们当时就惊呆了!

没有人在意小伙子把此刻的 1 号线说成了 10 号线，人们惊异的是他竟然像个单口相声演员在表演绕口令一样，极为快速而准确地说出了 10 号线从国贸站起逆时针方向一直到公主坟站的所有站名。

我看到好几个彼此陌生的乘客在互相对视眼神，一副不可思议的样子，车厢里甚至响起了几声掌声。

这时，快要到永安里站了，小伙子竟然又用英文报起站来，依然是

10 号线的站名：We are arriving at jintaixizhao station，please get ready for your arrivle. 然后，小伙子又换成了中文：下一站是金台夕照站，请您准备下车。

这次当小伙子报站时，人们开始注意到，他的声音其实有些阴阳怪气，总感觉有点不正常。很多人不再笑，而是从座位上探着头，向小伙子的方向不停张望。

车到站后又启动了，当小伙子再次开始报站的时候，只见原来坐在他右边座位上的两位姑娘，突然站起身，向车厢中后部走来，一边走一边回头说“有病”。

看来两人是想远离那个小伙子。

当两位姑娘在车厢后部找了座位坐下来后，那小伙子竟然一边再次绕口令般报着站，一边从原座位上跟了过来，然后，站在两位姑娘面前，继续报站，而且，一脸坏笑。

我突然感觉这个小伙子可能精神有些不正常。

后来小伙子的表现证实了我和大家的猜测：他开始在整个车厢里走来走去，旁若无人地继续不停地报站，声调、表情、动作夸张、滑稽而怪异，明显不是思维正常人的举止。

小伙子所到之处，人们纷纷避让，好几个胆小的女孩被他吓得躲来躲去。

好在他只是一直这样走动和说话，最多冲着女孩坏笑，没有其他过激的言语和行为。

我心里感觉很奇怪，也很惋惜。这个小伙子个头不矮，长相不差，衣着干净，如果不说话坐在那里，像一个文静的大学生;更让人诧异的是，他怎么会如此快速流利准确地报出那么多站名而且车站顺序完全正确，就算是我这个天天坐地铁的人，能顺序说出站名，但也做不到像他如说绕口令那么快；另外，他的英文报站发音在我听来十分标准流利，丝毫不逊于地铁女播音员的广播。

过了一会儿，他可能说累了走累了，终于找个座位安静地坐了下来。就在我旁边。

他竟然还分别冲着我和他另一侧座位上的乘客点头微笑了一下，跟刚才的笑不一样，神情很正常，像是在真诚礼貌地跟两个邻座打招呼。

不过就算他的笑再真诚再有礼貌，我也不愿意跟他坐在一起。我是个正常人，他是一个有精神疾病的人，一个正常的人怎么可能跟一个不正常的人坐在一起、挨得这么近呢？这样的话，车厢里那么多人该怎么看我呢？我必须跟他划清界限，否则我岂不是成了和他一样的人？

我并没有理会他的笑，我起身离开座位，站到了车门口附近。

我离开那个小伙子远远的，人们也就认为我是正常的了，是和他不一样的了。

我踏实地站定。再回头看时，我发现小伙子的另一个邻座也离开了，然后，邻座的邻座也离开了，最后，原来六个座位上坐着的五个人，全都离开了。

那排座位上只剩下他一个人。

我就说嘛。我们五个都是正常人。

不过我突然想到一个问题：如果他的身边没有人可以接受他的正常的笑，那他会不会又重新开始不正常的笑呢？

哎，管不了那么多了，他本身就是个病人嘛，再说，我又不认识他。

车到站，又启动。这时，座位上的小伙子，突然站起身，一边向周围的人笑着，一边再次开始了报站。

地铁囧事

那天早晨我从八角游乐园站上车，我的对面座位上是一个小伙子。快到公主坟站的时候，只见小伙子收起手机，拿过包，放了进去……我心想他这是要下车了，暗喜，太幸运了。脚下偷偷往他这边挪了挪，准备抢座。

不料，小伙子收起手机后，并未起身，而是从包里掏出一个平板电脑，打开，继续看起了大片。

我真是白激动了。

一天早晨，我在地铁里正打瞌睡，突然，传来了清晰、高亢、尖厉的公鸡打鸣声，我一下子惊醒了。

鸡叫三遍之后不叫了——手机主人开始接电话了。

一位大妈，一路上一直在玩手机——两手各戴着一只那种薄薄的透明的一次性塑料手套。

我怎么也想不明白为什么会有这种神奇的操作。

那天上班的时候，我没有带包，于是这一路上一直觉得怪怪的，感觉自己像是一个无所事事的人，并且随时可能被警察查验身份证。

后来，哪怕再小的包，我也要带一个。

西单站，两位中年妇女上了车。没有座，她俩就在门口附近站着。到东单站的时候，座位上有两个人起身下车。这两位看到了空座，高兴地欢呼雀跃着抢过去坐了下来。

可是一分多钟后，车到建国门站，两个人也起身下车了。

咳，我还以为要坐到终点呢。就坐这么一两分钟，刚才至于表情那么兴奋动作那么夸张吗……

有一次下班在地铁里，我站着，我的对面坐着两个年轻的姑娘。

到了一站，上来一位 60 多岁的大妈，挤到了我旁边，扶着扶手，斜对着两位姑娘，眼神不时往人家那里看。

这时只听甲姑娘对乙姑娘说："今天在会场站了那么久，你累不累啊？"

乙姑娘说："咋不累呢！"

然后乙问甲："那你累不累？"

"我比你还累。"

只见大妈转过身，移到对面去了。

我经常在地铁站和地铁车厢里,听到广播员把“乘客”“乘坐”的“乘”字读成四声。

有一次，在某一站等车时，我又听到了这个错误读音，我实在忍无可忍,跟站台上一位女地铁工作人员反映了这个问题,我说“乘客”“乘坐”的“乘”应该读二声而不是四声。北京是首都，地铁是公共场所，读音应该规范。

女工作人员怪异地看了看我，然后似乎在忍着笑，说:“您没弄错吧?我们这么读都读十多年了，怎么可能错?肯定是您弄错了，您还是回家好好查查字典吧！”

我查过很多次字典，她和广播员，甚至她们的领导，肯定一次都没查过。

谁能保证一辈子不干点傻事呢

傍晚，我在军事博物馆站从 9 号线换 1 号线向西。来了一趟车，我看车厢里太挤了，于是站到旁边等下一趟。

我前面的一个胖小伙，挤了两次没挤上去。只见他后退了几步，一口吐沫吐在手掌心，狠狠搓了搓手，看样子是准备跑过去借着惯性冲进车门。

他开始跑的时候提示铃声响了，我知道 3 秒钟后车门就要关上了。我想提醒他，可是已经来不及了，我只能闭上眼数“3——2——1”。他跑过来了，他可能在数“1——2——3”。我数到 1 的时候睁开眼，看到了数到 3 的他——一头撞到了正在关闭的车门上。

他的额头撞红了，眼睛气红了，脸羞红了。

我想表示同情，却忍不住想笑。

唉，谁能保证一辈子不干点傻事呢。

冬天的早高峰，地铁 1 号线八角游乐园站，从西向东方向，我排队候车。

我前边一个女生，使劲挤了上去。她的身子挤进车门的瞬间，车门关闭了。我清楚地看到，她的羽绒服的后腰带，被车门夹住了，有那么一小段露在车门外面。可能因为腰带布料比较轻薄，车门感应装置没有感应到吧。隔着玻璃车窗，我看到女孩试图把腰带拽出来，身子晃了好几晃，可是露在外面的那段腰带纹丝未动。

车子启动了，女孩还在扭着身子，车门外的腰带开始随风飘舞。

恐怕要等车门开了她才能重获自由了。

可是我突然悲催地想到：八角游乐园这一站，列车是在右侧开门，可是此后这一路一直到终点站四惠东站，每一站都是左侧开门。

难道只能到终点站，她才可能解脱？

我目送着列车远去，向她致以深切的同情。

那天早晨我出了建国门站之后，看到我前面一个姑娘，在地铁口前站定，像士兵训练一样，规规矩矩地前、后、左、右转了一圈，每转到一个方向，抬头看看前方，低头看看手机，左手向左向前指指，右手向右向后指指，嘴里念念有词。

转了两圈，终于不转了。我走过她身旁时，只听她嘀咕着：“对，这边是北。没错，可算找着北了。”

晚上 9 点多，我从西直门站坐 2 号线往复兴门方向。一个小伙子推着一个带轮的硕大行李箱上了车。上车后他前后左右打量了一下，看到对面车门旁边的车厢上贴有地铁路线图，于是走了过去——可是他并没有推着行李箱，而是把行李箱原地放在过道中间。

这哥们儿正看得认真，列车因为快要到下一站车公庄站而减速，他的那个带滑轮的大行李箱，由于惯性，在平滑的地板上突然迅速向前滑动，几秒之后，在“啊——”的一声惊叫之中，结结实实地撞在一位姑娘的腰上腿上，紧接着，“啪”的一声，姑娘的手机掉在了地上，散了……

姑娘身边的小伙子，应该是她的男朋友，一手搂着那姑娘的腰，一眼看着突然出现的箱子，一眼看着地上散了的手机，满脸迷惑迷茫。

箱子的主人匆匆跑了过来。

两站后，复兴门站到了，我该下车了。

一个女人还在哭。

两个男人还在打架。

一天，我在东直门站出站，前面有一对年轻情侣。走到出口检票闸机前时，姑娘掏出公交卡，刷卡后出了站。可她身后的小伙子，却并没有刷卡或者投票，而是对着闸机鞠了个躬。

我特别纳闷，难道鞠个躬能出站？

我正想着，小伙子又对着闸机鞠了个躬，还弯着腰左右晃了一下身体。

见证奇迹的时刻来到了——闸机挡板竟然真的开了！小伙子直起身，潇洒地甩了甩头，昂首阔步走了出去。

我简直惊呆了。对着检票闸机鞠躬就能出站，那以后是不是可以不买票了……这么大的事我以前怎么不知道!

不仅是我，周围的人都盯着小伙子愣住了。

这时，却见那姑娘在笑，笑得前仰后合，一边笑一边指着小伙子说：“傻样，亏你想得出，哈哈，傻样……”

在大家开心又疑惑的表情中，小伙子一边坏笑着，一边从左侧上衣兜里掏出了一张公交卡。

原来,小伙子并不是真的在鞠躬,而是在弯腰“刷”上衣兜里的公交卡。第一次鞠躬没刷上，于是又鞠了第二次。

周围的人会心地笑了。

那姑娘找这么一位幽默的男朋友，也真是快乐多多!

一天，我在东单站上车后，站在车厢中间扶手的右边。扶手的左边是个高个子小伙子,正聚精会神地戴着耳机看手机视频。他的左边没有人。

车到天安门东站，上来了一位拎着行李箱的姑娘，左右看了看，站在了小伙子的左边。

那天车厢里空调很猛，吹得我打了个喷嚏。

也许同样被空调吹着了，也许被我传染了，小伙子也打了个喷嚏。

小伙子很讲究公共道德，知道面前有人坐着，我在他右边站着，这两个方向不宜打喷嚏。

于是他把头斜向下歪向了左侧。

他根本没注意到自己的左边这时已经站了一个人。

喷嚏来得太突然了，他想再转换角度避开已经来不及了。

很响亮的一声喷嚏！喷嚏的“内容”，完完全全严严实实一点不浪费地覆盖了姑娘的脸。

那一刻，姑娘的眼神是无辜的，表情是哀怨的，内心一定是崩溃的……

我对姑娘是同情的，同时也是想笑不敢笑而差点憋出内伤的。

周末下午四五点钟，我从崇文门站坐 2 号线，旁边有两位十六七岁高中生模样的男孩一起上了车，听他俩议论是要到复兴门站换乘 1 号线。当时车厢里人不太多，但是两个男生上车后没有去坐座位，只是站在门口，开心地开玩笑，还互相打打逗逗。

车到和平门站时，甲同学调皮地弹了一下乙同学的脑门，乙做欲还手状。此时列车正好到站开门，甲灵敏地一跳，下车躲到了车门外，还回头冲着门内的乙坏笑，你能奈我何的样子。

很快关门铃声响起，“嘀——嘀——嘀”，第三声开始响的时候，甲同学敏捷迅速地跨进了车门，进来后车门正好关闭。两个好伙伴又嘻嘻哈哈打打闹闹起来。

车到下一站宣武门站。可以想象，这回，轮到乙同学偷袭弹甲同学脑门了；然后，同样，趁着车门刚刚打开，乙同学也跳到了车门外，回头冲着甲同学坏笑，你能奈我何的样子。

很快关门铃声响起，“嘀——”

可是为什么，为什么这次只响一声铃，而不是三声——车门就开始关闭了呢？！

乙同学甚至还没反应过来，甚至脸上还挂着得意的笑，“嘀——”车门关了。

隔着车门，我看到那笑容开始变僵了，然后变傻了，最后快变哭了。

车门里的甲同学，那表情，先是快哭了，后来哭笑不得，再后来彻底笑了。

车启动的时候，一个小伙伴向车外挥了挥手，一个小伙伴向车里挥了挥拳。

原来“分手”可以是这样子的啊。

夏天周末的傍晚，我在10号线海淀黄庄站上车，靠近车门处正好有座，我眼疾腿快一屁股坐上去。坐定后，我的目光恰好落在对面座位的乘客的脚上。

我看到了两双穿着凉鞋的女士的脚。让我十分诧异的是，那两双脚，肤色对比太明显了，一双脚很白，另一双脚特别黑——我从来没看到过有女人会长着那么黑的一双脚。我揉了揉眼睛，确定那双黑脚没有穿黑色袜子。

我特别想看看这位女士到底长什么样，或者说到底有多黑。

我的目光从她的脚往上移。

苍天啊，小腿还是那么黑。

大地啊，放在膝盖上的同样是一只“黑手”。

我悲哀地为她想：这么黑的女人，能嫁出去吗？

当我终于看到她的脸的时候，我长长出了一口气，因为我发现我的担心真是多余的：这位“黑”姑娘本来就是一位，嗯，黑人妹子。

我们看老外总觉得人家长得都一样（据说人家看我们也同样分不清张三李四王二麻子），可是我觉得，这位黑人姑娘，她在自己同胞的眼中，应该是位美女呢。

快到王府井站了，一个站在车门口附近、背着背包的姑娘往门口走准备下车，却发现背包的拉锁夹住了旁边一个小伙子的耳机线。

从发现异常到车门打开，大概只有 20 秒钟时间。这 20 秒钟里，小伙子手忙脚乱地试图解开耳机，说来也真是不巧，他怎么解也解不开。小伙子还试图直接扯下来，可是试了两下没成功，大概是怕把拉锁拉坏，最后还是放弃了。

还有几秒钟就要关门了，姑娘显得十分焦急。这时只见小伙子从手机上拔出耳机，绕了两下放到女孩的包上，说：“不要了，就算送给你吧。”

时间紧张，女孩犹豫了一下，最终还是下了车。

车门关闭，我看到女孩回头一直向车里张望。

车厢里的小伙子苦笑着摇了摇头。

地铁里，一个人，每天能遇见成百上千的人，而这样与另一个人纠缠，也算是一种缘分吧。

我突然想到，如果她还未嫁，他也未娶，我真希望他俩能再遇见。

道听途说之一

大叔：你听听，嘿，人家这地铁播音员说的英语，真叫标准，肯定是北京大学毕业的。

大妈：没准是请外国人说的呢。

大叔：就算是个外国人，也肯定是在北京大学留学毕业的。

甲：你的店什么时候开业？

乙：就这个月底，28号。

甲：还真快。预祝创业成功！

乙：感觉以后生意应该可以。

甲：预祝啊，只是预祝，不一定能成功。

女：干吗老挤我？站直点行不行？

男：我也没办法，人家挤我，我这重心老往你那边偏。

女：重心应该是向下的。你往我这边偏，说明是你的心歪了。

甲：你在我座位前站半天了，其实我下车还早着呢，你要是在等我的座，还是换到别人旁边去等吧。

乙：哦……谢谢你提醒我啊。

甲：啥叫“一带带一路”？

乙：“一带带一路”？我也不知道。我只知道“一带一路”。

妻：老公，咱们还有几站地下车？

夫：大概六七站吧。

妻：你看好了，头一次来北京，咱们可别坐丢了啊。

夫：咱俩一直在一块，一起丢了又能咋样？

妻：老公，要是刚才你上了车，可是我没能上来，你会不会返回来找我？

夫：不会。就凭咱俩的缘分，就是乱坐车也一定能再相遇。

“帮帮俺吧，俺得了不好看的病……”

“你说这些在地铁里要钱儿的，不吃苦不受累，收入还高，日子简直过得比当二流子还舒坦。”

“我今天带了一本书进地铁，我想让书也见见世面。”

“这大夏天的，我还得带个外套。是这么回事，哎，我媳妇坐地铁，说空调太冷，吹得受不了。我就每天拿个外套，一进地铁就给她披上。她自己下车走了，我这不还得自己拿着。”

“我今天终于给你买到了樱桃，可是刚才下车没注意，出了车门就撒了一地。你可别不信啊，我拍照给你看。樱桃撒了一地，唉……”

道听途说之二

妈，爸说几号杀猪了吗？等我回去再杀？不用，别等了，该杀就杀吧，这不都进腊月了！嗯，先杀吧，我放假到家都要腊月二十五以后了。嗯？哦，我在地铁里呢。嗯，真不用等我，你和爸不是爱吃血肠嘛，杀了就灌点，嗯，炖酸菜，好吃。别等我，我回去再吃。杀吧，就这样啊，我要到站了。都进腊月了，好，杀吧，过年没几天了，杀吧。

我在北京呢，北京！还听不清？可能地铁里信号不好。北京，嗯，对，北京，来 3 天了，现在去天坛。嗯，是天坛。天安门？你看你说的，天安门肯定第一天就去。嗯，早去过了。颐和园动物园也去过了。哎呀，北京好是好，就是人太多。太多，哎呀，没法跟你说，你来看看就知道了。哎哟，挤死我了，不说了啊，哎哟……

今天早上才挂上号，嗯，挂上了，可算挂上了。啥？哦，300，号贩子说没多要。对，300，是给号贩子的，挂号费另算。300 还多？你可别埋怨我了，能挂上就不错了。要是不找号贩子，排几天队你也挂不上。咳，你以为跟咱们县医院似的？能挂上号就烧高香吧。在北京待一天还不得花个三头两百的。我这坐地铁一趟就得 5 块，来回 10 块。嗯，300，合算，合算，嗯，300，也亏不到哪儿。后天，对，后天就能看上病了。这些号贩子，他妈的，电视里一看这些人就来气，就是啊，太可气。这帮孙子，关键时刻还离不了他们。就是，一个个跟爷爷似的，我还得叫他师傅。嗯，王师傅给我办的号。凭啥呢？这帮孙子。困死我了，老早就起来了，我得回宾馆睡觉去了。嗯，后天去看病。

我今天刚到北京。今年冬天河北不是缺天然气嘛！老家的人都挨冻呢，对，新闻都报道了……我来北京找个朋友，弄点气回去。对，弄点。这东西不是垄断嘛，找朋友呗，咱这点面子还是有的……嗯，多少弄点，总不能让老乡都冻着吧，这大冬天的……

上个月工资还没拿到呢，嗯，几号能拿到？那个兔崽子说这个月 20 号。屁，谁信他的，都推了几次了？反正后天就 20 号了，兔崽子，让他等着吧，你看我怎么修理他。你告诉他，再不给钱没他好果子吃，对，你就直接跟他这么说就行，我才不在乎他。我怕他？到公司谈？拉倒吧。都去几回了？动不动还训人？真不是人，这他妈整的什么事？你别向着他说话，我跟你说，说啥都没用。20 号，20 号走着瞧。

你妈到底叫啥啊？不是叫李阿凤吗？你确定吧？没错啊，我上报的就是这个名字。你不可能不知道你妈的名字，我也没必要非要给你妈改个名字。不是你的问题也不是我的问题，是办事人员给写错了。别上火啊。

经理，车辆置换那事今天没办成，是窗口工作人员的问题，工作人员把李阿凤写成李阿风了。真倒霉，人家闺女着急用，怪我。冤死了。明天我还得去，看能改过来不。李阿凤人不在北京。凤凰还能写成风凰？这孙子，小学毕业了不？疯子还差不多，倒霉死了。

妈，你就放心吧，我来北京也不是一两次了，能找到，没问题，嗯，没问题。北京就是人多，没事。我就是在北京站坐 2 号线，然后在宣武门站换的 4 号线，一共再坐 11 站就到了。嗯，刚才已经换了 4 号线，坐地铁挺快的，20 多分钟就能到。海淀黄庄站，对，就到海淀黄庄站，我知道，我也不是第一次来，你放心……哎呀，妈，不对，不对了，我坐反了，坐反方向了，怎么到北京南站啦……妈，先不跟你说了啊，我得下车，换对面的车，坐反了。我一会再跟你说啊，我的妈呀……

远离一些人

远离喝多了酒的人。

喝多了酒的人，有人低调去睡觉，有人高调耍酒疯。

在地铁里遇到这两种人，都要远离。

一天中午，我在 5 号线天坛东门站，遇到一个耍酒疯的人。他把一排座位上的六位乘客全都撵走了，自己躺在了上面。

他躺下后发现自己的身体只占了五个位子，还空出了一个，竟然招呼刚才被他赶走的一个小伙子过来坐，小伙子不来，他说人家看不起他。小伙子睥睨了他一眼，躲得更远了。

还有一天晚上，我从建国门站上车，发现靠车门的座位上坐着一个人，像是在睡觉。他边上的第二个位子空着没人坐。

我走过去坐在了空位上，心想我真是幸运。

可是刚坐下我就觉得不对劲：从那个人半张着的嘴里呼出一股股难闻的酒味，简直让人……

我还是站着吧，远远地站着。

远离跷二郎腿的人。

人总是会追求更高层次的舒适和享受。比如在地铁里，拥挤的时候希望人少一些，人少了就希望有个座，有了座还想坐得更舒服。

于是就有人跷起了二郎腿。

人少的时候跷就跷吧，可是人多的时候就成了一种妨碍。在地铁车厢拥挤的空间里，绝大部分坐着的人基本保持一种无声的自觉，就是腿脚不要前伸，而应稍稍往后面座椅下收拢，以给对面站着的人腾出更多站脚的位置。这样，站着的人在身体和心理上都能平衡一些。

可是当二郎腿一跷起来，腿脚前伸至少三四十厘米，基本就占领了原本可站立一个人的位置。尤其让人不舒服的是,站着的人双脚无法靠前，上半身却被背后的人向前挤，整个身体就不得不前倾，这是一个十分难受和难以支撑的姿势。结果，“受害人”不得不向后反挤，或者向跷二郎腿的人提出抗议。

即便车厢里不是特别拥挤，二郎腿也并不招人喜欢：你在他的二郎腿前站立或者走过，你的裤管常常就成了他的免费擦鞋布。

好在地铁里的大部分人都还自觉。

对于那些明明眼前站满了人，却视而不见依然“趾高鞋扬”的人，提醒他的结果往往会得到这么一句：我愿意，怎么了？

遇到这样的人，不可同车而语，遂避而远之。

远离叉开脚站立的人。

地铁车厢里，站立时两脚叉开、跨度颇大的人，与跷二郎腿的人，有异曲同工之“损”。

双脚不是并拢而是叉开超过肩宽，可以让自己站立的稳定度增加；但是，这样站立，在拥挤的车厢里，等于占了旁边的人的正常站位，对方必须紧紧收腿收脚。

当旁边的人被挤时，上身必然向另一侧空间倾斜，而脚下无法移动。这样的姿势，属于典型的重心与身体不在一条直线上，人就要倒。

其实，这时只要叉开了脚的人把脚往回收一收，旁边被挤的人的脚跟着挪一挪，身体就站直了。

但是，喜欢叉开脚站着的人，你让他把脚往回收一收，他就好像地主被分了地，不情愿得很，而且心里时刻准备闹一闹。

这样的人，也只能远离。

远离大嗓门儿。

其实，多数时候，我对大嗓门儿的人印象并不差：热情，直率。我们村里男男女女好多人都是这样。

张斌在大门外喊李老三借镰刀；李老三边跑边扯着嗓子让郭老二停下三轮蹦子好搭车去赶集；郭老二媳妇隔着八丈远就开始夸于三的儿媳妇新买的上衣上面的蝴蝶图案真漂亮；于三儿子儿媳隔着两块菜地，向王老五夫妻俩祝贺他们的闺女考上了省城的大学……

但大嗓门儿也确实只适合在我们村里大。在城里，就要收敛一些；在地铁里，更要避免一下。

我习惯了在老家村子里听到大嗓门儿，却真的很难忍受在地铁里有人大声说话、大声打手机。

地铁里的这些声音，散不到车厢以外，只能全都灌进你的耳朵里。无论你是在看书看手机，还是在冥想打盹儿，你根本无处可躲避。说者嘻嘻哈哈，声色俱佳，旁若无人；听者侧目摇头，心烦意乱，盼着这一场耐心考验早点结束。

说话的人有权利说话，不想听的人却没办法不听。

我们村里村民院墙上最新最多的标语是：垃圾定点投放，建设美丽新农村！

而我在城市里，这么多年来见到的最多的一句宣传标语是：请勿大声喧哗。

缺少什么，就倡导什么；倡导什么，就是缺少什么。不管是村里还是城里，似乎真是这样。

远离把手机平板电脑音量放得很大的人。

就像我不想听到大嗓门儿讲话，我也没有意愿和旁边的人分享他（她）正在听的音乐或者正在看的视频。

可是地铁里有的人十分慷慨，“独乐乐不如众乐乐”，听音乐看电影看视频节目时不用耳机，而是直接用放音功能，周围的人，不论男女老幼，不分职业爱好，全都不得不跟着他（她）共同欣赏。且不说这声音是不是打扰到了别人的安静，就算是一首你再喜欢的歌，未必人人共鸣，一段你笑得前仰后合的视频，未必人人笑得出来。

沉浸在自我愉悦中的人，完全想象不到别人的不同感受。

有一次我实在忍受不住持续的刺耳的警匪片里的汽车追逐声，就让旁边那个小伙子把声音调小些。他是调了，可是过了两分钟，他可能觉得声音不够刺激，又给调回来了。

我还是走得远一些比较好，耳不听，心不烦。

远离散发阵阵热能的人。

首先声明，我虽然有些瘦，但是我觉得那些“胖乎乎”的人其实大多、大多时候很可爱。

但是……

在夏天的车厢里，我经常能看到这样的情形：身体明显比别人“富态”一些的胖小伙胖大叔，仿佛比我这样的，嗯，瘦人，更能感受到这个世界的热度，他们动不动（他们在坐车，其实并没动）就会出汗，额头、脖颈、胸口、后背……于是不时拿出纸片扇一扇，掏出纸巾擦一擦，拎着领口抖一抖。

我有时很想问一问：真的有那么热吗？

也许确实是瘦人不懂胖人的热。

不过，如果不是远观而是靠近一些，瘦人就会懂了：胖小伙胖大叔不但爱出汗，还爱散热。隔着薄薄的两层衣服，分明能感受到从对方身体里散发出的阵阵热量，伴随着汗水的潮气和味道。

这个时候我会站立不安，左顾右盼，我想远离这份热情。

瘦人和胖人都不容易。

这样的情形就描述到这里，言多怕失嘛。

胖姑娘胖大姐，我说的是“他们”，可没说你们啊。

常坐地铁的大姑娘小媳妇们注意了，还有一些人，当然是某些男人，你如果不能把他踹得远远的，那就自己躲得远远的。

特别是当夏天来了。

作为一个男人，我只能提醒到这了。

你懂的。

地铁里的共享时光

地铁车厢里，封闭，狭小，特别是人多拥挤的时候，大家亲密无间，你和我背靠背，我和你肩并肩，你在我的眼皮底下，我在你胳膊肘里，你的就是我的，我的也是你的——地铁旅程，就是一段“共享时光”。

有一回，我在地铁里看一本书，正要翻页的时候，一直站在我右边的女生突然说：“先别翻，我还差两行没看完呢！”

吓得我停留了 10 秒钟。

……

“好了，看完了，翻吧。”

……

可是，咱俩真的很熟吗？

这明明是我的书嘛，写着我的名字和购买日期，什么时候成了“共享图书”？

翻了页，我把书往右边挪了挪，她要是想看，就继续看吧，毕竟，同是地铁乘车人。

再说了，这种事，我自己也没少干过。

有一次，我旁边的一位胖大哥拿着手机在玩象棋。手机离我太近，我把脖子右转 30 度就能清楚地观战，比在马路边伸长脖子踮着脚看北京大爷下棋舒服多了。胖大哥的头发洗得香喷喷的，可是棋走得很臭，连输了两盘。

第三盘，我实在看不下去了，作为上学时的全校象棋比赛冠军，我必须出手了："你不应该先撤炮，应该先跳马将一军，他的将出来，你再把炮撤回来，既看家，又能攻。"

"哎呀，兄弟，你咋不早说，我这一撤炮，进攻机会没了。你看下一步咋走？"

我又给他指点了两步，手把手地。

然后，他干脆把手机塞到我手里："兄弟，你替我下这盘，一定要赢啊，一定要赢，全靠你了！"

盛情难却，实力担当，我接过他的手机，在他的观战下，在他的指指点点（不是指点）下，力挽败局，赢了这一盘。他还要让我再替他下一盘好扳回面子，可是我要到站下车了。

"兄弟，谢谢啊！"

请不要叫我雷锋，我只是做了一件——不知道该不该做的事。

分享不一定都是快乐的，分享到的也不一定都是快乐，有一次，我就差点看到了一个姑娘的眼泪。

车厢里人很多，我拉着扶手站着。我的左边是一位姑娘，她右手拿着手机，手机被挤得伸到了我的眼皮底下。

她在我的眼皮底下，挣扎着在微信上打出了几行字：开张发票，3 分钟就开完了，可是路上来回要花 3 个小时，冤死，挤死，累死。北京——

姑娘直了直腰，左手捋了捋头发，继续打出后面的字——伤不起啊！

打完字后，姑娘点了三个“大哭”的表情，图文一起发送到了朋友圈。

我很惭愧有意无意间看到了一个陌生女孩的隐私，不过，此刻，我对这句话比她朋友圈里的朋友更能感同身受。

她的脸上没有眼泪，我知道她的眼泪流在心里。

不好意思，我只能偷偷分享你的眼泪，我不能明目张胆地给你任何安慰。

地铁里，还有一些事情，你未必愿意分享，也未必适合分享，可是，它们大张旗鼓、赤裸裸地发生了，就在你面前，你自动成为局中人，想不分享都不行。

1 号线八角游乐园站，一天早晨，上车后，我对面座位上的一个姑娘正在化妆。

她的化妆盒小巧精致，里面好像什么工具都有。到五棵松的时候，她的脸白了许多；到木樨地的时候，她画好了红嘴唇；到天安门东站的时候，她呼哧呼哧，不，忽闪忽闪的眼睛，长出了弯弯长长的睫毛。一分多钟后，到王府井站的时候——时间把握得真准——她收拾好化妆盒，起身下车了。

我的理解，化妆对于女生来说，有的像雪中送炭，有的是锦上添花，但不管是哪一种结果，化妆的过程，除了最亲近的人之外，还是不要和别人分享为好。

可是这姑娘在地铁车厢里一路化妆，一路旁若无人。各种颜色深红浅绿，各种工具得心应手，各种动作左顾右盼，各种表情挤眉弄眼……

这件事情，不是应该在自家闺房中完成的吗？不是只有自己的母亲和老公才有资格欣赏的吗？

我很想告诉她：如果你在家中收拾好了再出门，而没有让我看到你从素颜到美妆，我会觉得你更美丽。

你的美丽，因为不是那么矜持，而打了折扣。

我还被迫分享过一件更不美的事，打折打得更厉害。

早晨 9 点多，客流高峰期刚过，我从八角游乐园站上车。对面的座位上，并排坐着三位大姐。三个人一边说笑着，一边打开了一个大塑料袋，陆续掏出三杯豆浆，然后，一小袋一小袋一小袋地，掏出了三袋热气腾腾的包子。

场面好有爱好温馨，三位大姐，每人一杯豆浆一袋包子，在袅袅热气香气和欢声笑语中，开始了她们的地铁早餐。

“我这个是猪肉大葱馅的，你尝一个，你也来一个。”

“你俩尝尝我这个韭菜鸡蛋的，别看没肉，嘿，香着呢。”

“今儿个我也买一回香菇菜心的，在家里没做过这个馅。”

她们热情地互相分享着包子，一车厢的人，跟着她们分享大葱韭菜香菇的味道。

“我就说这家店包子的质量好吧，啥馅是啥味。”

“真是不错。”

“嗯，下回还在这家买。”

下回——下回请别让我再遇见您三位！

惹不起我还躲不起吗？我默默地向车厢前面走，可惜车厢并不透风。

我实在无话可说。

我只觉得所乘的并非地铁，三种包子的味道，洋溢在我的周围，使我艰于呼吸视听，哪里还能有什么言语……

第五章

上站 Upper station

陶然亭

TAORANTING

地铁口旁，那些被我怠慢了的老朋友

下站 Down station

北京南站

Beijing South Railway Station

上班时间，我在西单站停留了一个小时

我经常会琢磨一个问题。

在我的老家，李老三或者其他任何一个村民，扛着锄头去地里干活儿的时候，路上走累了，会停下来，点一根烟，坐一坐，歇一歇，或者看看旁边地里别人家庄稼的长势，暗暗对比一下自家的，然后，缓了劲，再继续走。

可是，在北京的地铁里，这么多年，我几乎从来没看见过有人在半路的某一站主动下车，在站里歇一歇，转一转，看一看，然后再继续坐车走。包括我在内，如果不是因为极特殊的情况而被动下车，从来都是一路直达目的地。

其实，我，那些背着笔记本电脑上班的人，和扛着锄头去地里干活儿的李老三，有什么区别呢？

平时，这个时候，周一早晨 8 点 20 分，我已经从家出门坐了 40 分钟 1 号线，从八角游乐园站到建国门站，又步行 10 分钟到了单位，走进

办公室，打开了电脑，正要去泡一杯茶；然后，我会花10多分钟时间，一边喝茶，一边浏览新闻；再然后，开始投入工作。

今天，我换了一下思路，改变了一下“行程”：半路上，我在西单站下车了。

坐了这么多年地铁，我还真是第一次这样中途下车。在这个寸土寸金的地段，在这个一寸光阴一寸金的时段，我在西单站下车，确实没有什么特别的目的，我既不出站，也不去换乘4号线，我只想单纯地打破、改变一下多年一成不变的习惯。

站台中间分散设置着几排供乘客休息的铁皮凳，我选择一排，靠边坐了下来。

还别说，在随后的半个多小时时间里，先后有四个人坐在了我旁边。

一个背双肩包的小伙子挤下车后坐到了我旁边。他利落地从背包里拿出笔记本电脑，打开后开始修改一个文档。大概过了10分钟时间，只听他给人打手机说：“经理，我一会就把方案传给您。我还在地铁里，不方便，只能临时下车改了一下。”说完，小伙子收起电脑，继续等车坐车。

又一个小伙子坐了过来，坐下后一直在手机上聊天。七八分钟后，对面车上下来一位姑娘，摇晃着双臂像小鸟一样向小伙子飞来。小伙子开心地起身，拉住了姑娘。原来，人家是情侣约在车站里见面。

小情侣走了之后，一位中年男人下车坐了过来。他从随身的包里拿出一个小瓶药，取出两片药，又掏出一个热水杯，吃了药。坐了两三分钟后，

我尴尬的是，我遇到的这几位，都不是无缘无故在地铁里下车、停留的，他们或者有原因，或者有目的。

只有我，无欲无求地下车，脑子放空地坐在这。

继续赶车去了。

这时，一位形象端庄的姑娘向我这边走了过来。她拿着一个手机，连包也没带。我心想，总算遇到一位看样子很休闲的人，还是位美女。她来到我身边，竟然紧挨着我坐了下来。我既兴奋又紧张。

然后，她很礼貌地问我："先生，我们在西单地铁站附近新开了一家健身房，欢迎您来体验。可以加您微信向您详细介绍一下吗？"

原来她是专门到地铁里拓展客户的业务推广人员，把我当成在西单站附近上班的人了。我跟她说："不好意思，我住得比较远。""那您不是在这附近上班吗？""不是，我在建国门那边上班。""那您怎么在西单这坐着？""没事，就是坐一会儿……"

姑娘怪异地看了我一眼，起身离开了。

我很尴尬。

我尴尬的是，我遇到的这几位，都不是无缘无故在地铁里下车、停留的，他们或者有原因，或者有目的。

只有我，无欲无求地下车，脑子放空地坐在这。

难道，在城里上班的人，真的跟在老家种地的李老三不一样？

真正无事而停留的人，千千万万人中，没有几个。

人们只想着前进，没想过停留。

在城里生活工作的人，时间和节奏紧张，做事目的性强，容易形成惯性思维、固定思维。

比如我每天早晨坐地铁，我的线路和目的地十分明确：1 号线，建国门站。这些概念已经刻印到我的脑子里，如果没有特别的刺激，我绝对不会想到在中途——哪怕是最热闹的西单站——下车停留。

不会在西单站下车，我当然也就错过了一些事情，失去了一些机会。比如：

到西单图书大厦，买一本新书；

在附近那家著名的小剧场，欣赏一场平时只在电视里看到的相声表演；

到西单广场，拍几张照片；

换乘 4 号线，一路向北向西——我有多久没去过颐和园了；

换乘 4 号线向南，到北京南站，来一场说走就走的旅行……

所有的这些可能，都与我无关。

每个人都会经历却并不清晰自知的一个遗憾是：在人生的某个阶段，我们必然会为了一个认定了的目标，放弃一些不太有把握的憧憬，因而失去另外一些机会和可能；也必然会因为一些固定的习惯思维，错过生活中更多的变化和精彩。

我们的一些日子，就是这样活过来的。

我们的一些日子，也是这样死去的。

我重新坐上地铁，完成我未完的旅程。

这个时候，我突然意识到：自从我到现在这家单位工作，每天这样坐地铁上班，1 号线，八角游乐园站到建国门站，已经 3 年了。

明天，我是不是可以在复兴门站下车，然后换 2 号线到建国门站呢？殊途同归，但是，说不定，我的眼睛会有些新发现，我的思想会有些新感悟。

这些新发现和新感悟，会成为我“正常”生活工作以外的收获。

我总不能说，这样坐了 3 年地铁，除了起点和终点，我没见过其他的风景。

我也不能说，这样坐了 3 年地铁，我从来没有在某一时间某一地点，停下来，或者拐个弯，从另外一个方向和角度，重新思考一下人生。

下一次，我希望遇见另外一个我。

今天，我是一个与地铁无关的人

坐了多年地铁，有一天我突发奇想：我想以一个不坐地铁的人的身份，到附近的地铁站转一转。

早晨 7 点 10 分，我出门赶往八宝山地铁站。只不过，我穿着很休闲的衣服、运动鞋，兜里装了一小瓶矿泉水，没有带包，连胡子也不必刮得特别干净——今天，我不坐地铁，不上班，我要做一个与地铁无关的人。

真奇怪，出了家门走到小区门口时，我竟然看到岗亭里的保安微笑着跟我打招呼。他肯定每天都会跟我示意，只不过可能因为我平时走路太快，从来没有注意到他。真是不好意思，这么多年，他白白每天冲我微笑了。

我赶紧对他笑了几下，并且跟他说早上好。

出了小区走在街上，我发现，我的脚步比前前后后的人走得都慢，前面的人，越走甩得我越远，身后的人，三步两步就会超过我。可是在平时，都是我超越别人。

一片树叶，正好落在我的肩头。以前，所有的叶子都落在我的身后。

我还闻到了路边小摊煎饼果子的香味，听到摊主敲开一个鸡蛋时“啪”的一声响，这些都是我在平时没有感受到的；我还在公交站旁的书报亭前停留了 20 秒钟，免费看到了三家报纸的头版新闻标题。

摊煎饼果子的大姐和书报亭老板都热情地跟我打招呼，“上班啊”，我也微笑着跟他们说，“早啊”，可是我觉得我跟他们好像并不是很熟。

过路口等红灯的时候，我一点都不着急。我才不会像往常一样，凑够一拨人就去闯红灯，或者只要没车就见缝插针地跑过去。想想以前，哎，我真的就在乎那么几秒钟吗？真的连那几秒钟时间都等不及吗？

我要从从容容、正正经经地过一次马路。

平时，走到八宝山地铁站要十七八分钟，可是今天，我活活用了半个小时。

其实，还没到八宝山站的时候，我就远远地停住了脚步。眼前是这一站的西南进出口，我可不想再往前走了，要不然，我会被从四面八方汇聚来的人流裹挟进排队进站的队伍，那样我肯定就会忘记我今天本来不是来坐地铁的，而像往常一样随着大家一起进站了。

我倚靠在地铁口旁马路边的栏杆上，看着拥挤的人群缓慢地排队进站。今天，我终于不是那拥挤人群中的一个，我感觉到前所未有的轻松惬意。

我终于明白，为什么那个每天早晨在地铁口旁垃圾桶捡垃圾的人，总是看着进地铁的人群笑。

我已经在栏杆旁看了半小时，还想再待一会儿。可是这时，一个警察和一个辅警向我走了过来，警察对我说：“你好，请出示一下身份证。”

平时上班时，从来没有警察查过我的身份证，他们可能觉得我的穿着还算整洁干净，挎包不会鼓鼓囊囊的，脚步虽然匆忙但不徘徊也不凌乱，不像是坏人，像是赶时间上班的守法公民。

不过今天确实不能怪人家。我衣着随意，在这站了半天，对着人群和进站口看了这么久，不时凝神思索，还偶尔发笑，警察肯定注意到我了，并且同样也观察了很久。

他们肯定认为我在谋划什么。

他们必定要防患于未然。

我从衣兜里掏出身份证，警察在手持机上查验了一下，打量着我，扭头对辅警低声说：“没问题。不是坏人。”

“可是看着不像好人。”离开的时候，辅警对警察说。

我不坐地铁，我只是在这多待一会儿，怎么就不像好人了呢？

我又在地铁口溜达了一会儿，客流高峰期过去了。

可是，人少了，地铁口怎么还热闹起来了呢？

原来，这个时候，在零零星星赶往地铁的人当中，老年人的比例多了起来。他们多是老年夫妻结伴而行，偶尔三五好友，不着急，慢慢走，不时说笑着。他们可能是躲过高峰时间去参加某些集体活动吧。

和刚才匆忙拥挤沉默着进地铁的年轻人相比，老同志们显得更从容、快乐、有活力。

难道，平时，年轻人，还有我这个并不算老的人，把这辈子的日子过颠倒了？

今天，我不坐地铁，但我还是来到安检入口前，在这站一会儿，向里面看一看。

我有点小心思。

我从衣兜里掏出矿泉水，我并不喝，只是拿在手里，冲着安检员晃几晃。

平时进地铁，我的挎包和我的人都必须接受安检。只要发现我的包里装着瓶装液体，安检人员不管我渴不渴，非让我喝一口，以证明那液体安全无毒害。事实上，每次，我都白喝了。

不过今天，我就是要在安检员面前显摆一下那瓶矿泉水，因为，只要我不跨过那道安检门，就算里边装的是酒，他们都管不着我。

他们只能看着我干生气。

我曾经在到外地出差时买过一套精美的瓷质餐具，可是在北京下火车进地铁站时，这套餐具中的刀和叉被安检员取了出来，禁止带入地铁。

最后，我只好把这两件“危险物品”送给了安检员。

今天，我不坐地铁，终于有机会为那失散的刀和叉出了口气。

晃了几晃矿泉水瓶，我一抬头，看到了通往东南口和东北口的过街天桥。平时，我不需要过天桥，来到地铁站后，都是往地下的低处走，今天，我终于有时间有机会往高处走一走了。

上了天桥，八宝山站的四个进出口尽收眼底。真是惭愧，平时，我都是从西南口进出，偶尔会在进站后通过地下通道到西北口给公交卡充值，多年来，我从没去过其他两个站口。唯一的一次，我下车时在想事情，稀里糊涂跟着别人往东南口走了。直到快上电梯时，我才发现走错了方向，于是又折返回来从西南口出。其实，就算我从东南口出，又能多走几步路呢。习惯和惰性在作怪。

举目四望，视野开阔。东边是一个草木成荫的大公园，北边稍远处有成片的树林，向西能看到隐约的山峦，南边远处有两个车辆飞驰的高架桥……我像一个好奇的初来乍到的旅游者，在天桥上来来回回走了三趟。

在一个自以为十分熟悉的地铁站，我竟然有了这么多新发现。

坐了这么多年地铁，经过这么多地铁站，我又忽略和错过了多少风景呢？

只缘身在地铁中啊。

地铁口旁，那些被我怠慢了的老朋友

作为一个每天都匆匆忙忙的人，我觉得我很对不住一些人。

今天，周末，我不上班，不坐地铁，我终于有时间，去看望一下地铁口附近几位平时被我怠慢了的老朋友。

我首先来到地铁旁边的公交站，我要跟站台上挥舞着小红旗维护乘车秩序的大爷大妈们聊一会儿天。

平时，我下班从地铁出来等公交车时，这些大爷大妈对我都很热情。他们先是问我到哪儿下车，然后告诉我该坐哪路车，再指点我在哪儿排队。虽然我比他们更清楚我该坐什么车回家，而且我也并不喜欢在没看到车来时，就早早排队把自己束缚在队伍中不能随意走动，可是他们的热情有礼让我不好意思不听话。

我以前从来没有时间跟他们交流，今天我有时间了，我要陪他们多说一会儿。

“大妈，您住得远不远啊？在哪一站？坐哪路车回家？”

我用大妈平时问我的话跟她打招呼，她一下子不知道该怎么回答了。

直到大妈找回了自己的身份重新用这句话问了我一遍，我们的谈话才愉快地开始了。

我们一直聊了有 15 分钟。

“你说北京咋就那么好呢，咋就那么好呢，外地人都想来，这些挤地铁坐公交的大多是你们外地人。”

15 分钟之后，大妈突然觉得有点不对劲：“你不进地铁，也不坐公交走，你，你咋有空在这跟我聊天呢……你不是外地人？ 咳，你肯定是北京人，肯定是。外地人一天忙着呢。咳……弄差了……弄差了。”

聊了一会儿天，我竟然成了北京人了。咳，确实弄差了。

告别大妈，我去找在地铁口揽客的黑车司机，我不坐车，我就想跟他们聊一聊，因为我欠他们的话比欠大妈更多。

平时，我一出地铁口，他们就热情地迎上来问我“哥们儿，到哪儿？坐车吗？”可我，除了“不坐”俩字，是没有时间跟这些“哥们儿”多说一个字的，大多数时候，我甚至连“不坐”这俩字都懒得说。

等我真的有求于人家了，我的话也并不多：“到 ×× 小区多少钱？”“20。”“走。”上车后，我就闭目闭口了。

这么多年来，我真是怠慢了人家。今天，我要趁着这个机会弥补一下，把好几年里欠人家的话都说出来。

他们对于我这个“刚从地铁里出来”、不坐车却有时间跟他们聊天的人，同样感到很奇怪。当然，也很开心。

本来是我想找他们聊天，可是他们一说上话，就停不下来：

“你真和那些坐地铁上下班的人不一样，他们都是白领，不爱跟咱大老粗说话。”

“他们晚上出地铁，一上车就闭上眼睛睡觉，就好像白天受了多大累似的。”

“哥们儿，你是自由职业者？那咱们一样。让我天天坐办公室，我还不去呢。一点自由都没有……”

我本来还想跟他们多待一会儿，可是我有点担心，时间一长，以后下班出地铁时被人家认出来。

“我得回家了。嗯，不远，不远。发财啊。”

“哥们儿，有空来聊啊。”

下回，我可能真的没空了。

我拐了个弯，去找负责地铁口停放共享单车的一位大哥。

我认识他，他不认识我。

他经常帮我停放单车。我要是没放对位置，他会拖着车子走很远。可我总是装作很匆忙的样子，连声谢谢都没说过。

“今天，我不是来给你添麻烦的，是专门来感谢你的。我今天是走着过来的，没骑车，就是怕给你添麻烦。”

大哥可能从来没有遇到过专门来感谢他的人，激动地握着我的手：

“唉，现在的人啊，当面连声谢谢都不会说，更别说专门来感谢我了。我这一天来来回回的有多累，你们这些坐地铁上班的人根本不知道。”

为了对我的感谢表示感谢，大哥给了我一根烟。我平时是不抽烟的，但是今天难得放松，又是老熟人，我就抽一根吧。

一边抽，我一边帮大哥挪了几辆车。

“平时都是你帮我挪车，今天我也帮你挪挪。”

“那你以后还坐地铁吗？还骑车来吗？”

“坐啊。以后还会骑车，少不了要麻烦你。”

“没事，都是兄弟。”

我又帮我大哥挪了几辆车。

挪完后，我刚要歇歇，他又掏出一根烟给我。

可我不想再替我大哥挪车了，就没有再接。

“过一段时间我再来替你挪车。现在我还得去看一下另外一位朋友。”我说。

“兄弟，好人啊。”

我很惭愧，我知道，做一次好人并不难，难的是做一辈子好人。

我的另外一位朋友是地铁口旁边报刊亭的老板。我经常在他这买报纸和杂志，时间长了就熟了。

“现在看报纸和杂志的人越来越少，我这生意比前几年差多了，就是你还常年支持我。”他经常跟我这么说。

“你这么爱看报纸杂志，是不是就是做这方面工作的？”

“我也不知道你一个月能挣多少钱。但是这报纸杂志越来越不好卖，你挣钱也肯定受影响。”

他说得都对。

有一回，我在一家著名的畅销杂志上发表了一篇文章，我一下子在他这买了五本杂志，然后我告诉他：“兄弟，你把这期杂志尽量放在显眼的位置，多卖几本，让大哥我也在咱们这一带出出名。”

他摆上了一大摞，然后问我：“大哥，先不说出不出名，你发表这篇文章，能赚多少钱？”

“200 块吧。这家杂志稿费比较高。”

“200 块？这还是高的？我还以为怎么也能挣千把块呢。那你写这篇文章用了多长时间？”

“我还得上班，业余时间写的。两天吧。”

“两天赚 200，一天才 100，一个月才 3000。”

“我这是受累不赚钱的工作。”

“你这么天天挤地铁，早出晚归的，加起来没准还不如我这个摆摊的挣钱多呢。你知道我一天赚多少钱吗……反正比你多不少。大哥，你干脆别干这行了。生产商不如经销商赚得多，你得变变思路。”

我没能改变思路，可是就冲他这样推心置腹地跟我说话，我心里一直很感激他。

“大哥，今天怎么有空上午来啦？是不是想通了，辞职了？我就说嘛，你那工作不挣钱。”

“不是。我没辞职。今天就是溜达到这跟你聊一会儿。平时我跟你说话从来没有超过5分钟。”

“还不是你忙。你在我这待一天我都不受影响，可是你哪儿有这时间。”

我跟他聊了我最近都写了啥，发表在了哪儿。但是稿费多少我没好意思说。

“给我来瓶可乐。”有人来报刊亭买东西。

他跟我聊了最近哪些报纸杂志卖得还可以，哪些卖得半死不活。

一个月挣多少钱，他也没说。

“来一包口香糖，一包纸巾。”有人来报刊亭买东西。

“你真该换换思路。”他说。

“给我来个煎饼果子，紫米面的，多放酱辣，不要葱。”有人来报刊亭买东西。

就是没人来报刊亭买报刊。

“大哥，你先自己随便看看，我摊个煎饼果子。”

“你这多种经营搞得还不错。”

“适应市场需求嘛。”

“啪”的一声，他敲碎了一个鸡蛋。我闻到了煎饼果子的香味。

我有点饿，一上午过去了。

“兄弟，你忙吧，我得回家了。”

“还不是你忙。你在我这待一天我都不受影响，可是你哪儿有这时间。”

确实，他一边跟我说话，一边把钱挣了。可我呢……

看来，我真得变变思路了。

一个人的地铁

今晚，我说的“一个人”，不是一种矫情的说辞，跟什么失恋啊孤独啊流浪啊悲伤啊等情怀情绪上的东西没有 5 分钱关系。

我真的只是一个人。

晚上和几位同事聚餐，地点在地铁 7 号线垡头站西北方向的一家“小胖包子”。9 点半左右吃完饭后大家各自散去，我一个人进了地铁。我要坐到北京西站，再换车回家。

整个地铁站台上，竟然只有我一个乘客。也是，都这么晚了，而且这个区域又不是 CBD、CRD、王府井、西直门。

5 分钟内，还是没有其他乘客进站。

列车来了。我发现这趟车来得特别轻松，特别欢快，像周末放学的开心又调皮的小学生，乐颠颠地一路小跑着，进站了。

我像往常一样站在车门旁边，给要下车的人让开车门中间的位置。

可是没有人下车。

我抬腿迈步进了车厢。

抬头环顾左右时，我简直有点儿不能适应——整节车厢里一个人都没有。

坐了这么多年地铁，首班车末班车都坐过，人多人少的时候也都坐过，可是我还从来没有自己一个人独占一节车厢。

心里有一种怪怪的感觉。

我不由得急切地向前边的车厢望过去，再望过去，竟然也没有人；我又转头向后边的车厢望过去，再望过去，还是没有人。

总之，整列地铁车厢，在我的视线所及范围内，没有一个乘客。

我揉了揉眼睛，确实没有，再揉也没有。

坐了这么多年地铁，首班车末班车都坐过，人多人少的时候也都坐过，可是我还从来没有自己一个人独占一列地铁。

今晚，被我有幸占到了。

在我的经历和经验里，生活在北京，只要你不是躺在家中的沙发上卧室里，不管你去哪儿，在哪儿，什么时候，做什么事，你总会遇到志同道合的人。

北京就是不缺人，不缺各种各样、各行各业、各层各界的人。

所以，在北京，心灵的独处固然不容易，身体的独处其实更难得。

本来，我应该享受一下这种难得的独处才对。可是，我的第一感觉是不习惯，不适应。我呆呆地在车门口处站着，不知道该往左走还是往右走，不知道该坐在哪个位子上。不像往常，我上车后首先往有空座位的地方去，没有空座位就往人少的地方去。现在，我没了参照，没了目标。

列车启动了，车身明显地晃动起来，我赶紧抓住离我最近的扶杆。通常，人多时，这个扶杆上不会只有一只手，男人的手握得高一点，女人的手握得低一点，男人的手和女人的手隔着若即若离的距离，自然和谐。也经常有站姿不稳需要寻求倚靠的男人或女人，从稍远处费力地向扶杆伸过来一只看不见脸的手，在男人和女人的拳头间试探，好心的男人往上抬了抬，善良的女人往下挤了挤，留出三四厘米的空隙，那只探索的手终于能够用拇指和中指食指勉强捏住扶杆，三只手于是达成新的平衡。不过这种平衡偶尔会被突发事件破坏，列车再一晃，又会有“新手”本能地向扶杆抓过来，那一瞬间根本来不及判断或躲避，新手可能抓在了男人的手上，也可能抓在了女人的手上，那新手于是轻者被睥睨，被斥责，重者被“有病”，被“流氓”，最后自知理亏，像打了败仗一样尴尬地乖乖缩回去。

此刻，我的手，我一个人的一只手（两只手也完全可以），舒适而自由随意地握在栏杆不高不低的位置，向上握，向下握，5 厘米，10 厘米，都没有问题。这一刻，我觉得天地无限宽广。

正当我想继续握下去继续享受这难得的无拘无束的时候，地铁广播在提示：请将座位让给您身边有需要的人。

我倒是想让座，可是我身边别说“有需要的人”，就连“没需要的人”

都没有。

好人难做啊！

对了，我不就是那个有需要的人嘛！

我松开了宽广的扶杆，走向更加宽广的座位。

这次我可以从容地走向座位，走向其中任何一个，再也不需要经历或目睹人多抢座时的挤眉弄眼（同伴暗语告知近处有座），眼疾脚快（快速反应，迅速行动，涉险占领），面红耳赤（抢座成功者的良心不安与竞争未遂者的内心尴尬），指指点点（失败者的心有不甘），怒目而视（当得意的显摆遇见失意的羡慕嫉妒恨），恶语相向（病从口入，祸从口出），拳脚相加（忍无可忍，无法再忍），你死我活（谁也别拦着我）……两败俱伤。

我走到车厢左侧，伸出一根手指擦拭一下最边上的座位是不是干净（而在平时，这个动作是多余的，上一个和上上一个坐在这的人早就用自己的衣服把座位擦过好几遍了），这大概就是人们常说的“慎独”吧。

我在这个最边缘的位子坐了下来，像往常一样，把随身挎包放在身体左侧，紧挨着边上的玻璃挡板，上身也稍稍向左倾斜。

就像我的右边坐着人一样。我总是想着把方便让给别人。

可是我的右边明明没有人啊。

我忘记了，此刻，这是我一个人的地铁。

我向右边挪过去，并且让我的挎包独占一个座位。要是在平时，这可是能引起公愤的举动，人家不把你的包挪到地上算是客气的了。我坐在第二个座位上——不，就算我占两个座位，也不会有人说我什么，对，我就坐到第三个和第四个座位中间去，一半屁股跨半边，这要比有时候被迫两个人挤一个座位最后半个屁股悬空舒服多了。

这时不知道为什么，我突然想到了一句话：站着不如坐着。然后我又想到了这句话的后半句：坐着不如卧着。是的，坐地铁这么多年，我平时只会想到前半句——作为一个思维和举止都正常的人，哪里再敢想后半句呢。而今天，让我十分兴奋的是，我不但可以想一想，甚至还可以做一做。

我脱了鞋，把挎包当枕头，抬腿侧身，在一排座位上躺了下来。

那一刻，我激动得快要流下了热泪，这绝对是一个终生难忘的日子：这是我这一辈子，在地铁里的第一次啊！

卧着真的比坐着舒服。

对，我还要到对面的那排座位上躺一躺，那边也许更舒服呢。

嗯，好像真的是啊。

其他车厢我就不去了。虽然我可以去。

到底去不去呢？嗯，还是不去了。

我躺在座椅上浮想联翩。我要把现在的情形拍下来。可是该不该传到网上去呢？

我翻了两个身来琢磨这个事。最后我觉得拍照只是自己留着做个记录和纪念而已，没有必要传到网上。

如果我传上去了，那些根本就不明真相的人，会以为我是把别的乘客赶走而非要独占一排座位躺下来只顾自己舒服，那样我就成了素质低下道德败坏的典型，不被骂死才怪。而别人根本不知道我平时是多么讲究公德遵纪守法的一个人。

如果我辟谣说整个车厢根本没有其他乘客，并且拿出照片来证明，可是又有谁会愿意相信一个人对关于自己的负面评价的辩解呢？人家甚至会说你的辟谣证据都是假的。不想被误解，一开始就不要做容易让人产生误解的事嘛！

还有，如果我真的去辟谣，也许有一些人会相信并谅解我，可是万一有人认为我是在“策划”，是在“炒作”，是想当“网红”，于是对我发起另一波更加激烈更加无情的讨伐，我岂不是百口难辩欲哭无泪——我什么时候成了节操无下限的人了？

算了，不想那么多了。归根结底，我只不过是在地铁座位上躺了一会儿，只不过是有一个偶然的机会让我享受了一下一个人的地铁。

我自拍了几张照片，录了几段小视频。我觉得这已经足够了。

我总不能在座位上刻上“到此一躺”。

一个人，在一个人的地铁里，还能做些什么呢？

我站起身。

我对着左边的玻璃窗恣意地夸张地笑了几声，并且做了几个大尺度的鬼脸。我承认，这么多年来，我的笑容始终不够纯粹，不够饱满，我的脸部肌肉缺乏各种生动的锻炼。

我对着右边的玻璃窗里映出的自己鞠了个躬，并发自肺腑地说了一句“您每天坐地铁真的辛苦了”。其实，这句话，每天早晨上班进地铁的时候我都想对自己说，可是一看到周围还有那么多同我一道的人，我又觉得自己矫情而不够坚强，话到嘴边又咽了回去。

我仰头对着车厢天花板唱了一首歌，应该说是吼了几嗓子。我以前在 KTV 里从来没有唱过这首歌，也没这么吼着唱过，今天我可以随便换一换曲风，换一换台风，换一换自己。隔墙无耳，今晚，我只把我唱给我自己听。

我拿出随身带的那本书，翻到我喜欢的一段，声情并茂地朗诵了一遍，我真诚投入的样子仿佛旁边有观众在认真欣赏。我看过一些书，里面有很多让我喜欢的句子，很多话说出了我的某种心声，今天，我第一次把它们念了出来，而不是一直在心里翻江倒海。

一个人，在一个人的地铁里，能做的事情其实还有很多，包括平时不便做不敢做不忍做不好意思做的种种事。

在这个城市里，再没有比一个人的地铁更封闭更隐秘也更真实的地方了。

广播提示我，快到下一站了。

我还是我，一个人；
可是从这一站起，地铁，
不再是我一个人的地铁。

说不定会有人上车，我该收起一个我，回到另一个我。

只是时间这么短暂，我还没仔细体会到底哪个我才是我。

我回到挎包前，坐在第三和第四个座位之间。

我移到第二个座位，又移到最左边。

我把挎包放在我的旁边，紧挨着边上的玻璃挡板。

我的上身稍稍向左侧倾斜。

仿佛右边有人。

列车进站了，我看到站台上有一个人两个人三个人在等车。

我还是我，一个人；可是从这一站起，地铁，不再是我一个人的地铁。

又有新线路开通了

以前，在地铁里经常能遇到兜售北京地图的小贩："北京地图！北京地图！包含最新地铁线路，坐地铁不迷路。两块钱一张！"

买的人还真不少，特别是初来北京的外地人。我买过，李老三也买过。

不过最近几年，在地铁里卖地图的人几乎见不到了。

"北京地铁建得太快了，每年都有好几条新线路开通，地图印出来没几个月就得作废重印，亏钱的买卖谁干啊，所以干脆就不印了。"李老三分析。

没准真是这么回事。

"现在的地铁都在往郊区扩展，地图太小的话，这些线路根本就印不上去了。"李老三补充说。

我对北京地铁建设的"神速"有切身和深刻的体会。初来北京时，只有三四条地铁线，后来，几乎每年一到年底，就会有新的地铁线路开通。现在，我在电脑前对着北京地铁最新线路图数了两个小时，发现线路总数已经达到 22 条，车站竟然有 370 座。

对比一下近几年北京地铁线路图的变化，就会明显感觉到：北京城区的地铁在一年年织网，一年比一年密；城郊的地铁在一年年延展，一年比一年长，一年比一年广。

“在北京，新建一条地铁好像很容易似的，比咱们老家村里新开出一条路来还容易。”李老三感叹。

我同意李老三的观点，我也明白李老三的话是什么意思。

在我们村，不管是通往村外的路，还是去往地里或者山上的路，祖祖辈辈，就是那么固定的几条，一代代村民一直走了几百年。

在最近这几十年里，我们村终于新开辟出了两条路。

这两条路都跟李老三有关。

据说李老三小时候，十几岁时，到山上放羊，有一只小羊羔，太小不懂规矩，不按照现成的路线走，半路钻进草丛拐进了树林，李老三只好跟在后面，羊叉镰刀左劈右砍，紧紧追赶……就这么着，李老三披荆斩棘，开出了一条新路。

后来，人们再放羊，总是喜欢走李老三开出的这条路。

再后来，村里没有人养羊了，也就没人走这条路了。可是李老三总是惦记着这条由他开出的路，没事就去走一走，就算到北京来打工，回家后的第一件事也是要到山上看一看那条路还在不在。

“连你都去北京打工了，谁还愿意走你那条老路。”他媳妇大花每回都这么说他。

村子里的另外一条新路，是李老三的大儿子和他一起开出来的。

李老三的大儿子叫大明。大明初二升初三那年暑假，李老三叫他跟着自己一块到东梁的地里给玉米除草，就是“耪地”。可是学生娃大明哪里愿意受这个面朝黄土背朝天的累，人家的志向是考大学，离开农村，到城里上班。李老三嫌儿子懒，揪着大明的耳朵出了家门。走到半路，李老三以为大明从了，总算松了手，大明又疼又气又委屈，终于找个机会，拨开路边的杂草丛，逃跑了。李老三恼羞成怒，扔下锄头拔腿就追……就这么着，父子俩合力蹚出了一条新路。

村民们开始走这条路的时候，都不忘嘲笑李老三一番。

还别说，几年后，大明真的考上了大学。村民们再走这条路的时候，没有人会嘲笑李老三了。倒是李老三，每次都走得趾高气扬。

“咱们村几十年里才新开出这么两条路，北京每年都能新建成两三条地铁。”李老三跟我说。

我能听得出，李老三这话里话外，其实为自己和儿子骄傲着呢。

新的路会改变人的生活甚至命运，就像大明，他当年逃避农活儿闯出一条新路的经历，可能更坚定了他日后“考大学、到城里上班”的决心。

地铁也一样。每一条新开通的地铁都是一条新路，会影响到跟它相关的很多人。

春节假期结束，上班一星期之后，同事小张姑娘提出了辞职。私下问她原因，小张不禁长叹一声。

原来，小张家住京城西南郊的房山。以前上班，她都是从地铁房山线的起点苏庄站上车。人虽多，但因为是首发站，只要肯等一两趟车，总能排到队伍前头先上车抢到座，这一路可以免受拥挤劳累之苦。

可是去年阳历年底，作为房山线西延线的燕房线开通了，这样，苏庄站就不再是起点站，起点站相当于延伸到了燕山站。这回小张就惨了，车到苏庄站时，车内乘客已经十分拥挤，随人群等车的小张，且不说有座，能挤上车就已经不错了。小张的舒服日子就这么随着新线路的开通结束了。

从阳历年到阴历年，小张一直坚持着隐忍着。春节假期过后又体验了几天，终于忍受不住，让人恼火又无奈的拥挤，遥远的旅程，她觉得地铁里的分分钟都是煎熬。作为一个年轻姑娘，小张“受不起这个罪”，饮恨辞职了，“就在房山找个工作，工资少点就少点吧。”

小张辞职没多久，单位新来了一位同事佳佳姑娘。佳佳说：“原来我家住房山区的燕化，离北京城里远着呢。去年阳历年底，盼了好几年的燕房线总算通车了，起点站燕山站离我家步行只要几分钟。这不，我就找工作找到城里来了。坐地铁虽然远点吧，等两趟总能抢到座。”

小张不知道，原来，不管是在地铁里还是在单位办公室里，是佳佳占了原本属于她的位置。

但是我有个担心或叫预感，我不知道佳佳做我的同事，能坚持做多久。

毕竟，佳佳的路程比小张还要远。

毕竟，到了年底，又会有新的地铁线路开通。

我跟李老三说：“幸亏你家大明大学毕业没在北京找工作，要不然，也会和大部分北漂一样，在地铁沿线游荡；而且，很有可能随着新地铁线路的开通和延长，越游荡离城区越远。”

北京地铁是一张不断加密和延展的网，我们都被网在其中。我们的路随着人生越走越远，但是每个人的心中，都有一个深情的永远不会割舍的原点。

假如你在地铁里遇见我

下个月，李老三也要跟北京地铁告别了。

他要回老家，他不想继续在北京打工了。他不能离开土地太久。

我再也不能在地铁里遇见李老三，也再没有人能在地铁里遇见我。

只有李老三知道，我是我。

就算你在地铁里遇见我，你也不知道我就是我。

我们天天相逢，但我们从不相识。

除了李老三，我在地铁里遇到的每一个人，我能看到的听到的了解到的，都只是他（她）的片段。

你对我，也是。

其实，如果在地铁里，你是这样的人，证明我们是遇见过的：

你的书包里装着午餐。你早就吃腻了公司周围的小饭馆。

你肚子不舒服，本来不想上班的。你希望这一路能有个座，可是没有。

你没吃早饭，觉得自己有点低血糖，心慌，手心和额头出虚汗。你在人群中用深呼吸来缓解。

你嫌车厢里的空调吹得太凉，可是你觉得自己今天穿的无袖连衣裙很漂亮。

你想离旁边的男人远一点，却没有空间可躲。他倒不像是坏人，可是汗味有点儿浓。

你给最要好的同事发了一条刚刚看到的新闻，准备一会儿到公司八卦一下。

你接到老板的信息，他让你把公司名称开户行账号发给一个客户，你从微信收藏里转发了过去，然后恨恨地想老板真是周扒皮，现在根本还没到上班时间。

你想给对面站着的老人让个座，可是一想到自己还有十几站才下车，又心有不甘。真纠结。旁边的帅哥，你倒是赶紧起来给人家让一下嘛。

…………

你上了车，一个姑娘身边的座位空着，一个大老爷们儿身边的座位也空着。你在别人的注目下，“没有分别心”地坐到了姑娘旁边。其实你还是有很大分别心的。

你的旁边，一位姑娘看电视剧看哭了，擦眼泪。你瞥了人家一眼，心里说：别傻了，难道你不知道这都是编剧编的导演导的演员演的吗?

你被车厢里的售房广告吸引,那个价格在北京来说还真算“便宜”的。你暗暗把房价跟自己的工资对比、计算，然后满怀欣喜地伸长了脖子仔

世界上那么多相对应的事，相矛盾的事，
来与往，明与暗，动与静，快与慢，
远与近，哭与笑，苦与乐，聚与散……
都在地铁这有限也无限的时空里，同时展现。
我们都是剧中人，都是本色演出。

细看：我去——广告做到了北京地铁里，可是那个楼盘根本就不在北京。

地铁真挤！现在买车是便宜了，可是摇号还不够资格。可是够资格了又能怎么样？一个同事已经摇了 3 年了，还在摇。

后边那个家伙如果再用胳膊肘顶我后背我就不客气了。

不知道现在女朋友坐到哪一站了，有没有座？微信一直没消息，肯定是手机不方便掏出来……房子的事还是头等大事，那个远点但还算便宜的房子也不是不可以考虑，说不定将来也能通地铁呢。

…………

你的这些心思我都知道。所以，我们在地铁里是不是见过很多次？

我见过你，你却没见过我。

其实，我并不是对地铁里所有的人和事都了解。我也在思考很多问题。

如果你在地铁里，遇到那个最好奇，也最困惑的人，就是我。

地铁的楼梯、电梯、通道、车门，无数人，左左右右，前前后后，上上下下，进进出出……你说有序也无序，你说无序又有序。

有时，在白天进了地铁，明晃晃的灯让我以为现在是晚上；有时，在晚上进了地铁，明晃晃的灯让我以为现在是白天。

一路上，我们的身体迅疾如飞，可是我们的脚下丝毫未动。

车厢明亮像白天，隧道黑暗如夜晚。这样的转换，竟然在一瞬间完成。

都是坐地铁上班，有人坐两站，有人坐 20 站。

一边和小伙伴畅谈诗和远方，一边和同事尬聊工资与工作。理想和现实，拇指来切换。

有人被挤得龇牙咧嘴快哭了，有人被挤得——旁若无人，一直盯着手机里的幽默视频龇牙咧嘴笑。

有人在座位上舒服得睡着了，有人一路站着累得睡着了。

刚刚在车厢里还亲密无间耳鬓厮磨，列车一到站，车门打开，3 秒钟之内，各奔东西南北，各分 ABCD，不说再见，也难再见……

世界上那么多相对应的事，相矛盾的事，来与往，明与暗，动与静，快与慢，远与近，哭与笑，苦与乐，聚与散……都在地铁这有限也无限的时空里，同时展现。

我们都是剧中人，都是本色演出。

如果你和我心有同感，你在地铁里遇见的每一个人，都是我。

图书在版编目 (CIP) 数据

假如你在地铁里遇见我 / 李辉著. — 北京 : 北京十月文艺出版社，2019.7
ISBN 978-7-5302-1923-2

Ⅰ. ①假… Ⅱ. ①李… Ⅲ. ①散文集—中国—当代 Ⅳ. ① I267

中国版本图书馆 CIP 数据核字 (2019) 第 038387 号

假如你在地铁里遇见我
JIARU NI ZAI DITIELI YUJIAN WO
李辉 著

出　　版　北京出版集团公司
　　　　　北京十月文艺出版社
地　　址　北京北三环中路 6 号
邮　　编　100120
网　　址　www.bph.com.cn
发　　行　新经典发行有限公司
　　　　　电话（010）68423599
经　　销　新华书店
印　　刷　北京盛通印刷股份有限公司
版　　次　2019 年 7 月第 1 版
　　　　　2019 年 7 月第 1 次印刷
开　　本　880 毫米 ×1230 毫米 1/32
印　　张　13.25
字　　数　276 千字
书　　号　ISBN 978-7-5302-1923-2
定　　价　52.00 元
质量监督电话　010-58572393
如有印装质量问题，由本社负责调换。